# SOMBRE PLACE AU SOLEIL

PHILIPPE VALERI

# SOMBRE PLACE AU SOLEIL

Thriller

NOUVEAUX AUTEURS

Éditions Les Nouveaux Auteurs
16, rue d'Orchampt 75018 Paris
www.lesnouveauxauteurs.com

Éditions Prisma
13, rue Henri-Barbusse 92624 Gennevilliers Cedex
www.editions-prisma.com

À Andréa et Ferruccio

« J'ai toujours été un amoureux malgré toutes les tueries, et je me fiche de ce qu'on en dira ».

Charles Bowden, *Orchidée de sang*

# 1

## *Route de Sauve*

Deux heures du matin. Lucas ouvre les portières et le hayon de son VW en grand. Chasser l'oppression. Une fournaise, son combi d'occasion. 38 °C le jour, 26 °C la nuit. Sans air. Dôme de chaleur, canicule, année record à ce qu'on dit…

Il se déshabille, en slip, scrute sa marque au front dans le petit miroir collé au miniplacard suspendu à la paroi. Prend une boule de coton, l'imprègne d'alcool, tamponne la blessure, qui ne saigne pas. Juste une belle marque en biais.

Il s'allonge sur le matelas mousse. Essaie de dormir.

La nuit a été agitée…

Une obscurité étouffante enserrait les barres d'immeuble de la ZUP Nord. Lucas traversait la zone jonchée de carcasses métalliques calcinées. Bitume fissuré, transformateur éventré. Il y croisait des ombres capuchonnées postées devant un hall déglingué.

– Je cherche un type, lançait-il aux jeunes qui faisaient le guet.

– Dégage, *man*, ou tu vas pas capter ce qui t'arrive. Vise le bâtard là-haut !

Lucas levait les yeux. Un homme était suspendu dans le vide à la fenêtre du cinquième étage, tenu aux chevilles par deux poignes massives. Une voix lui hurlait :

– Où t'as mis le pognon ?

– Je te jure que j'l'ai pas, bordel, c'est l'Apôtre qui l'a piqué ! répondait le suspendu.

Le tortionnaire lâchait une cheville.

– J'te jure, j'te jure…

– Tu me prends pour une buse ?

– Non, il m'a dit que c'était pour toi.

– Lâche-le !

– Nooon…

*Aaaaah*… Le corps s'écrase : une motte de beurre au pied de l'immeuble, un bruit sec et mat.

Lucas s'était éloigné, avait poursuivi sa traque.

Un peu plus loin sur l'esplanade, on lui indiquait qu'à l'escalier 16 il trouverait peut-être le « keum »…

Un immeuble-muraille, des fenêtres-meurtrières, des appartements murés, des néons cassés. Porte 16-71, un scellé sur le blindage :

*Fermé par nécessité de la loi*

Fausse piste.

À côté, les voisins, télé allumée, le son à fond. Il sonne. Pas de réponse. Si ce n'est le cliquetis du judas. Portes verrouillées, barricadées. Inutile de s'attarder. Personne ne parlera… Ici, on n'ouvre qu'aux narcotrafiquants : ils paient les résidents pour pouvoir se réfugier chez eux en cas de descente de police.

Au bas des marches, il s'est heurté à trois petites frappes, l'une avec une batte de base-ball à la main.

– T'es pas chez toi ici !

– Je cherche un type qui se fait appeler Verdugo. On m'a dit qu'il…

– Dégage, bouffon !

– Sois sympa, mec. C'est une crevure que je cherche.

– Moi aussi, j'suis une crevure. On m'appelle Scarface ! Ah ah ah… Casse-toi !

Lucas insistait :

– Quarante balais, balèze, genre taureau, sorti de taule…

– Ici, mec, la moyenne d'âge, c'est vingt balais.

Le jeune de côté en a profité pour frapper, Lucas a réussi à s'emparer de la batte et à swinguer en retour. Un poignet traînait dans la trajectoire : brisé. Hurlement de douleur.

Les « gros durs » ont fini par reculer.

Cinq heures trente. Il n'a pas vraiment dormi. Ni longtemps ni profondément. Le jour pointe, une lumière jaune pâle striée de gris et de vert fade se découpe dans le hayon ouvert.

Il se lève, ouvre le robinet du réservoir d'eau, emplit la bouilloire électrique, prend une boîte, en extrait une dosette de café soluble et la déverse dans son mug. La bouilloire siffle. Il verse l'eau chaude, fait mousser les granules. Mug à la main, il s'assied sur le plancher, les pieds au-dehors de la portière latérale.

Devant lui, sa Yamaha 250 encore frémissante de la virée nocturne.

Le camping est tranquille, au bout d'un chemin de terre, au fond d'une aire goudronnée, entre herbes folles et garrigues. Pas grand monde : un couple de vieux sous une tente, une caravane avec deux torses en marcel. Les touristes préfèrent les emplacements proches de la ville. Avec les commodités. Mais lui, les commodités, il les évite ; il n'est pas là pour faire copain-copain avec le voisinage.

Depuis un mois, il campe ici. La gérante lui a présenté une conception de la location qui lui convient : eau, électricité, douche, Internet. Et pas de questions.

Avec sa dégaine de hippie attardée, cheveux ultralongs, tunique à fleurs sur sa peau fripée, et discours *space*, elle lui a délivré son message de paix :

– Chez moi, tu seras paisible, mon gars. Pas moi qui viendrai te chercher des poux. Du moment que tu me paies. T'as pas une mauvaise tête, je m'y connais. Tu devrais quand même mettre quelque chose sur ta blessure. Elle te donne mauvais genre…

Lucas termine son café avec une barre de céréales.

Six heures. Il jette une serviette sur son épaule, prend sa trousse de toilette, traverse l'aire jusqu'au bungalow-douche niché entre quatre chênes verts ridés et tourmentés. Sous le mince filet d'eau froide, les scories de la nuit se diluent avec la mousse de savon. Il sort de la cabine, se drape dans la serviette. Devant le miroir piqué, il ratisse ses cheveux avec ses doigts. Il se reconnaît une méchante allure avec cette balafre sur le front, mais question look, ça ira.

Retour au combi : il enfile pantalon de toile et chemisette, passe à l'avant côté passager, plonge la main au fond de la boîte à gants, en extirpe un étui avec un pistolet, le glisse sous la ceinture, fixe le clip, le cale bien dans le creux de l'aine et rabat le pan de chemise.

Prêt, il glisse son smartphone dans la poche de son blouson en jean et enfourche son engin.

Sur la départementale, bien que sa visière soit relevée, il crève de chaud. À huit heures du matin, le soleil frappe déjà, l'air stagne, plombé par une chape invisible. La route ressemble à un tunnel sous climatisation déglinguée. Le ruban de bitume brille. Quelques virages par-ci par-là, la 250 file comme une anguille. Avec la vitesse, un brin de fraîcheur vient glisser sur ses joues.

Satisfaction éphémère. Aux abords de la ville, un ralentissement. Barrage de police. Deux uniformes pointent les voitures du doigt, les rabattent sur le bas-côté, abordent les conducteurs, contrôlent les identités.

Il double la file, sous l'œil torve des automobilistes qui rongent leur frein dans leur habitacle fournaise. Manque de veine, il est sommé de s'arrêter par le policier bras en croix au milieu de la chaussée ; posture éloquente, message explicite au jeune à moto : la liberté irrite l'ordre.

Il se range à cinq mètres de la Berlingo bleu, blanc, rouge. Un autre uniforme se porte à sa hauteur, front bas de plafond, bouche barrée de moustaches.

– Vos papiers !

Lucas ne moufte pas, exhibe son permis moto.

– Enlevez le casque !

Il s'exécute. Le policier remarque la marque rouge au golfe du front.

– Ton nom ?

– Carini.

– C'est marqué *Chiarini*. Descends de moto !

– Pourquoi ?

– Descends, discute pas !

Lucas fait vrombir le moteur – de sa mauvaise humeur –, se reprend, arme la béquille et descend. Mieux vaut éviter les ennuis.

– Carte d'identité, assurance, et que ça saute !

– Et puis quoi encore ?

– Pardon ? Qu'est-ce que tu me serines ?

L'uniforme recule de deux mètres et glisse insensiblement la main droite vers l'étui fixé à sa ceinture.

– Tourne-toi et pose tes mains sur le guidon, braille-t-il.

Les collègues sont alertés par le glapissement : la portière de la Berlingo s'ouvre. Une gradée, armée d'un téléphone portable, en émerge.

– On se calme, brigadier !

Elle s'approche de Lucas, le dévisage, note la trace rouge qui lui barre le crâne.

– Montrez-moi vos papiers, s'il vous plaît !

– Votre collègue a pris mon permis.

Le moustachu vient se coller à côté de sa cheffe et lui tend le permis.

– C'est pas le sien, siffle-t-il.

– Il va nous expliquer ça ! commente la cheffe. Je vous écoute, monsieur…

– *C.h.i.a.* en italien se prononce *kia*, mais en français, vous voyez ? D'où Carini en usage.

Sourire furtif de la brigadière.

– Je vois que vous êtes domicilié à Marseille. Que faites-vous par ici ?

– Je travaille.

– Où ?

– *Intermarché.*

– Lequel ?

– Rue Charlemagne.
– Comme… ?
– Agent de sécurité.
– Votre carte professionnelle, s'il vous plaît !
– Ah ! Elle est chez moi.
– À Marseille ?
– Non, non, je suis dans un camping sur la route de Sauve.
– Il raconte n'importe quoi ! braille le moustachu.
– Brigadier, ça suffira comme ça. Retournez auprès de votre collègue et activez les contrôles !

La gradée scanne la pièce d'identité avec son portable : consultation du fichier central des antécédents judiciaires.

Puis revient vers Lucas.

– Je vous rends votre pièce. Je suis la brigadière-cheffe Ortiz. Vous vous présenterez au commissariat de Nîmes avec votre carte professionnelle. Vous savez qu'elle est soumise à renouvellement ?
– Oui.
– Et que toute arme létale est interdite dans un supermarché ?
– Oui, m'dame.

Elle esquisse un sourire. « M'dame ».

– Vous pouvez y aller !

Il remet son casque et fait vrombir le moteur. La brigadière-cheffe fait un pas en arrière, lui ouvre le passage.

Il pilote rageusement jusqu'à l'*Intermarché*. Les contrôles de police… Il aurait suffi qu'il soit verbalisé pour excès de vitesse et sa carte aurait sauté. Encore heureux, cette policière était plutôt sympa.

La vitesse lui offre le ballon d'oxygène qui dégrise son excès de nervosité. Bien sûr qu'il préférerait profiter du soleil, des rencontres, l'esprit dégagé, comme n'importe quel touriste.

Il traverse la vieille ville, passe la Maison Carrée et les Arènes. Partout chaussées et trottoirs sont jonchés de canettes, de bouteilles et de gobelets. La féria n'a pas encore commencé que déjà les fêtards ont envahi la place. Les vomissures côtoient les déjections de chiens. Une batterie de gros engins municipaux agite des balais rotatifs pour nettoyer la ville avant que les bourgeois ne s'en horrifient.

Il se faufile sous une arcade des remparts romains qui bouclent encore la ville au sud, et parvient à un renfoncement de la rue où se niche le grand magasin. Pas terrible l'*Intermarché*. Mais bon, le job te permet d'agir à ta guise.

Le parking est hérissé d'enseignes publicitaires :

*Le meilleur et le moins cher…*
*Pour vous aider tous les jours…*
*Le drive, votre commande en une heure.*

Le gérant de l'*Intermarché* pourrait figurer au tableau d'honneur des minus qui rêvent de la cour des grands, tout en se sachant trop petit pour la toise : crâne rasé, ceinture sous-ventrière, chemise foncée à carreaux, bronzage artificiel, air satisfait, frimeur.

Il hèle Lucas depuis son bureau en face du vestiaire, lui fait signe d'entrer, le gratifie d'une poignée de main écrasante ; besoin d'affirmer « c'est moi le boss ». Ce matin, il précise :

– En général les embauches ponctuelles ne sont pas terribles. Mais avec toi, c'est cool : RAS depuis que t'es là ! On a demandé un permis de port d'armes pour le poste. J'espère qu'ils ne nous feront pas de problèmes, du genre les vigiles n'ont droit qu'aux bombes lacrymogènes.

– Ça m'étonnerait que vous obteniez le port d'armes.

– Depuis les attentats, on a le droit au canon court si y a un risque pour sa peau.

– Hum, pas gagné… Mais pas de panique, je suis là !

– Ton arme, c'est quoi au juste ?

– Moi ? Je n'ai pas d'arme.

– Me prends pas pour une buse. Je l'ai vue au vestiaire…

– Non, vous avez halluciné.

– OK. Pigé. C'est quoi au juste, demande-t-il à voix basse. De ce que j'ai entrevu, ça me paraît plutôt un truc de gonzesse.

– Beretta 21A. Petit, précis, percutant.

– C'est du 9 mm ?

– 22 long rifle. Diamètre de la balle, 5,56. Je ne donne pas dans la bouillie !

– Ah ah ah. C'est pour ça que j'ai fait appel à un pedigree. Ces vigiles de remplacement ne savent pas tirer… Y a six mois, on s'est fait mitrailler la façade.

– Oui, mais on n'a pas le droit de porter d'arme létale ici.

– Trois cent mille euros que ça nous a coûté. L'assurance paie, mais la prime augmente. Y a un mois, rebelote, un casse.

– Je sais.

– Le vigile, on l'a retrouvé avec un Serflex dans le dos, et la caissière a piqué une crise d'hystérie, tout juste si elle a pas accouché d'un prématuré dans le magasin ! Tu vois le genre ? Résultat des courses : ils se sont barrés avec le fonds de caisse et il a fallu que je remplace les employés au pied levé.

– Je connais l'historique, vous me l'avez déjà raconté.
– Dis tout de suite que j'radote.
– Non, mais...
– On m'a dit que t'as bossé dans la protection rapprochée chez les « Bédouins ». C'est vrai ?
– Oui.
– T'as dû en voir !
– Surtout en éviter !
– La prévention, c'est bien, mais si ça chauffe, on compte sur toi.
– Pas d'inquiétude !
– Jusqu'à dimanche, neuf à quinze heures. Semaine prochaine, quinze à vingt-deux heures, ça te va ?
– Ça marche !
– Les rondes de nuit, ça t'intéresse ?
– Pas trop, je n'ai pas de chien !
– T'es marié ?
– C'est tout comme !
– Et le 15 août, t'es pas du genre à me poser un méga-pont, hein ?
– Non, plutôt à en imposer. Ça vous va ?
– Ça me va ! lâche-t-il en souriant.

Au vestiaire du personnel, Lucas accroche ses vêtements dans le casier métallique, enfile sa tenue jaune lavasse avec un liseré violet aux poches. Glisse son Beretta dans la ceinture.

Et prend son service.

Porte arrière du magasin : les deux caissières sont déjà là à l'attendre. Pile à l'heure. Il leur ouvre, scrute les alentours ; la dernière fois, les truands ont bondi à ce moment-là.

Les caissières revêtent leur blouse et préparent leur fonds de caisse. Il accompagne le mouvement. Le gérant lui cligne de l'œil, tandis qu'il coince la plus jeune au moment de lui remettre l'argent sorti du coffre.

– Alors, qu'est-ce qu'on dit ?

– Ah, monsieur Kevin, répond-elle, avec un sourire forcé qui n'ose pas décocher une gifle.

Lucas déroule le protocole routinier : inspection du réseau de caméras qui converge au PC de sécurité, petit local à côté du vestiaire ; contrôle des accès aux portes.

À l'heure d'ouverture, position à l'entrée du magasin, une bonne heure.

Ronde dans les rayons, parmi les clients, suivi des gestes, surtout ceux des adultes qui présentent bien ou qui portent un chapeau, planque rapide. Les jeunes, eux, sont transparents, ils ont l'air dans le besoin, ils viennent le vendredi pour une bouteille de whisky…

À l'heure d'affluence, position à l'arrière-caisse, deux heures d'affilée. Inspection visuelle de quelques sacs.

Puis sur le seuil, pour détailler le client de pied en cap, repérer l'éventuel zigoto.

De temps à autre, un saut à la vidéosurveillance et aux écrans…

Et à quinze heures, Lucas passe le relais au vigile en poste l'après-midi. RAS.

Avant de partir, il achète une barquette, un plat préparé sur place ; l'avale assis sur sa 250 garée à l'arrière.

L'esprit déjà ailleurs.

# 2

## *Pas de tir*

Sept kilomètres par la départementale 13. Un bâtiment préfabriqué, un décor froid : des armes, des fusils, des cartouches, des revues sur les pistolets, des couloirs de tir séparés par des vitres blindées. Des bruits secs et métalliques.

– Salut, Lucas !

Il est connu dans le stand. Il s'y entraîne, y est affilié. Avec un carnet de tir validé par le directeur.

On lui remet un Beretta 92FS et un plateau de trente cartouches.

Beretta 92FS : bonne arme de poing, utilisée par la police à une époque. Semi-automatique précis, résistant, fiable. Facile à utiliser. Longueur : 217 mm. Poids : 740 g. Puissance de feu impressionnante : 15 cartouches. Rapidité de rechargement. Cartouches : 9 mm Parabellum.

Il connaît le protocole : garnir le chargeur dans le *tube*, cylindre de protection.

Se rendre à un compartiment.

À côté, un homme âgé avec un calibre .38 s'entraîne à dégainer, de face et de profil. Un ancien policier sans doute.

À quarante mètres, un M12 fait un bruit d'aspiration si puissant qu'il le fait trembler.

Devant lui, à vingt-cinq mètres, sa cible. De là où il se trouve, un timbre-poste.

Cette distance lui suffit : pas besoin de *taper le gong* à soixante mètres pour se rassurer sur sa précision. À l'inverse, il ne tombe pas dans la facilité d'un carton à cinq mètres.

Lucas engage le chargeur dans la crosse, tire la culasse, et la première balle vient se chambrer dans le canon. Puis il chausse l'arme dans la main droite, appuie légèrement sur la queue de détente pour sentir la pression.

La première balle, chien rabattu, c'est celle de la décision ferme : il faut vaincre cinq kilos de pression. C'est une volonté qui appuie, pas la nervosité.

Lunettes de protection, casque et bouchon antibruit.

Maintenant, bien planté sur ses deux jambes, il se trouve dans l'axe de la cible. Chien armé, prêt au tir.

Il serre bien le Beretta, la main droite forte, la gauche faible, les deux jambes en compas, les deux bras tendus. Inspire. Dose sa force, se prépare au recul. Expire. Vise.

Appuie sur la détente.

*Pan !*

La cartouche est percutée, la poudre enflammée, la culasse vient en arrière, la balle fuse. Le souffle de la déflagration.

Le bras fait ressort, subit l'effet de relève. Une veine gazeuse enrobe le canon, la douille s'éjecte et cliquette sur le ciment.

Lucas évalue le résultat : la balle a troué la cible à la bordure du rond noir, a tapé sur le 6.

Avec ce premier coup, il jauge l'arme et son bras, adapte sa force au recul, évalue l'effet de relève et comment anticiper le choc en visant.

Il relâche la détente, le mécanisme se réarme automatiquement, la cartouche remonte du chargeur, s'engage dans la culasse.

Il appuie.

*Pan !*

La balle se loge dans le cercle 7.

La troisième balle dans le 9. Les suivantes dans le 10, trois fois, et le 9, par trois fois.

Il jubile intérieurement.

*Taper* un 9, un 10, c'est une victoire. Mine de rien, dans le calme du centre où l'on n'entend que le raffut des armes, appuyer sur la gâchette vaut un hurlement. Tirer vaut décharger. Le cerveau libère adrénaline et sérotonine. Aucun cri, mais expression puissante.

Il change les mains de position, gauche forte, droite faible. Au cas où le jour J, à l'instant T, sa main droite aurait une faiblesse, une blessure, il devrait permuter.

Feu…

Il touche le cercle 4.

Reprend sa visée, se reconcentre ; touche le 6 deux fois puis le 7 trois fois.

Le score est moins bon. Normal.

Il autoévalue son comportement : satisfaisant, pas de tremblements, pas de palpitations, pas de sueur dans les mains, pas de spasme digestif. Peut-être une légère dilation des pupilles. Rien d'affolant, s'il en juge par la sensation des globes.

Il repose l'arme.

La frustration arrive peu après, dans le silence de l'arme : une impression de puissance en reste, de pugnacité en manque, de vindicte en demande…

Heureusement, il dispose d'une seconde série de balles.

Cette fois, avec son arme personnelle : Beretta 21A chambré en 22 long rifle.

Moins puissant que le 9 mm, moins précis, mais plus net ; n'explose pas la cible. Discret, au point qu'on le dit « de dame », compact, léger, on peut le planquer dans la ceinture. Moins long qu'une main ouverte ; 28 mm d'épaisseur, 390 g chargé. Une bascule qui permet de loger une balle directement dans le canon prêt à tirer. Avec le large pontet, on passe facilement un doigt épais ou ganté sur la détente. Sécurité facile d'accès, avec le pouce. Fiable, rapide, pratique. Un mythe pour tous ceux ou toutes celles qui ont crié vengeance.

Lucas vérifie le chargeur, l'engage vide, le ressort, le garnit des sept cartouches 5,56 et approvisionne. Puis il charge une huitième balle directement dans le canon.

*Pan !*

2,5 g de plomb propulsés à la vitesse subsonique de trois cents mètres par seconde touchent le 10.

*Pan !*

Effet de relève à peine perceptible.

*Pan !*

Il atteint le cœur de cible : 10.

À présent, cible vitesse : cinq cartouches en vingt secondes. Avec un semi-automatique, il faut relâcher la détente après chaque tir pour que le mécanisme se réarme.

*Pan… pan… pan !* Touche le 8, le 7, le 8.

Il se remet en place, se repositionne, reprend sa visée : 8… 8.

Pour finir, deux balles à une seconde d'intervalle : 9… 9.

Lucas respire. Le tir atteste de sa maîtrise, de son sang-froid. Mille cartouches dans l'année, la pratique a conforté sa détermination. Ses tirs à vingt-cinq mètres lui donneront l'assurance nécessaire pour faire feu de près. Sans hésiter. Malgré la paire d'yeux en face de lui. Il tirera net et précis. Une balle suffira. Deux, pour être absolument certain.

# 3

## *Paradise*

La nuit, la température baisse peu, les façades d'immeubles jouent à la brique réfractaire, exhalent le stock de chaleur accumulée sous le soleil.

L'ambiance urbaine n'en est que plus électrique et anarchique. Aficionados et touristes ont envahi la place centrale et libèrent leurs excès.

À la sortie de la ville, sur la route d'Avignon, la nuit s'avère autrement torride. Le bal des phares a commencé, les voitures défilent au pas et s'arrêtent brièvement devant le drive-in sauvage où s'exhibent les prostituées en bottes noires et microshorts. Derrière les filles, les dealers, dos collé à la façade du club *Paradise*.

Le trafic a commencé dès minuit. Transactions intégrées, calibrées : cinquante euros la passe ; cinquante euros deux *lignes*.

Sitôt le marché conclu, l'affaire est rondement menée :

1. Le client se loge avec la fille derrière le premier meuble urbain venu : abribus, panneau publicitaire ou entre deux voitures.

2. Il sniffe sa première ligne.

3. La fille se penche sur la braguette déjà ouverte, colle un préservatif sur le membre et s'emploie.

4. Le type éjacule en moins de trois minutes.

5. Le type sniffe sa seconde ligne de coke et repart au paradis en moins de deux.

6. Illuminé, il prolonge sa soirée « d'enfer » au *Paradise*.

Lucas loge sa 250 dans le hall d'un immeuble à proximité, l'enchaîne, la cadenasse. C'est plus sûr. À deux heures du matin, les démons jaillissent des bouches d'égout et déferlent leurs noirceurs : les dealers s'éliminent entre eux, les crapules fondent sur les portefeuilles, les suprémacistes cognent les filles et les transsexuels, et les machos se voient en minotaures dans le dédale du sexe.

Lucas zigzague parmi ce beau monde, évite lingettes et préservatifs usagés – il est là pour une tout autre affaire.

Il pénètre dans le club.

Dans la première salle bondée, survoltée, empestant la sueur, la bière, le vin et l'*herbe*, la meute boit et hurle. Le verre se vend à quinze euros, prix d'entrée. Dans la deuxième salle, sur une musique techno qui électrise les neurones, possibilité d'un « extra » au tarif low cost : cinquante euros pour une passe *go fast* entre toilettes et escalier. Et si affinités, une chambre en haut, une demi-heure, cent euros. Avec un set « draps et capote » à cinq euros, le *Paradise* garantit la salubrité, de *a* à *z*, préservatifs, draps, cagibi aseptisé.

Lucas se faufile jusqu'au comptoir. La maison invite à une dégustation spéciale de téquila pur goyave.

– Je vous en mets une ? propose le barman bardé de tatouages comme un Mara mexicain.

– Carrément !

Aussitôt arrive un verre à shot, une dose de sel à mettre entre pouce et index, et une demi-tranche de citron. Lucas lèche le sel, avale l'alcool d'une traite, termine en suçant la pulpe acide.

Puis demande un deuxième verre et engage la conversation :

– Je cherche un type. Quarante balais, trapu, il se fait appeler Verdugo. Paraît qu'il vient ici.

Le barman affiche une moue sceptique.

– J'percute pas !

– Il a un œil genre vitreux.

– Ça m'dit rien…

– Si jamais tu le vois, dis-lui que je voudrais lui parler. J'ai besoin de lui. Ça l'intéressera, ajoute-t-il en lui glissant un billet vert de cinquante euros.

– Je vous remets ça ?

– Un bien tassé !

Lucas se retire dans un coin de la salle, s'assied dans un angle d'où il suit les allées et venues, le manège de la clientèle venue des quatre coins de France et d'Europe. Il repère les videurs qui veillent au grain – deux hommes placides au crâne rasé – et entrevoit la salle où des jeunettes sont proposées en consommation immédiate. L'ambiance lounge invite à la détente, les banquettes molletonnées à l'abandon. Quelques couples gays, version Harley-Davidson, grosses barbes et torses nus sous gilets de jean, se tripotent l'entrejambe à qui mieux mieux. Quelques couples hétéros se pelotent gentiment. Les clients n'ont pas l'air méchant. Ils ressemblent à ceux du rayon bricolage de l'*Intermarché*, se dit Lucas. Il se demande si leur seule perversion consiste à boire, à se shooter et à s'octroyer une passe *vite fait* dans la salle d'à côté. Ou bien si, sous des aspects anodins, ce sont des brutes travaillées par la violence ; qui viennent au club libérer leur pulsion, la dissoudre dans l'alcool à quarante degrés, comme d'autres à la corrida jouissent des spasmes de la bête agonisante.

Il avale une gorgée d'alcool. Qu'a-t-il de commun avec ces types-là, lui qui n'a ni goût du sang, ni besoin de hard. Rien ! Lui, ses bouillonnements d'hormones sales, il les canalise, les focalise. Sur une seule cible. Dans une seule perspective.

Il boit une autre gorgée de téquila, sans sel ni citron. Essaie de calmer ses nerfs échauffés par l'attente…

Si Verdugo se profile dans cette masse de clients, il lui collera une balle entre les deux yeux. Une autre au cœur. Sans discussion. Son bras ne tremblera pas. Le geste a été répété. Au stand de tir, il ne faillit pas. Pointer le canon, il s'y est préparé.

Et il fuira aussitôt après. Bien sûr il y aura des témoins, mais ils se contrediront…

Tout à coup, le barman lui adresse un signe de tête, un regard, puis un coup de menton tendu vers la silhouette massive qui surgit de la deuxième salle.

*C'est lui !*

Verdugo se rue sur le comptoir, l'air furieux, et réclame une vodka glacée. Le barman le sert, se penche, lui chuchote à l'oreille. L'un et l'autre se tournent brièvement vers Lucas.

Ce regard torve, cette boule informe et brutale, ce bloc de pierre, c'est lui. Cette gueule monstrueuse, prête à charger, *ma main à couper que c'est lui.*

Un violent éclair strie l'esprit de Lucas, un flash du passé, une sorte d'extraction forcée du Marseille d'autrefois, il y a dix ans, un éclair fulgurant : la mitraille à la kalachnikov, le corps qui tombe, un autre qui s'affaisse… Léo au sol…

*C'est lui.*

C'est lui qu'il doit abattre.

Enfin, il est là, devant lui.

Verdugo avale son verre, fend l'amas de clients autour du comptoir et file vers la sortie. Passant de profil dans le champ de Lucas, il tourne la tête vers lui une fraction de seconde et lui lance un regard pervers, haineux, sinistre. Son coup d'œil part d'un lance-roquette doublé d'un lance-flamme.

Lucas encaisse mal le choc. En reste paralysé un instant.

Ce regard, c'est la mort qui resurgit. Il ne peut s'empêcher de trembler, de serrer les dents. Sa peau se hérisse, se couvre de transpiration. Une peur soudaine, atroce, l'immobilise, bloque son souffle, suce son sang. Peur si prégnante qu'il doit réprimer de toute sa volonté son envie de fuir, d'échapper à tout cela, de refouler le passé, de le laisser inabouti.

Il le tient là, en chair et en os, à cinq mètres, et il est paralysé devant lui. Il suffirait qu'il se dresse, se porte à sa hauteur, de côté, lui bloque le cou avec le bras, applique le canon sur sa tempe et appuie sur la détente. Et ce serait fini…

Enfin, il se lève, titube à moitié – il n'aurait pas dû boire cette cochonnerie de téquila –, atteint la sortie, scrute le trottoir, le parking, la meute des noctambules… Trop tard, Verdugo a disparu, fondu dans la masse.

Tête basse, pas lourd, Lucas retrouve l'immeuble où il a entreposé sa moto. Tombe sur une fille débraillée en discussion avec un client insistant.

– Si tu veux tirer un autre coup, mon loulou, c'est cinquante de plus !

– *What?*
– *Fifty!*
– *Fucking whore!*
Lucas écarte le touriste, qui le repousse en criant :
– *Fuck you!*
La tête de Lucas heurte le chambranle. La peau du front éclate.
Lucas l'agrippe par les cheveux, le frappe contre la porte barrotée.
Le type hurle :
– *Son of a bitch!*
Lucas récupère sa moto et son souffle. Reprend la route. Son crâne lancine sa furie, sa faiblesse, sa trahison…
Il aurait dû l'abattre tout de suite, il aurait dû en finir. Depuis le temps…
Il serait libéré maintenant…

Tout au long du trajet, une nuit bleutée, étoilée, parfumée de lavande et de senteurs de pin, presque tendre malgré la canicule persistante, l'invite à profiter d'elle et à s'enivrer. Mais Lucas ne respire que la seule odeur fétide de sa lâcheté.

# 4

## *Enquête de terrain*

La brigadière-cheffe Ortiz pénètre en furie dans le bureau du capitaine au premier étage de l'hôtel de police.

– Alors, c'est pour quand ce débriefing sur le casse de l'*Intermarché* ? Je me suis farcie vos contrôles d'identité qui ne servent strictement à rien. Faudrait peut-être passer à la vitesse supérieure.

– C'est comme ça qu'on a coincé les braqueurs du *Lidl* il y a deux ans !

– Tu ne m'ôteras pas l'idée qu'il y a une complicité de l'intérieur.

– Ah ! Ah ! Ah ! La caissière enceinte, peut-être ?

Le capitaine affiche l'air imbu de celui qui croit tenir son bâton de maréchal avec un grade d'officier subalterne. Ortiz le recadre régulièrement et lui fait mordre la poussière de son bureau.

– Le vigile, capitaine Duschnock !

– Ortiz, tu commences à me les briser !

– Encore faudrait-il en avoir !

– Oh, ça suffit ! hurle-t-il en bondissant de son fauteuil.

Ortiz se replie dans son bureau. Qu'elle partage avec deux gardiens de la paix dans vingt mètres carrés. Farid, jeune Beur athlétique, Hervé, beauf mûr. Ce dernier émarge au contingent des flics incrustés dans le métier depuis plus de vingt ans : bureaucrate plus que limier, ventru, des dents jaunes, le cheveu rare, une épaisse moustache compensatrice et de grosses lunettes en écaille.

– Alors, Ortiz, tu t'es fait ramoner par le capitaine ? lance-t-il.

– À mourir de rire !

– Sûr que tu vaux le coup, petite sœur du bled ! ajoute Farid. Si t'as besoin d'un grand frère…

Elle se réfugie dans son coin plutôt que de répondre à ses collègues en chaleur.

Ce matin encore elle a bataillé. A failli jouer du poing quand un collègue a vomi des yeux adipeux sur sa paire de seins.

– Je les ai lourdes ce matin, lui a-t-il craché.

Tous les jours ou presque, elle essuie les blagues salaces de la gent masculine en uniforme et autres confidences lubriques du même acabit. Et tous les jours, elle se défend contre l'agression.

– Cette nuit, j'ai retourné bobonne, se vante l'un.

– Et alors, ça lui a fait quoi ? Vu que t'éjacules en précoce !

– Va te faire brouter le gazon, Samia.

– Tu vas pleurer, maintenant, gros minet ?

– Viens un peu avec moi, tu vas voir comment je pleure…

*And the beat goes on, and the beat goes on…*, siffle-t-elle.

Pour amortir les saillies, elle porte son gilet pare-balles sous sa chemise à épaulettes : le Kevlar protège des coups, y compris des durs et des tordus.

N'empêche qu'une vague de tristesse l'envahit à chaque réflexion qui la renvoie à son sort de femme flic sans joie : à trente ans, elle n'a pas de mec, juste des mains aux fesses, et au travail, aucun espoir de sauter dans la case des officiers.

Réaliste, ne se voyant pas redonner dans le mariage ou plonger dans le concours interne, elle s'étourdit en solitaire. À ses moments libres, le vendredi ou le samedi soir, elle se « tape un minet » à la sortie d'une discothèque, ou un gros matou sur le capot de sa Citroën (jamais dans l'habitacle). Après le défouloir artificiel, elle rentre chez elle un peu moins hystérique. Mais tout aussi déprimée.

Chez elle, pas vraiment un chez-soi : un T2 social qui se résume à un lit, un coin cuisine avec micro-ondes et un balconnet sur l'avenue d'où elle aperçoit le commissariat.

Elle n'a pas eu le choix. Il a fallu trouver d'urgence un toit, n'importe lequel, pour échapper au foyer conjugal : elle avait commis l'erreur de se laisser épouser par un flic de la brigade d'intervention de Montpellier, un frustré qui la cognait de temps à autre pour faire remonter son propre niveau d'estime. Elle a fui en courant après une énième séance d'amour vache. L'ex sévit toujours, muté à Perpignan. À ce qu'elle en sait, il casse de l'immigré, désormais.

Trente balais et quelle vie ? Brigadière-cheffe au GVP – groupe de voie publique –, brigade en charge de la criminalité de toute espèce. Son quotidien ? Le banditisme en arrière-cour de Marseille ; les dealers de la ZUP avec des caïds qui gagnent dix mille euros par jour à vingt ans ; les mendiants organisés qui volent à la tire et prostituent leurs gosses ; des frappes de tout poil qui mitraillent à la petite semaine ou détroussent le petit commerçant. Nîmes, championne de la délinquance au nombre d'habitants.

Et chaque soir de la semaine, harassée, Samia ôte son gilet pare-balles devant le miroir collé au mur. Lequel reflète une belle môme anémiée. Un gâchis à fendre l'âme.

Elle se concentre sur l'enquête. La semaine passée, elle est retournée interroger la caissière chez elle : un deux pièces dans une HLM près de l'hôpital, qu'elle partage avec un compagnon « cassos », sans emploi depuis toujours, deux gosses et un troisième « dans le tiroir ». « Trois gosses, c'est bon pour les allocs », lui avait soutenu le pseudo-mari lors de sa précédente visite.

Ortiz a sonné à la porte en faux acajou et entendu à travers le contreplaqué :

– Ouais, c'est pourquoi ?

– Police !

– Et mon cul, c'est du poulet ?

– Police. Ouvrez !

Finalement, une sous-chemise marcel infestée de poils a ouvert la porte.

Elle a évité le gros ventre, est allée directement vers la femme.

– Je suis désolée, a gémi la caissière, ronde comme une pastèque, enceinte de six mois. J'pouvais pas deviner que c'était vous. Avec ce qui se passe, vous comprenez…

– Je comprends.

Le beauf s'est vautré dans son fauteuil et plongé dans la télé.

Elles se sont assises à la table en latté peint.

– Il y a un point que j'aimerais que vous me précisiez.

– J'ai déjà tout dit !

– C'est toujours ce que vous répétez, vous autres, les témoins. C'est drôle, cette manie… Le vigile, comment était-il avec les agresseurs ?

– Comment ça ?

– Aurait-il pu être leur complice ?

– Il avait un pistolet pointé sur le crâne ! Il serait mort si je n'avais pas ouvert le coffre !

– Mais, justement, est-ce qu'il n'en faisait pas trop ?

– Il crevait de trouille. Il est en arrêt maladie maintenant, comme moi…

– A-t-il tenté quelque chose, ne serait-ce qu'une seconde ?

– Euh…

– Hé, la flicaille ! a grogné le beauf. Faudrait voir à pas confondre vigile et inspecteur Harry ! J'ai un pote vigile, il n'a pas d'arme !

– Il te ressemble en somme : un impuissant payé à rien foutre !

– Quoi ? J'vous permets pas.

– Ah, j'veux pas d'histoires, a chouiné la femme en s'interposant. J'ai déjà été attaquée y a un an. J'ai cru que j'allais mourir. Si ça se trouve, je vais encore être virée.

– Mais non, ne vous inquiétez pas, il y a des lois sociales.

– Tu parles ! avait lancé le cassos.

Elle est repartie en maugréant contre cette race de mecs qu'elle ne peut éviter, engluée dedans par le métier.

Après avoir traversé la ville en diagonale, elle a rejoint la rue du vigile en question. A découvert une vieille maison divisée en appartements, un studio au rez-de-chaussée, avec un chien, un bâtard noir à longues oreilles dressées, et le vigile du genre Bérurier, dépoitraillé, décoiffé, rasé à la cuiller, taché.

Il l'a accueillie avec un grand sourire, trop content de recevoir la visite d'une femme, en uniforme d'été, avec une chemisette qui galbe les seins et un ceinturon qui lui cercle la taille. Des yeux au bord de l'apoplexie, des prunelles affolées par un mouvement perpétuel de va-et-vient taille-poitrine avec arrêt sur l'entrejambe.

– Vous vous souvenez de moi, à ce qu'on dirait, a-t-elle observé.

– Pas qu'un peu. Qu'est-ce qui me vaut l'honneur, ma petite dame ?

– Vous avez une mutuelle ?

– Pourquoi ?

– Pour ne pas creuser le déficit de la Sécu !

– Eh, je bosse moi, je cotise !

– À quelle caisse, celle des caves ? Pourquoi l'alarme n'a pas sonné quand les malfaiteurs sont entrés ?

– Hé, la poulaga, faudrait voir à pas dégoiser !

– On est en off, gros minet, dis-moi combien t'as touché dans le casse de l'*Intermarché* !

– Ah ! Ah ! Ah !... Futée, la mignonne. C'est t'y qu'elle voudrait en croquer ? a-t-il tenté l'œil gluant.

– Alors ?... J'attends !

– Écoutez, le type m'a filé cent euros, « pour le préjudice moral », qu'il a dit.

– C'est tout ? Je crains que le compte n'y soit pas. Faut faire un effort ! Si tu me donnes le nom de celui qui t'a arrosé, je pourrais te prendre en considération.

– Hé, j'fais pas dans la balance. En plus, je sais que dalle sur ces deux zigues.

– Un petit détail, un petit tuyau ?

– Qu'est-ce que j'aurais en échange ?

– On verra sur pièces.

– Y en a un qui marchait en canard, a-t-il ricané.

Elle lui a alors décoché une gifle de première. Qui a remis en place le bonhomme.

Une gifle qu'elle a aussitôt regrettée : pourquoi aligner son comportement sur ces sous-hommes ? À quoi bon entrer dans leur répertoire, relayer leurs façons et parler leur code de zonards ? Elle n'en tirait rien de plus en termes de renseignements, et elle y laissait sa fragrance.

*C'est le manque d'amour qui me rend hommasse*, se dit-elle.

Elle s'est donc ressaisie et a campé son personnage officiel avec sérieux.

– Vu que vous ne collaborez pas, monsieur, je vous montre un papier officiel, a-t-elle assené en dégainant un document de sa poche. Vous savez lire ? *Ordre de perquisition*, a-t-elle enchaîné, sans lui laisser le temps de détailler le document qui concernait une autre affaire.

S'introduisant dans le coin cuisine où elle avait remarqué les nombreux post-it plaqués sur le réfrigérateur, elle a repéré parmi les mémos *croquette*, *antipuces*, *pinard* un morceau de papier sous un magnet, le seul : il comportait une initiale *D* et un numéro de portable.

– Si je compose ce numéro-là, je tombe sur qui ?

– Personne. C'est l'aide-ménagère.

– Ah oui ? Faites voir votre portable !

– Pas question !

– C'est un ordre, monsieur. Remettez-moi le portable ou je le saisis !

Elle a composé le numéro : une call-girl…

Le capitaine entre dans le bureau des brigadiers et hurle :

– Alors, qu'est-ce vous foutez le cul sur une chaise ? On en est où avec l'*Intermarché* ? Ça fait un mois, on a l'air de débiles profonds. On est une antenne de police judiciaire de Montpellier, bon Dieu ! En piste, les clowns !

Ortiz ne se le fait pas dire deux fois. Elle quitte le bloc de béton du commissariat. Au volant de sa Berlingo, elle reprend son idée fixe d'une complicité de l'intérieur. Le *modus operandi* du braquage le lui suggère fortement : pointer une arme sur le front d'un vigile relève selon elle d'une trouille d'amateur qui va trop au cinéma, surtout pour un butin de quelques centaines d'euros dans un magasin de seconde zone. Pour que ces baltringues osent le coup, il a fallu que l'*Intermarché* y mette du sien ; donc le vigile ou le gérant, ou les deux, sont impliqués…

Elle traverse le parking goudronné, pose le pied sur le tapis de seuil et déclenche l'ouverture automatique des portes vitrées. Un jet d'air conditionné glacé s'abat sur ses épaules. Lucas campe à l'entrée, devant les caisses. Elle s'approche de lui, nez à nez, le dévisage, s'attarde sur les rougeurs qui lui barrent le crâne… entonne le rappel à l'ordre :

– Vous deviez me présenter votre carte professionnelle ! Je vous convoque *manu militari* ou je vous fais sauter l'agrément ?

– J'irai, c'est juste que je n'ai pas eu le temps…

– Je ne plaisante pas, jeune homme. Une enquête est en cours. Montrez-moi votre carte immédiatement ! ordonne-t-elle en affichant un calme qui contraste avec son humeur.

– Elle est chez moi. Mais je vous assure que…

– Vous me la présenterez en fin d'après-midi au commissariat ! Je vous conseille d'y être !

– C'est noté, m'dame.

*M'dame.* Elle esquisse un sourire intérieur.

– Bien… Alors, comment ça se passe ici ?

– Normal. RAS.

– Ça fait combien de temps que vous travaillez ici ?

– Un mois.

– Et ces marques sur le front ?

– Ce n'est pas le travail.

– C'est quoi, alors ?

– Eh bien…

– Bon, vous m'expliquerez ça plus tard. Le gérant est dans son bureau ?

– Là-bas, au fond. Je vous y mène ?

– Je connais le chemin.

– Je vous accompagne quand même.

Ils marchent côte à côte.

– Avez-vous remarqué des clients suspects, en reconnaissance de terrain ?

– Rien d'inhabituel. Pourquoi ? Faut que je me prépare à un assaut ? Le gérant m'a parlé d'une bande qui s'amuse à mitrailler les hypers…

– Ça s'est produit une fois : c'était un acte isolé.

– Et ceux qui ont braqué la caissière, c'était isolé aussi ?

Ortiz s'arrête et se plante devant lui.

– Bah voyons ! Vous êtes du genre à critiquer la police ?

– Vous les avez coffrés ?

– Dégoiser sur la police, c'est de bon ton par les temps qui courent ! Surtout quand on est simple vigile et qu'on a raté le concours de police.

– Pas très cool !
– Ne venez pas vous plaindre de la police, ça m'agace !
– Vous tombez à côté. Je pourrais être officier de police !
– Ah oui ?
– J'ai une licence en droit.
– Bien sûr ! ricane-t-elle.
– Je…
– Au lieu de me bassiner avec ce que vous n'êtes pas, dites-moi plutôt ce que vous pensez du gérant.
– Hé ! fait-il d'un air hargneux.
– C'est bien ce que je craignais : fort en gueule, mais pas en actes !
– La porte du gérant est au bout de l'allée, m'dame, dans le renfoncement à gauche !

Elle poursuit seule vers le fond du magasin. Frappe à la porte *Directeur*.
– Entrez !
– Bonjour, je suis la brigadière-cheffe Ortiz.
– Oui, je vous reconnais. Du neuf ?
Elle referme la porte derrière elle, tandis que le gérant contourne son bureau et s'approche d'elle, trop près, l'œil brillant.
– Que me vaut l'honneur de votre visite ?
– Je dors mal à cause de ce cambriolage.
– Ah, quel dommage, fait-il, égrillard.
– Il y a certaines choses que je ne m'explique pas.
– Je pourrais peut-être vous aider, insiste-t-il, lubrique.
– Les auteurs du casse débarquent à l'heure de l'ouverture. La caissière en chef et le vigile vont ouvrir la porte du magasin. Ils sont aussitôt attaqués. Question : pourquoi

l'alarme ne sonne pas ? *Deuzio* : pourquoi n'êtes-vous pas présent à l'ouverture ? *Tertio* : comment les auteurs savent-ils que la recette de la veille se trouve encore dans le coffre ?

Le gérant recule d'un pas et son œil s'éteint.

– Où voulez-vous en venir ? On a tout expliqué au poste.

– C'est la facilité avec laquelle les agresseurs sont entrés que je ne m'explique pas.

– Je vous arrête tout de suite. Le vigile a toute ma confiance.

– Je n'en doute pas une seconde : vous le laissez seul justement ce jour-là !

– Eh ! Doucement avec ce que vous avancez.

– Moi, je n'avance rien, je constate.

– Je crois préférable de ne plus répondre à vos questions.

– C'est cela, appelez votre avocat !

– Au revoir, brigadière de mes…

– Vous devriez le dire tout haut !

– Quoi ?

– « Brigadière de mes deux », vous le pensiez si fort.

– Pas du tout, rougit-il.

Ortiz quitte le bureau abruptement. Elle marche d'un pas rapide, agacée, furieuse contre lui et plus encore contre elle-même.

*Tu te pointes comme un roquet, une ado en bisbille avec papa ! Prépare tes coups, bon sang, Samia !*

Elle bougonne encore, quand elle se heurte à Lucas qui arpente le pas de la porte.

– Venez avec moi dehors, lui intime-t-elle.

Il la suit.

Sur le parking, elle lui interjette :

– Vous allez me rendre compte personnellement des agissements de ce gérant. Si vous voyez quelque chose de bizarre, vous me le signalez. Vous m'entendez ? Vous êtes agent de sécurité, vous savez de quoi je parle ou il faut que je vous le traduise ?

– Ça ira.

– Vous avez un portable ?

– Évidemment.

– Vous photographierez les gens à l'entrée du supermarché, ceux qui vous inspirent des soupçons.

– Ça peut en faire beaucoup !

– Le menu fretin ne m'intéresse pas.

– Et question *droit à l'image* ?

– Je vous couvrirai.

– J'ai le choix ?

– Non ! Collaborez et je ne vous tannerai pas sur votre carte ! Ne collaborez pas et je vous la fais sauter !

– J'avais compris.

Elle s'éloigne sous le regard de Lucas encore surpris, fait dix pas puis, brusquement, se retourne, marque un temps d'arrêt, le détaille de pied en cap, revient sur ses pas, et se plante à cinquante centimètres de lui.

– Vous aimez la corrida ?

– Euh… Pourquoi ?

Elle sourit légèrement.

– Samedi, dix-sept heures, entrée principale !

– C'est une convocation ?

– Oui. Soyez à l'heure !

# 5

## *En Camargue*

Au coucher du soleil, entre Saint-Gilles et Saintes-Maries-de-la-Mer, la Petite Camargue offre le spectacle bucolique de ses chevaux gris qui côtoient des taureaux noirs en toute tranquillité. Pour le bonheur des yeux, les gardians armés de longues piques reproduisent les gestes éternels des vachers qui parquent, marquent et trient le bétail. Et le touriste ému par le spectacle attend impatiemment de retrouver chevaux et vachettes dans une course camarguaise folklorique où il connaîtra un frisson à moindre péril : taquiner la bête, toucher la cocarde entre les cornes et prendre les jambes à son cou.

Mais, dans ces terres humides du delta du Rhône, derrière ces images d'Épinal, se niche une autre réalité, la nature profonde du pays : des élevages de *toros*.

Des bêtes de combat apparemment placides, mais qui adorent s'entretuer. Des gueules de teigne aux humeurs soudaines et féroces. Des cornes hautes et dressées sur des râbles en acier trempé. Des monstres de cinq cents kilos qui ruminent leur hargne, en attente du moment de vous encorner, que vous soyez touriste, gardien de troupeau ou militant anticorrida…

Léa Belmonte n'est pas dupe de la sauvagerie des *toros*, ces brutes programmées qui défoncent tout ce qui bouge dans l'arène. Et pour cause. Dans l'arène, elle leur tient la dragée haute, les plie sous ses banderilles. Quand le *toro* voit rouge et charge, elle l'esquive, le contourne et lui flanque sa pointe dans le râble. Au moment fatidique, elle porte l'estocade, lui plante la lame au milieu du collier et le couche dans le sable. Hochement de tête, coup de menton, la foule applaudit.

Léa galope sur son pur-sang arabe. Quand elle parcourt ses terres – des prés jaunis par le soleil et pilonnés par les sabots –, elle ne se voit pas en safariste émerveillée, mais en toréra maîtresse de soi. Elle se sait fière allure en selle. Élégante, racée. À cheval, elle trouve sa force, sa plénitude. Entre ses jambes frémit le bel animal, sa chaleur, ses muscles : elle en épouse la soufflerie du bas-ventre aux naseaux. Se nourrissant de ces vibrations conquérantes, elle surmonte alors la noirceur, la sauvagerie de l'existence.

Dans deux jours, elle prendra son alternative. Elle sera adoubée et consacrée toréra en abattant l'un de ces *toros* monstrueux. Vêtue d'habits pourpres et d'or, elle descendra de cheval sous les bravos du public, brandira les oreilles coupées de la bête achevée dans les formes. On lui décernera son « doctorat », l'alternative, son couronnement, enfin.

Le maestro-toréro Rafael Eralta la parrainera.

– Tu as le sens de la ligne, le sens de l'emplacement, l'a félicitée Rafael. Tu sais équilibrer la violence de l'attaque par l'intuition de l'esquive. Tu prendras ton alternative à la féria de juillet, surtout pas en septembre, maudit mois qui a emporté tant de toréros...

À cette seule pensée, elle voit les fleurs pleuvoir sur elle, comme autant de victoires sur la calamité.

Au pas dans la cour arrière, puis pied à terre, elle mène Furie par la bride jusqu'à l'écurie. Là, elle le panse, le brosse, l'éponge, le peigne, le cure. Lui caresse le col, pose sa joue sur la sienne, lui parle à sa manière. Il dresse les oreilles, comprend ses silences de femme blessée.

Comme chaque soir ou presque, son père l'attend assis dans son fauteuil en rotin placé sur le seuil du mas. Un cigare vissé au coin du bec, il contemple sa fille, future héritière de l'élevage. Attentif, soucieux, bon père de famille, il guette toujours son retour avec une pointe d'inquiétude. Un accident est si vite arrivé, même ici en Camargue. *Mais non,* se reprend-il secrètement, *on s'est mis au vert ici.*

Elle vient vers lui, dans sa tenue de cavalière... Quelle fierté de la suivre quand elle évolue à cheval, dos droit, reins cambrés sur la selle, la main gauche qui conduit, la main droite posée sur la cuisse galbée, sûre d'elle, maîtresse femme, comme sa mère.

*Pensée honteuse*, se reproche-t-il. *Léa est une enfant.*

– Ma chérie, murmure-t-il quand elle s'approche.

Deux syllabes entrecoupées de soupirs, lamentos hachés.

– Paa... pa, bégaie-t-elle avant de s'engouffrer dans la maison.

Dès que sa fille parle, Robert Belmonte atterrit brutalement, replonge dans les racines du mal qui la ronge. Rien à faire, il a eu beau lui raconter des fariboles – c'est un accident –, il n'a pas pu lui épargner le choc ni ses contrecoups.

À commencer par les hurlements de douleur de sa mère qui criait tout fort ce qu'elle pensait tout bas :

– Ramène-moi Léo ! Ramène-moi mon fils !

Elle sombrait dans le chagrin, l'alcool et la hargne tandis que Léa se murait dans le silence.

– Mon fils, mon sang, ma chair. C'est ta faute, Robert ! Je te maudis, toi et ta clique de dealers ! Je te hais du plus profond de mon être et je te haïrai jusqu'à ce que tu brûles en enfer.

Finalement, elle s'était enfuie à jamais après un ultimatum désespéré, un dernier cri dans la nuit.

– Ta faute, ta faute !

Léa, elle, pas un mot, pas un reproche, pas un seul grief pendant des années. Pour elle, pour tenter d'effacer l'horreur de sa mémoire, Robert n'a pas ménagé sa peine : rompant avec le milieu marseillais et le trafic de drogue, il a tout vendu pour une bouchée de pain, encore heureux de s'en sortir à ce compte, et s'est réfugié de ce côté-ci du Rhône, dans le Gard, à la campagne, avec des espaces sauvages et les chevaux. Il a acheté des terres, dix hectares, un mas avec une maison de maître, une ancienne forge, une villa indépendante. Et un élevage de taureaux, des *toros bravos*, de caractère, de *lidia*… propres aux arènes et au combat à mort.

Depuis, Léa a retrouvé un semblant de sommeil.

Et au mutisme a succédé le bégaiement.

Robert Belmonte tire sur son cigare, fait rouler la fumée chargée de nicotine dans sa bouche, la laisse s'échapper dans un mince filet dont il savoure la lente agonie. Essaie de goûter l'heure magique où le couchant allonge les ombres et pousse la terre bistre vers l'orange dense. Mais ce soir, une certaine intuition, dont il ne sait si elle relève de ses dettes, de l'angoisse ou de la prémonition, lui fait penser que son édifice va disparaître, que ses jours sont comptés, que tôt ou tard il devra payer la facture de ses fautes, la mort de son fils, la descente aux enfers de sa femme, ses arriérés.

*Mais bon, mon heure n'est pas encore venue*, se rassure-t-il en voyant revenir sa fille douchée et changée.

Il suce son cigare, mâche la boule de fumée dans sa bouche, l'exhale d'un trait fin et continu, manière d'éloigner les mauvais augures.

## 6

## *À moto*

Lucas quitte sa chemise de vigile, enfile sa chemisette et son pantalon de toile. Fixe le clip de l'étui à pistolet à sa ceinture. Se recoiffe avec les doigts en râteau, puis du vestiaire passe dans le bureau en face.

– Les sécurités sont installées, les caméras en fonction. Rien à signaler aujourd'hui, dit-il au gérant. J'ai consigné mes observations dans le livre.

– À demain !

Il retrouve sa Yamaha 250, l'enfourche, allume son portable, ouvre Google Maps, tape « CasaB », localise l'élevage sur la carte, clique sur *Itinéraire*, zoome sur les détails du trajet et les mémorise. Puis il démarre l'engin, coiffe son casque, traverse le parking à petite allure, glisse dans la rue, emprunte le boulevard qui longe les remparts et, au sortir de la vieille ville, prend la direction de Saint-Laurent-d'Aigouze par la départementale.

Il a hâte de parler à Léa. De lui dire : « Je l'ai trouvé ! » Des années qu'il attend ce jour. De lui annoncer : « Léa, je le tiens ! »

Il accélère. La route est facile, le bitume sans gravillon dans les virages. Le cerveau s'emballe à l'idée de lui parler, de lui avouer. La retrouver, elle.

La dernière fois qu'il l'a aperçue, à l'enterrement de Léo, c'était une ombre, une somnambule au bras de son père. Ensuite, elle a disparu. Sans laisser la moindre trace. Jusqu'à ce que la Toile ne révèle un indice : une photo d'elle à cheval. Il l'a reconnue à son air un peu supérieur. À partir de là, il a remonté la piste, trouvé le domaine dans la région...

Oh oui, la retrouver, en finir avec les nuits dans la nasse obscure, retrouver enfin la paix. Ensemble.

Son cœur bondit quand il découvre le portail en bord de route et le pilier gravé de « CasaB ». Il pousse la grille entrouverte. Le mas en impose, traditionnel, une maison de maître flanquée de deux dépendances, le tout au fond d'une cour de ferme.

Il pousse la grille entrouverte, traverse la cour d'une cinquantaine de mètres de profondeur. Et frappe du heurtoir.

Son cœur bat à cent quarante. Neuf années depuis leur séparation forcée à Marseille ne s'abolissent pas d'un coup... La revoir après tout ce temps. En femme. Différente, fière, inaccessible. À Marseille, elle avait seize ans.

D'elle, il a gardé une image d'adolescente. Un sourire moqueur. Une troublante nudité. Rémanence sensuelle qui hante son cortex et se promène dans la rétine partout où il circule, en surimpression de la réalité. Une hallucination aux expressions oblitérées par le temps, un fantasme flou, une esquisse estompée sans cesse redessinée par le désir. Léa, il l'a réinventée chaque jour pour combler son absence.

Porte close, sans réponse ni espoir…

Il contourne la bâtisse, débouche dans la cour arrière bordée d'une écurie et d'un hangar.

Personne…

Au loin, les terres de la propriété s'étendent. À une centaine de mètres, une petite arène sablonneuse cerclée d'un muret blanchi à la chaux : il reconnaît le décor de la photo postée sur le Net.

Aucune activité…

Derrière lui, près de la porte, un fauteuil en rotin lui inspire l'idée d'entrer dans le mas. Il s'en approche, mais s'arrête net au bruit d'un pas qui résonne sur le dallage à l'intérieur.

Émerge un homme de taille moyenne, mince, traits saillants, anguleux, teint brun, qu'il ne reconnaît pas sous sa casquette, qui l'interpelle d'un mouvement de menton :

– Que fais-tu ici ?

– Bonjour, m'sieur. Je suis un ami de Léa.

– J'te connais pas.

– Lucas Chiarini.

L'homme se fige net, frappé par la foudre.

– Chiarini, répète-t-il mécaniquement avant de hurler : FOUS LE CAMP D'ICI ! FOUS LE CAMP OÙ JE T'ABATS COMME UN CHIEN !

Il rentre dans la maison, réapparaît cinq secondes plus tard, armé d'un fusil de chasse qu'il pointe.

Lucas ne recule pas ; au contraire, il se rapproche.

– Allez-y ! Ça en fera deux !

Le canon du fusil tremble légèrement. Lucas en profite pour le saisir d'une main, désarmer Belmonte, et l'obliger à s'asseoir dans le fauteuil en rotin.

– Je veux seulement voir Léa, s'il vous plaît.

Peine perdue, une voix tonne derrière lui :

– Lâche ça, mon gars, ou je fais un carton de ta petite gueule, ordonne le nouveau venu sorti de l'écurie, fusil à la main.

Lucas pose l'arme au sol.

Belmonte reprend la main :

– Ne remets plus jamais les pieds ici.

– Je l'ai retrouvé !

– Qui ?

– Le tueur !

– FOUS LE CAMP !

– Pas avant d'avoir revu Léa ! S'il vous plaît…

L'homme jette un coup d'œil à son palefrenier.

– Abats-le ! hurle-t-il avant de revenir sur Lucas. C'est ta faute, sale rital de merde !

Un silence de plomb. Aucun des trois ne bouge plus, tous conscients du pas fatal.

Et, finalement, Belmonte change de ton :

– Angelo, reconduis-le ! lâche-t-il d'une voix plus calme avant de rentrer dans la maison et claquer la porte derrière lui.

– Allez, ne fais pas d'histoires ! menace Angelo.

Lucas n'en fait pas : il le précède, le fusil dans le dos.

Arrivé au portail, il se retourne.

– Vous me connaissez, vous vous souvenez de moi ?… (Pas de réponse.) Dites à Léa que c'est important, il faut que je la voie ! Dites-lui que je travaille à l'*Intermarché* à Nîmes. S'il vous plaît.

Angelo ne répond toujours pas, se contente de refermer la grille. Bien sûr qu'il reconnaît Lucas. Il est interdit de séjour chez les Belmonte depuis la mort du fils !

Lucas grimpe sur sa moto et s'éloigne. Il n'a pas parcouru deux cents mètres qu'il ralentit et s'arrête sur le bas-côté. La tête lui tourne, le ventre gronde. Il couche la moto et s'accroupit sur le talus. Souffle coupé, il vomit par jets spasmodiques.

# 7

## *Féria*

Quatre heures du matin. Samia Ortiz a réintégré son HLM. Épuisée, écœurée, salie. La voie publique en période de féria : une décharge sauvage, des caniveaux de pisse et de vomissures, des détritus, des canettes et des bouteilles brisées… Dans la nuit, les trottoirs ont dégouliné d'excréments humains de toute nature, physique et psychique : hurlements, braillements, braguettes ouvertes, visages exsudant de la haine, de la crasse, sexes exhibés, viols dans un recoin. Ingurgitation de bouffe et d'alcool et dégazage en tous genres se sont succédé dans un mouvement pendulaire. La nuit, la ville ressemble à un gigantesque gosier rempli d'humeurs acides et d'odeurs de graisse frite. Sans parler des agressions, vols, injures, rixes au poing ou au couteau, ni des petits arrangements entre force de l'ordre et sauvages : « File-moi cinquante euros et je passe l'éponge. »

Après une douche au gant de crin, Samia s'effondre sur son lit. À son corps défendant, elle reconstitue sa nuit et en dresse le bilan : elle n'a pas chômé entre les contrôles d'identité à l'entrée de la ville, les tests d'alcoolémie, les signalisations, les interventions sur appel, les arrestations, les dépôts de plaintes, les déferrements…

Résultat : un crâne empli de cette brutalité que s'autorisent les bas instincts dès que la cité leur en donne le prétexte. Picole, agression, chiures, de quoi être dégoûtée de l'espèce humaine.

Elle se relève, trop agitée par cette chienlit et la chaleur étouffante dans son cube de béton. Elle ouvre les fenêtres en grand. La clameur de la rue s'est enfin apaisée ; l'aube pointe sa pâle lueur.

Elle met de l'eau à chauffer, jette quelques feuilles de thé dans sa théière. Boit lentement, assise sur le tabouret de cuisine, regardant par la fenêtre la cime de l'arbre qui meuble la cour intérieure. En face, les bâtiments en vis-à-vis affichent leurs vitres sombres et leurs rideaux gris tirés. Les résidents dorment, ou essaient de dormir, derrière leurs murs étanches, leurs doubles vitrages, effrayés par la populace déchaînée et les hordes avinées qui déferlent dans les rues sous couvert de fête.

Quelque peu apaisée par l'infusion, elle tente de nouveau sa chance avec le repos. Baisse les volets roulants en plastique à clairevoie pour s'abstraire de la lumière du jour, pousse la climatisation, et se réfugie dans son lit. Elle dormirait volontiers toute la matinée, voire jusqu'à une heure de l'après-midi… Mais ni la fatigue ni la pénombre n'ont raison d'elle : elle ne ferme pas l'œil. De nouveau, elle quitte la chambre et regagne la salle à manger.

Se poste dans un angle, devant la console de son ordinateur portable.

Ouvre le moteur de recherche et tape *Lucas Carini* dans le bandeau. L'algorithme lui offre un Lucas en Italie, un autre en Argentine et une ribambelle de Carini aux États-Unis ou en Italie avec un autre prénom, Luigi, Gianni, Mario. Elle découvre un Lucas Carini sur Facebook, un sportif uruguayen.

Elle tape ensuite *Chiarini*. Une longue liste s'affiche instantanément, mais de Lucas aucun. Elle a beau adopter une recherche par image, cliquer sur chaque photo suggérée, peine perdue, aucun faciès ressemblant.

Elle se trouve ridicule. Elle et ses doutes.

Elle ouvre un programme « porno » sur le Net. Choisit un thème : exotique. Suit quelques gros plans sur des cuisses virginales écartelées par un monstre épilé. Écoute quelques bruitages d'orgasme…

Se déconnecte, écœurée par cette mafia du darknet, dégoûtée d'elle-même, de cette femme minable qu'elle découvre dans la solitude.

Elle tente de se satisfaire seule en invoquant une romance fleurie, mais le cœur n'y est pas.

Elle se rabat sur un site de séries en streaming et choisit la dernière saison de *Game of Thrones*. À moitié hallucinée, elle se laisse emporter par trois épisodes à la file, s'abandonnant au ballet meurtrier des factions rivales en mal de pouvoir absolu. Et, peu à peu, elle sent la réalité disparaître, dissoute par la passivité…

À midi, les rétines chargées de fiction, elle se découvre une petite faim et se prépare un déjeuner sur le pouce : légumes et steak de soja décongelés. Elle réchauffe de l'eau qu'elle verse sur sa première infusion, grignote lentement, s'efforce de ne pas exploser de rage, de ne pas envoyer la théière contre le mur, la bouilloire et le micro-ondes par la fenêtre. L'effort paie : la nourriture l'apaise, elle peut enfin s'allonger et fermer l'œil.

Deux heures plus tard, elle s'éveille de bonne humeur, se douche et s'habille en civil. Jean et tee-shirt noir, sous-vêtements noirs. La couleur noire rehausse son teint mat, ses yeux et sa chevelure de jais. Elle fixe une pince sur ses cheveux groupés en un chignon flou, ce qui fait ressortir son grand front et son regard.

*Pas besoin de khôl*, se dit-elle, se trouvant suffisamment sexy. *Fatale ! Attention, les mecs !*

Et elle sort en conquérante.

La rue est maintenant propre. Les engins de nettoyage – une batterie de guerre – se sont déployés dès l'aube pour rendre présentable la vieille ville. Les trottoirs, les caniveaux, les chaussées, les places et les placettes ont été récurés, désinfectés, l'odeur des produits chimiques pique encore les narines. Les enfants, les couples, les petits vieux et leurs chiens, tous avec droit de cité, s'octroient l'espace public quelques heures.

Mais déjà, en ce début d'après-midi, les canettes et les gobelets du jour réapparaissent, avec les boîtes de polystyrène des fast-foods çà et là. Les fêtards à tout crin reprennent peu à peu la rue d'assaut.

Samia rejoint la place des Arènes. Sur l'esplanade, autour de la statue de bronze d'un toréro agitant sa muleta, une bande de motards en jean huileux s'amuse à faire vrombir les moteurs. En face d'eux, une haie de jeunes affiche des banderoles anticorridas : *Halte à la tuerie*. Le tout sous le contrôle de la police municipale qui jette un œil opaque, vaguement craintif de ce beau monde.

Contournant l'édifice, elle arrive devant l'entrée principale où une foule soigneusement alignée dans un couloir de barrières métalliques forme une file d'attente. Elle se poste à l'écart, à deux mètres environ des barrières, se rendant ainsi bien visible.

Il est presque dix-sept heures. Elle scrute l'alentour, aperçoit une silhouette venant vers elle, casque à la main. Le voir marcher droit sur elle, la tête haute, avec sa grande taille et sa démarche assurée, suffit à balayer les miasmes de la nuit. Là, le registre tient au fantasme : elle joue dans une publicité Coca-Cola, le beau gosse sauvage s'avance vers elle – nana super sexy en tee-shirt moulant et short –, à la fesse désinvolte appuyée sur l'aile de la Mustang décapotable en panne sur la route du Colorado. D'où sort le beau gosse, on ne le sait pas, on s'en fiche, le fantasme tourne à plein, fonctionne sur le mental : chaleur, sueur, giclée de boisson, libération… Samia sourit d'elle-même, de son côté nunuche.

– Salut, commissaire, lance Lucas.

– À l'heure. Un bon point pour vous.

– J'aurai droit à une image au bout de dix bons points ?

– Peut-être, sourit-elle en coin. Venez ! J'ai deux places au soleil.

Elle s'ouvre le passage en dégainant sa carte tricolore en même temps que ses deux tickets.

– Je ne supporte pas les files, justifie-t-elle. Déformation professionnelle !

Ils gravissent les escaliers de pierre qui trouent les gradins en contre-oblique, débouchent sur les tribunes déjà bondées : une assemblée compacte, échelonnée sur tous les degrés, depuis les loges du bas jusqu'aux perchoirs qui tutoient le ciel. Le soleil plombe l'arène d'une chaleur écrasante, le sable blanchit à vue d'œil.

Samia localise leur place à mi-hauteur, se faufile entre les spectateurs encore debout, demande aux voisins immédiats de se décaler. Ils s'asseyent.

– Les habitués apportent un coussin pour leurs petites fesses, ironise-t-elle.

– Ça ira, sourit Lucas. Vous êtes fan de corridas ?

– J'aime le spectacle, pas la boucherie.

– C'est l'argument cache-sexe de ceux qui n'avouent pas leur goût du sang !

La réplique la prend au dépourvu. Regard noir.

– Ça, c'est une réflexion de p'tit bourge bien-pensant !

– J'ai fait mouche, on dirait.

– T'y connais quelque chose, toi, au goût du sang ? T'as deux marques sur le front, mais t'es jamais descendu dans une arène.

– C'est vrai que vous, les flics, vous y descendez souvent, avec le succès qu'on vous connaît. C'est combien déjà le taux de résolution des affaires ?

Samia se lève d'un bond et le toise.

– T'as un grand caquet, Carini. Tu ferais mieux d'aller voir ailleurs si j'y suis !

Lucas se dresse à son tour et, sans se départir de son calme, réplique :

– Merci tout de même pour l'invitation. *Hasta la vista !* dit-il en esquissant le mouvement de partir.

Elle le retient par le bras, plante les yeux dans les siens.

– T'es toujours aussi con ?

– Je n'aime pas la corrida.

– Alors, qu'est-ce que tu fais ici ?

– Je ne suis pas venu pour ça…

Elle apprécie la réplique. Retrouve du charme au beau gosse suffisant, à son visage harmonieux, sa chevelure dense, ses lèvres ourlées archisensuelles, son air de mauvais garçon avec ces traces de bagarre sur le front, et ses sourcils qui ombrent un regard troublant.

*Toi, le beau brun ténébreux, tu vas passer à la casserole !*

Ses yeux brillent d'un éclat nouveau qui irradie Lucas. Il découvre qu'elle est sexy, et se surprend un désir brutal, immédiat, sans manières. Il se demande si elle se rend compte de ce qu'il ressent, lui qui n'a pas caressé une femme depuis des années.

– Assieds-toi, lui intime-t-elle. Je vais t'expliquer l'intérêt de la corrida !

– Je vous écoute, commissaire.

Elle reste debout, se tourne vers les gradins d'en face.

– L'agitation au-dessus de la tribune d'honneur, c'est la présidence qui s'installe. Ça va commencer…

Le président agite son mouchoir blanc : les trompettes sonnent, les participants défilent, trois toréros et leurs péons derrière.

– C'est parti ! lance-t-elle en se laissant choir d'autorité sur les genoux de Lucas.

– Waouh, souffle Lucas.

– Ça va, je ne suis pas trop lourde ? ironise-t-elle en calant ses fesses au plus près.

– Ça va le faire, répond-il, la voix enrouée.

Les picadors entrent dans l'arène à grand renfort de tralalas et de paso doble. Avec leurs chevaux caparaçonnés sous une lourde cotte de mailles et leur pique pointée, ils ont allure de Don Quichotte moyenâgeux emberlificotés dans leur apparat.

Un taureau déboule soudain du toril et charge aussitôt tout ce qui bouge dans le *ruedo*. Lucas entoure la taille de Samia. Elle-même saisit sa main et la positionne sur la chair nue entre le tee-shirt et le jean. Sentant la réaction du « coussin » sous ses fesses, elle s'exclame :

– T'as le sang chaud, on dirait.

– C'est le lieu qui veut ça !

Elle se trémousse sur lui tout en scrutant l'arène comme si de rien n'était.

À la fin du premier temps, la masse noire du taureau se retrouve bardée de banderilles sanguinolentes. Lucas suit le spectacle d'un œil distrait. Samia, pas plus enthousiasmée :

– Tu vois le type dans la loge en face, au premier niveau, derrière le calicot blanc avec un chapeau genre Texas ?

– Oui…

– C'est un truand. Il donne dans la prostitution et les machines à sous. Remonte de deux gradins… Tu vois le type avec un panama ?

– Oui.

– C'en est un autre. Ils se tapent dessus régulièrement. Un coup on s'entend, un coup on s'entretue. Ils étaient associés dans la gestion des ordures municipales. Y en a un qui a vendu ses parts sans le dire à l'autre. Depuis, c'est guerre et paix. Celui avec le panama, c'est un ancien de la French à Marseille. Et tu vois le loulou en noir avec des Ray-Ban et une casquette de base-ball, avec deux autres du même acabit à côté de lui ?

– Oui.

– Des trafiquants. Ils n'ont même pas trente ans, ils roulent en Audi Q8 à cent cinquante mille balles !

– Pourquoi tu me racontes ça ?

– Pour faire mon intéressante !

– T'as besoin de ça ?

– Tu sauras où tu mets les pieds !

À présent, le deuxième temps bat son plein : le toréro entre en action frontale, sous les acclamations d'un public assoiffé de frissons et de olé. Il enchaîne les passes et démultiplie les corps à corps, démontrant une habileté étonnante à frôler l'animal sans s'empaler dessus.

Entre deux passes, Samia continue les présentations :

– Là, dans la tribune à gauche, c'est le maire. Là, c'est le président de l'agglomération. Ils ne peuvent pas se saquer, eux non plus. Regarde au-dessus, le type avec des cheveux gris en blaser, c'est le divisionnaire, mon *big boss*. À côté, c'est un collègue, il fayote pour avoir sa promo au choix.

– On s'en va ? lance Lucas.

– Pas tout de suite !

Au troisième temps, le monstre d'une demi-tonne accuse de sérieuses faiblesses dans le jarret, s'effondrant lors des charges. Le voyant difficile à exciter désormais, le toréro décide de l'achever. Il se raidit, se cambre dans son habit de lumière : bras levé à hauteur d'épaule, il pointe son épée. Silence de plomb, l'assistance retient son souffle. Le toréro prolonge le plaisir en restant immobile, retardant le geste final. Soudain, il fonce sur la bête, lame en avant, vise la nuque. La lame disparaît à moitié. Le taureau s'affaisse une seconde. Mais le voilà qui se redresse : le coup n'a pas porté en profondeur, la lame ne reste pas enfoncée. Une vague de dépit parcourt les gradins, des sifflets fusent.

Le toréro recommence. Cette fois, la bête s'effondre, mais agonise longuement ; il faut l'achever à la *puntilla.*

– C'est gore, fait Lucas.

– C'est surtout raté !

– Tu connais un dénommé Verdugo ? demande-t-il alors d'un ton anodin.

– Non. C'est qui ?

– Un tueur, on en parle sur le Net.

– Et ?

– Paraît qu'il a fait de la taule dans le coin. Si ça se trouve, il est ici dans les arènes !

– T'as de drôles d'idées ! Et de drôles de lectures. Fais attention, Internet raconte n'importe quoi : un bouton de chaleur à la lèvre, t'as un cancer ! Tu ferais mieux de regarder ailleurs !

– Sûr ! répond-il en laissant sa main courir sur la taille de Samia.

Elle s'ajuste de plus belle sur ses genoux.

– Si tu me réponds que je suis lourde, je t'en colle une.

– Y a pas que le poids, y a la durée !

– Ah oui ?

Un attelage de mules tire la carcasse de la bête achevée au poinçon. Une traînée de sang la suit dans le sable, que l'on s'empresse d'effacer avec un filet ratisseur.

Les trompettes retentissent de nouveau. Une délégation de notables entre dans la fosse.

– L'homme âgé au milieu, c'est Rafael Eralta. Une figure respectée. On a une alternative aujourd'hui. Tu sais ce que c'est ?

– Non.

– Épreuve de passage du toréro. Aujourd'hui, c'est une *rejoneadora*. Tu sais ce que c'est ?

– Non.

– Une toréra à cheval. Tu vas voir un peu la nana, sacrée allure. Franchement, j'admire.

La cavalière entre en lice, montée sur un pur-sang arabe gris, vêtue d'un boléro pourpre, festonné d'or, les cheveux tirés par un chignon serré et orné d'un ruban de même couleur. Elle se tient droit, les reins cambrés, les jambes gainées de cuir collées au flanc du cheval.

Léa.

Lucas ne moufte pas, pas un cil ne tressaute, pas un geste.

– Eralta va toréer les deux premiers *tercios*. Après ce sera elle, précise Samia.

Les deux temps se déroulent selon une mécanique huilée. Au troisième, Léa devient le centre exclusif des regards. Lucas suit ses moindres gestes, comme dans un film, dans un état second, dans une forme d'ivresse et de révélation secrète : elle n'est là que pour lui, il n'est là que pour elle. Elle ne torée que pour lui, dans le seul but de le séduire, de l'envoûter, de le posséder…

« Waouh », s'écrie le public comme un seul homme quand elle réussit un pas de côté et plante sa banderille dans le taureau pris de revers. Lucas se tait, fasciné par l'amour de sa vie, le drame de sa vie, à portée de main.

Après le final où la bête s'effondre à ses pieds, Léa reçoit son trophée des mains de son mentor sous les hourras de l'assistance. À cet instant, Lucas n'éprouve que désespoir : ce qu'il a toujours redouté devient flagrant : Léa évolue dans un autre monde, loin de lui, sans lui ; elle n'a pas besoin de lui, elle lui a échappé.

À présent, le couchant arase le haut de l'arène et plonge le cirque dans une semi-pénombre. Le public s'étrangle dans le goulot des vomitoires pour quitter les gradins et rejoindre les escaliers.

Samia prend la main de Lucas et l'entraîne vers l'extérieur : elle a sa dose de sauvagerie ritualisée et veut maintenant passer à l'autre face de l'existence, jouir d'être vivante.

Elle ne parle plus, se contente de marcher à côté de lui vers sa moto garée dans une rue latérale. Calme, assurée, pas la moindre nervosité. Elle ne parle pas plus quand elle monte derrière lui sur la moto, ne lui demande pas « où on va ? », n'attend pas un banal « on boit un verre ? ». Elle grimpe sur la selle.

Il démarre. Elle lui enserre la taille et pose la tête contre son dos. Elle a envie de faire l'amour, une furieuse envie de faire l'amour ; elle n'a que trop distillé le désir dans l'arène, que trop envisagé leur sueur mêlée. Elle lui fera l'amour férocement et longtemps. Elle se donnera et elle se laissera prendre. Comme une chienne s'il le veut…

Lucas sent une chaleur femelle dans son dos, le contact des seins plaqués contre lui, le souffle de ses lèvres sur sa nuque. Ses reins le brûlent. La pensée de ce qui va se passer affole son corps. Il imagine l'arrivée dans son van, les vêtements qui valsent et les bouches qui se cherchent. Ce sera une sacrée baise, sans tabous ni retenue. Depuis le temps… La seule fois où il a fait l'amour, c'était avec Léa. Elle danse encore devant lui : Léa nue, Léa s'offrant à lui,

Léa en surimpression qui décuple son désir… elle envahit ses pensées, inonde son corps.

Sur la moto, pas un mot, juste l'attente fébrile : Samia d'accord pour le suivre sans explications, toute livrée aux sensations annoncées par son corps ; Lucas enfiévré à l'idée de jouir de cette femme bien réelle collée à lui, offerte à lui, qui damera le pion, ne serait-ce qu'une heure, au fantôme de Léa.

# 8

## *Lendemain de fête*

Quelle belle journée ! Quelle magnifique journée ! Léa rayonne, comme jamais. En robe légère, cheveux déployés, elle termine sa énième tasse de thé, avec la satisfaction du devoir accompli, du sacre obtenu. Une ère nouvelle débute pour elle, une existence glorieuse : elle a franchi le seuil l'autorisant à évoluer parmi les grands. Toréra officielle. Valence, Barcelone, Séville, Aranjuez, Bilbao... elle tournera dans les temples de la tauromachie. Quelle revanche sur le mauvais sort !

La fatalité, la tragédie, elle en est sortie. Par le haut, par la consécration. Par la rédemption. Elle a racheté les fautes des Belmonte. Elle a rendu hommage à Léo. Elle lui a redonné une existence à travers elle. Elle pourra aller sur sa tombe, la fleurir après avoir versé toutes les larmes de son corps, reprendre conversation avec lui...

Elle s'est lavée du passé, de l'horreur : Léo abattu. Par des sauvages dont elle ne connaît ni l'identité ni le mobile. Faute de jugement, elle n'a pas même connu la version des faits sinon que Léo se trouvait à côté de la cible, un caïd de la drogue, chef de bande adverse. « Votre frère se trouvait au mauvais endroit, au mauvais moment », *dixit* la police. Tout juste si l'erreur ne venait pas de Léo qui n'aurait jamais dû fréquenter ces lieux… Elle en avait perdu la raison, la joie de vivre, elle si enjouée, spontanée.

Mais c'est du passé désormais, un passé prescrit, caduc. Qu'elle peut affronter. Elle a repris le dessus. Léa chantonne dans sa tête en l'honneur de son frère jumeau. Lui dédie sa nouvelle stature, sa nouvelle dimension, sa nouvelle vie. Tant emportée par la joie qu'elle ne réalise pas qu'elle chante à haute voix, sans à-coups, sans heurts, sans hésitation. La tasse à la main, proche des lèvres, elle chante sans le moindre bégaiement.

Il est à peine huit heures. Le soleil de la matinée, oblique et doux, gagne en puissance, les rayons caressent sa peau, son cou et ses épaules. Elle ferme les yeux. S'abandonne à cette délicieuse sensation de bien-être. Elle hume l'odeur du thé vert, fait glisser sa tasse sur sa jambe nue, la tenant l'anse, le contact de cette légère brûlure fait frémir sa peau. Elle caresse sa cuisse, éprouve du plaisir, repense au message que lui a transmis Angelo.

– Lucas est venu à la ferme, il voulait te voir.

– Lucas ?!

L'étonnement passé, le froncement passé – *qu'est-ce qu'il me veut, depuis le temps ?* –, Léa a compris. Sans doute Lucas veut-il en finir – lui aussi – avec les ombres du passé, sans doute est-il en mesure de tourner la page ? Encore faut-il qu'il recueille son accord. Il a besoin d'elle pour aller de l'avant, comme elle-même a eu besoin de l'alternative. Pour ne plus se sentir fautif. Oui, il veut l'entendre de sa bouche, comme si c'était celle de Léo, qu'il peut enfin oublier le drame et s'autoriser à vivre.

Dans cet élan de bienveillance que permet sa nouvelle condition, Léa juge qu'elle doit pardonner Lucas : il n'a pas fait exprès d'attirer Léo à Bassens, bien sûr que non. Ce n'est pas de sa faute si Léo est mort.

Alors oui, elle ira le voir et lui dira qu'il peut penser à l'avenir.

– Prends ton temps ! lui a suggéré Angelo. Si tu as envie de prolonger – tu vois ce que je veux dire – eh bien, fais-le ! Je ne devrais pas te dire ça, je ne suis pas ton père, mais ne t'en prive pas…

– Angelo ! Je n'en ai pas la moindre envie !

– Prends ton portable et appelle-moi à la moindre alerte.

– Ne t'inquiète pas, ça ira.

Fin prête, elle termine son thé, pose sa tasse sur le grès de la cuisine, ouvre le tiroir sous la paillasse, prend quelques billets, les glisse dans la poche de sa robe – au cas où elle irait boire un verre. Et, portable en main, gagne le garage derrière l'atelier, y retrouve sa 204 décapotable, à côté de la Mercedes et du pick-up Chevrolet.

Et s'en va, satisfaite d'elle-même.

Cheveux au vent, tenus par un simple foulard noué, elle prend la direction de l'*Intermarché*. Elle repense à son père : il ne lui a pas soufflé mot de la venue de Lucas. C'est un fait qu'il n'a jamais supporté « ce rital fauché » immigré à Marseille. Ni avant ni après le drame. « Il vit à Bassens, c'est une tombe ! » répétait-il toujours. Il avait eu raison, malheureusement. Tragiquement raison : le malheur collait à ce quartier et à ses habitants empêtrés dans la poisse. Effectivement, qu'est devenu Lucas ? Un employé dans un supermarché ! C'est toujours la même misère collée aux semelles…

Mais Lucas, c'était aussi un magnifique sourire, se dit-elle. Une énergie du diable, et toujours doux avec elle. Après tout, ils avaient leurs secrets, leurs jeux d'ados, leur initiation, l'anniversaire où elle avait eu le culot de se déshabiller pour voir l'effet qu'elle produirait sur lui… Elle anticipe la rencontre, sa dimension physique, charnelle, les retrouvailles, les émotions, le contact. Pourquoi pas ? Mais non ! C'est exclu ! C'est loin tout ça. Erreur de jeunesse… Chacun à sa place, et en paix !

Une fois le cabriolet garé dans le parking, sous un tilleul décharné, elle se présente à la première caissière.

– Bonjour, mma… dame. Monsieur Chiari… nni, s'il vous… plaît.

– Connais pas ! Demandez à ma collègue !

La collègue en question fait une moue étonnée.

– Comment vous dites ?

– Chia… rinn… ni.

– Faut que j'encaisse ma cliente, madame, désolée.

– Ex… cusez-moi !

– Y a pas de souci. Demandez donc au vigile là-bas, il saura p't'être, suggère-t-elle, en tendant le bras vers le fond du magasin.

Léa va dans la direction indiquée, s'approche du vigile en uniforme qui se tient devant la porte de secours, perché sur une petite échelle, tripatouillant une caméra de surveillance.

– Mon… mon… sieur ?

– Oui, répond-il, en tournant la tête.

Avant de se figer comme un personnage de cire, l'œil brillant.

– Léa ? articule-t-il enfin, en descendant mécaniquement les degrés.

Elle le trouve désuet dans sa tenue jaunasse, avec sa poche de chemise grossièrement brodée de *sécurité* et son ceinturon de cuir avachi.

– Je t'ai vue aux arènes. Félicitations ! dit-il en la dévisageant, les yeux comme des soucoupes.

– M… merci, bégaie-t-elle timidement, réalisant qu'elle vient d'avouer son infirmité.

Il la dévisage, s'étonne de cette voix morcelée. Son regard se voile d'une compassion qu'il s'efforce de masquer aussitôt.

– Sympa ton employé d'avoir transmis le message, répond-il.

– Mayoral, corrige-t-elle. On dit m… mayoral, c'est un contremaître.

– Viens, on va dehors. On sera mieux pour discuter.

Il referme l'issue de secours derrière eux, cherche un coin tranquille sur le parking. Il n'y en a pas.

Elle lui propose de monter dans son coupé.

– Classe, s'exclame-t-il. Et toi à cheval, carrément *top* ! En plus, tu es connue…

– Un peu… Et toi ?

– Pas autant, ricane-t-il. Mon job n'est pas aussi glorieux que le tien, mais bon, je voyage, je suis libre, déclare-t-il, d'un ton surjoué qui cache mal sa nervosité.

Elle sourit. Il se sent encouragé, enchaîne :

– Tu te demandes ce que je suis venu faire par ici, pas vrai ?

– Un peu…

– Eh bien, c'est simple, je voulais te voir.

– C'est gentil…

La déception vrille le visage de Lucas.

– Gentil ?! C'est tout ?

– Et que veux-tu que…

– Je ne sais pas moi. Quelque chose comme *Je suis heureuse de te voir, j'ai souvent pensé à toi, depuis le temps… Pourquoi tu n'es pas venu avant, je t'attendais…* Gentil ? Je te fais donc pitié ?

Une ride amère barre le front de Léa.

– N… non, pas du tout…

– T'inquiète, c'était juste pour voir ta réaction ! Je sais bien que l'eau a coulé sous les ponts et, je te l'ai dit, je voyage, je rencontre plein de gens. J'ai un Combi, je passe de ville en ville, je me fais un peu d'argent et je repars. Tel que tu me vois, je reviens d'Égypte et je compte aller en Espagne… Tu étais sur ma route, voilà tout !

– Tu… m… mens !

– Juste un peu !

*Je t'aime Léa, je t'ai toujours aimée…*

– Dis-m… moi la vérité !

– La vérité ? Elle t'intéresse ? Je t'intéresse ?

– Oui.

– Eh bien, j'ai retrouvé celui qui a tué Léo ! Il est ici.

– Quoi ?

– Il s'appelle Moraira, *alias* Verdugo…

– Non, Lucas, non…

– Je vais l'abattre, Léa. Je vais avoir sa peau. Je vengerai Léo.

– N… non, gémit-elle. F… faut pas. (Elle lui prend la main.) Faut pas, Lucas. C'est… fi… fini.

– Non, ce n'est pas fini. On ne peut pas le laisser en vie. Rien que de le savoir vivant, j'en dors pas. Lui en vie ? Alors que nous, que nous… nous… regarde dans quelle prison on vit. On n'arrête pas d'y penser…

– Nooon ! crie-t-elle d'une voix déchirante. C'est tro… op tard, on n'y peut plu… us rien ! C'est du passé, tu ne peux pas le changer. Ffaut oublier !

– Si Léo t'entendait, il aurait honte ! (Il se penche vers elle, saisit son visage entre les mains.) Oh, Léa, si tu savais… Je n'ai rien oublié, rien.

Et il l'embrasse sur la bouche.

– N… non… Je t'en prie. Res… tons amis.

– Amis ? crie-t-il. Jamais !

– Non…

– Tu voulais savoir. Tu es fixée !

Prise d'effroi, Léa ouvre précipitamment la portière, se propulse hors de la voiture et s'éloigne sur le parking, visiblement perturbée.

Il la rejoint, la prend dans ses bras.

– Je veux qu'on redevienne comme avant…

– Tu me fais du mal.

– Ah, pardon. Je ne te veux pas de mal, Léa, au contraire…

– Rien n'est plus co… comme avant.

– Si ! insiste-t-il en tentant de l'embrasser de nouveau.

– Va-t'en ! hurle-t-elle d'une voix stridente. Ne re… reviens jamais !

Il en demeure saisi.

Elle se précipite dans sa voiture, démarre, file à toute vitesse, manque d'emboutir un véhicule qui passe dans la rue et klaxonne à déchirer les tympans.

Lucas reste au milieu du parking, démuni, seul, l'esprit blanc, stérile. Un liquide acide remonte dans sa gorge, un reflux de bile saumâtre, une eau noire d'égout, un ulcère ouvert.

– Lucas, s'il te plaît..., entend-il dans son dos.
Il se retourne brusquement : la caissière.
– Quoi ? crie-t-il.
– J'ai un client qui fait des histoires...

Léa conduit à vivre allure. Elle tourne en cercle autour des arènes. La vue de l'édifice en pierre, massif, monumental, immuable la réconforte, l'aide à revenir au calme. Elle ne veut plus entendre parler de Lucas : il l'a agressée avec ses souvenirs, sa vindicte, sa passion, sa haine. Tout ce dont elle ne veut plus. Elle aurait préféré solder leur histoire d'une autre manière, sans cris ni déchirements, sans grief ni procès d'intention, sans délire émotionnel ni pulsion vengeresse. Mais bon, elle ne peut rien pour lui. Elle ne reviendra pas en arrière. Elle ne replongera pas dans l'horreur du passé. Sans lui, elle a retrouvé ses marques et repris son chemin, délivrée des éclats de douleur. Le point final est marqué, les miasmes sont évacués. Sa décision de revoir Lucas était la bonne : elle a pu tirer un trait sur lui.

# 9

## *Les jeux sont faits*

Allègre-les-Bains, Cévennes. La nuit est tombée depuis longtemps autour du bloc de ciment beige qui fait figure de casino. Deux hommes légèrement bedonnants, l'un grand, l'autre trapu, pénètrent dans le grand hall, vêtus comme quiconque fréquente ce genre d'établissement – jean et chemise noire flottante. À la différence qu'ils portent un bas de soie sur le visage, une casquette de base-ball et des gants en latex.

Ils passent inaperçus dans la salle des machines à sous, les joueurs rivés sur les rouleaux ne guettant que le miracle du gros lot. Et pénètrent sans encombre dans la salle de jeux avec poker, black-jack et roulette électronique. Là, les parieurs de tout acabit, une trentaine de personnes des deux sexes agglutinés autour des tables, triturent nerveusement leurs piles de jetons, fascinés par la roue de la chance ou obnubilés par la déveine.

L'un des hommes au nez écrasé par le bas dégaine une arme de poing.

– Hold-up. Personne ne bouge !

Encore concentrés sur la carte qui sort ou sur la bille qui roule dans la toupie, les clients ne réagissent pas immédiatement. Il leur faut quelques secondes pour se détacher de leur sortilège, tandis que le grand individu masqué s'égosille :

– Au sol, bras tendus. Portables devant. Et que ça saute !

Le malfrat trapu balaie le champ, arme au poing, et s'arrête une seconde sur le visage d'une femme encore debout, visiblement ailleurs.

– Couche-toi !

Un cri d'effroi jaillit de sa bouche. Celui qu'il fallait pour que tout le monde s'allonge au sol.

Au même moment, dans la première salle, un coup de feu retentit, suivi de cris de panique et d'un brouhaha généralisé. Un troisième lascar crie :

– Allez ouste, tout le monde dehors !

Puis hurle à la caissière :

– Aboule la caisse !

Les joueurs fuient comme des rats. L'homme avale les piles de billets dans le sac de sport qu'il porte à l'épaule, et ligote la caissière de Serflex.

Dans l'autre salle de jeux, l'activité se poursuit : le bandit trapu s'est emparé d'un croupier, canon sur la tempe, et lui ordonne de le mener au coffre.

L'otage pousse la porte battante *Privé* qui donne sur un couloir et des bureaux. Du fond du couloir surgit alors un vigile gras et débraillé que l'attaque a surpris en plein office aux toilettes : il tient encore son ceinturon d'une main, et son arme pendante de l'autre.

L'assaillant tend son arme vers lui, tout en tenant le croupier à la gorge.

– Ne joue pas au con ! À terre ! crie-t-il au vigile.

Lequel ne joue pas au héros et s'allonge au sol en pénitent.

Le coffre se trouve au bout du couloir. Arrivé là, le malfaiteur le plus haut en taille enfonce la porte et découvre le directeur du casino qui attend tranquillement assis, visiblement habitué à ce genre de situation. Il l'interroge :

– T'as prévenu la sécurité ?

– Bien obligé !

– Ouvre le coffre, sinon ton croupier y passe, et toi après !

– Je ne ferai pas d'histoires.

– Grouille-toi !

Il compose le code, ouvre la porte blindée. Le troisième homme arrive avec son sac déjà chargé et rafle les liasses de billets. Le coffre étant vidé, il ferme soigneusement le sac et le glisse en bandoulière.

Et ils sortent du bureau. Le grand hurle :

– On y va !

Ils sortent à reculons dans le couloir, pistolet toujours braqué, puis détalent vers l'issue de secours.

Une Audi A4 les attend devant. L'un bondit au volant, ôte son bas du visage, le met dans sa poche, tandis que le grand s'installe à l'avant et que le troisième s'engouffre à l'arrière avec le sac.

L'opération a duré douze minutes.

Ils s'échappent de l'enceinte, alors qu'un véhicule de la sécurité avec gyrophare et sirène arrive par le parking avant.

Le conducteur de l'Audi emprunte les départementales, évitant Alès, se doutant que la gendarmerie rappliquera par la voie la plus directe. Les deux passagers enlèvent casquettes et masques, gardent leurs gants. L'homme à l'avant demande à celui à l'arrière d'ouvrir le sac.

– Trouve-moi le GPS. Le gérant était trop cool. À tout coup, y a une liasse piégée. Cherche la liasse la mieux faite !

Il ne tarde pas à découvrir le module GPS, de la taille d'une pochette d'allumettes, aussi plat qu'une carte à puce.

– Le GPS a dû déclencher la brigade d'intervention. On a moins d'une heure devant nous.

Le conducteur contourne la ville, prend la D610, et file vers Saint-Laurent-d'Aigouze.

– Y a combien ? demande Belmonte.

– À la louche, deux cent cinquante, répond Angelo.

– C'est bon !

Après Sommières, l'Audi bifurque sur la D34 puis, à l'approche de Lunel, elle passe sous l'autoroute et s'arrête sur un chemin de terre après le pont.

Là est garée la Clio.

Belmonte ordonne au conducteur :

– Iván, tu continues avec le GPS, direction Baillargues. Tu le balances dans un champ et tu fais demi-tour. L'Audi, tu l'abandonnes à Pissevin, les dealers s'en chargeront. Et tu rentres à pied.

Angelo a pris le sac et se dirige vers la Clio. Robert le suit. Iván choisit cet instant – ils sont de dos – pour armer son pistolet. Le cliquetis résonne dans la nuit et les fait s'arrêter net.

– Bouge pas, Angelo ! Pose le sac par terre et monte dans ta voiture. Toi aussi Bob. Tu te retournes, je tire.

Angelo pose le sac.

– Fais pas le con, Iván, crie-t-il sans se retourner.

– Allez, magnez-vous le cul, grimpez dans la caisse ! Le fric part avec moi.

Belmonte fait volte-face.

– C'est Pérez ou toi tout seul qui nous double ?

Iván, surpris, le regarde et délaisse une seconde Angelo.

Erreur fatale, Angelo a déjà dégainé. Iván réagit avec retard, tire, mais le manque. Angelo le touche en plein thorax. Deux balles. Mortelles.

Angelo s'approche du corps.

– Il a son compte, commente-t-il à Belmonte.

Mais Belmonte ne répond pas ; il se tient le flanc, s'effondre.

– Nom de Dieu, crie Angelo en s'élançant vers lui.

Il le prend dans ses bras.

La balle d'Iván a touché le ventre à hauteur de l'appendice.

– Pérez nous a baisés, murmure Robert.

Angelo l'installe à l'arrière de la Clio, à demi allongé, range le sac au pied du siège passager. Ensuite, il retourne à Iván, à terre, le pistolet encore en main. Le fouille. Rien dans les poches que son bas de soie. Il s'empare du pistolet, le glisse sous sa ceinture. Puis il inspecte l'Audi. Rien à l'intérieur, que le GPS. Il l'y laisse.

Il faut faire vite : Robert perd du sang, la blessure est moche. S'il le conduit à l'hôpital il sera sauvé, mais signalé, interrogé, vol à main armée, meurtre. Sans compter que lui Angelo tomberait aussi.

– Quel con je fais, hurle-t-il. Con, con, con ! Me laisser baiser comme un bleu.

Il s'installe au volant de la Clio, jette un œil dans le rétroviseur, rassure :

– Ça va aller, Bob, tiens bon !

Il fonce directement au mas, toujours par les petites routes.

Une fois arrivé dans la cour, il éteint les feux, roule au pas, contourne la maison et s'arrête devant son mazet. Aussitôt entré, il appelle le vétérinaire de l'élevage avec son portable resté sur place.

En attendant que le vétérinaire accoure, il traîne Bob par les aisselles, l'allonge sur le lit dans sa chambre, ouvre le pan de chemise, place une serviette sur la plaie.

Le « véto » ne pose pas de questions. Il n'a pas le choix. Après une piqûre d'anesthésique, il parvient à extraire la balle de neuf millimètres de diamètre fichée dans la paroi de l'intestin grêle. Puis il suture les chairs et injecte antidouleur plus antibiotique contre la septicémie.

# 10

## *Seule*

Angelo est un amour pour Léa, un second père, plus attentionné que le vrai. Certes, il la considère toujours en gamine qui n'a pas encore vu le loup, mais elle n'est pas naïve au point de croire tout ce qu'il lui raconte.

– Bob est parti d'urgence régler une affaire en Espagne, l'a-t-il informée à son réveil.

Ce n'est pas la première fois que son père file sans explication, soi-disant en Espagne.

Elle comprend bien que son père veuille fêter le succès de sa fille à sa manière, car il n'a jamais amené une femme ici. Il va ailleurs. En cachette. Les hommes ont des besoins. Évidemment. Il faut bien que le corps exulte.

Assise dans le fauteuil en rotin de son père, elle contemple l'horizon devant elle, ses terres, qui seront siennes un jour, les voitures rangées, l'écurie au calme. Tout est en ordre. Aujourd'hui, elle profite d'elle-même. Comme jamais. Depuis son triomphe, elle savoure l'existence, sautille joyeusement sur terre, goûte le ciel bleu limpide. La vie est belle.

Pourtant, il y a cette impression d'absence qui obscurcit son ciel idyllique :

*Où est Angelo ? Et papa, où est-il vraiment ?*

Elle se rend à l'arène d'essai, ce petit cercle de sable délimité par un muret où elle s'entraîne à toréer. Son univers. Là où elle reprend toujours pied. Puis à l'écurie. Ses chevaux sont là. Tous les quatre, chacun dans son box. Ils piaffent doucement en la voyant. Elle sourit. Tout est dans l'ordre des choses, parfaitement normal. Elle revient dans la cour, retourne au mas.

Au seuil, avant d'entrer, elle fait volte-face, met sa main en visière, sonde l'alentour, réalise qu'il y a un espace vide dans le hangar, entre le 4×4 et son cabriolet. C'est donc cela, cette impression d'absence, la Clio qui est sortie ? Angelo qui doit faire des courses...

Elle entre dans la cuisine, se sert un verre d'eau fraîche qu'elle boit goulûment.

Ne peut s'empêcher d'appeler :

– Angelo ?

Pas de réponse.

À cette heure-ci, il devrait être revenu. Peut-être retenu dans les pâturages... Un taureau sûrement. Elle se rassure à cette pensée.

La Clio n'est toujours pas rentrée. Léa revient dans la cour, tend l'oreille, va à l'atelier. Aucun bruit, un silence de plomb.

Pas d'affolement !

Elle se domine, reprend sa respiration. N'empêche, elle ressent un vide, une impression de *quelque chose qui cloche.*

Elle se rend au mazet d'Angelo. Ce n'est pas dans les habitudes de Léa de frapper à la porte de son contremaitre, mais le besoin d'une présence rassurante l'emporte. Elle-même respecte son retranchement, ne le force qu'en cas extrême, lors des moments de mélancolie. Et encore, avec retenue : pas question de l'envahir de ses doutes, de déballer ses angoisses, d'avouer sa faiblesse. D'ailleurs, ce serait s'y complaire. Angelo se montre si soucieux d'elle qu'elle ne veut d'aucune manière lui donner à croire qu'elle se noie dans les questions existentielles. Mais à présent, ce vide en elle, cet appel d'une présence à ses côtés, la pousse. Angelo s'est toujours montré rassurant par sa seule écoute. Il l'a toujours acceptée telle qu'elle est, avec ses silences et ses lacunes. Il l'a toujours devinée, mieux que son propre père qui érige toujours des barrières entre eux, exigeant d'elle qu'elle se montre toujours forte, lui reprochant implicitement de ne pas l'être, lui en voulant de ne pouvoir remplacer sa femme ni le fils perdus…

Elle frappe à la petite porte en bois. Depuis leur arrivée au mas, Angelo réside dans cette masure de pierre à l'écart de la ferme. Au bâti d'origine, une carrée de pierre, il a adjoint des extensions, aménagé une chambre, une salle de bains et une cuisine.

La porte est fermée, les volets également, la porte-fenêtre barricadée par le store vénitien. Il est midi et demi passé. Pourquoi a-t-il fermé sa porte, contrairement à son habitude ?

Léa colle son nez sur les interstices entre les lames et aperçoit l'intérieur plongé dans le noir. Angelo n'est pas là.

Elle fait le tour de la bâtisse. À l'arrière, les fenestrons ne permettent pas de discerner quoi que ce soit de l'intérieur. Elle a beau se river à la petite ouverture entre deux pierres, elle ne discerne qu'obscurité.

Cependant, elle croit entendre un vague bruit de verre cassé. Elle revient côté salon, regarde de nouveau par la porte-fenêtre. Ne distinguant rien, elle actionne le vantail, tente de le faire coulisser de force sur son rail. Bloqué. De même avec le second vantail : à la deuxième tentative, le loquet cède.

Elle entre. La pièce se trouve dans la pénombre. Sur le canapé, une couverture pliée.

– Angelo, tu es là ?

Elle perçoit un soupir venant de la chambre au fond.

Dans la pièce, un mince rai de lumière filtre à travers le chambranle de la fenêtre et le volet fermé. Elle cligne des yeux pour adapter sa vision, distingue une forme humaine dans le lit.

– Angelo, ça va ?

Elle s'approche, se penche et pousse un cri. Son père est allongé, corps recouvert d'un drap. Il transpire, le front humide, le regard comateux, le bras épinglé par une perfusion accrochée à un portemanteau transformé en pied à sérum.

Elle s'assied au bord du lit, près de la table de nuit, au pied de laquelle il y a un verre cassé et une petite flaque d'eau. Son père gémit.

– Papa ! murmure-t-elle.

Un faible grognement lui répond. Elle balaie du regard le drap qui forme linceul, le soulève délicatement, et voit l'énorme pansement taché de sang qui barre l'aine. Elle étouffe un cri.

Après avoir replacé le drap, elle effleure le bras nu de son père, lequel esquisse un pâle sourire, serre la main de sa fille, puis ferme les paupières. Sa tête roule sur le côté, le souffle expire.

– Pa… pa… Pa… pa.

Angelo la trouve en larmes, assise au bord du lit, joue posée sur l'épaule de son père.

Il relève le corps abattu, mou, une chiffe.

– Viens, Léa, viens, lui murmure-t-il.

Elle le regarde de ses yeux gonflés et rougis, le repousse des deux mains.

– Tu m'as… mmenti, mmenti ! crie-t-elle en tambourinant son torse des deux poings.

Puis elle s'effondre, et il l'emporte, telle une enfant lovée dans le nid que ses bras forment pour elle.

# 11

## *Villa Pérez*

Sur les hauteurs de la ville, entre la rocade nord et le réservoir d'eau, le quartier des marginaux créatifs. En voie de réhabilitation, il déborde de façades peintes aux motifs criards, du *street art* représentant des femmes nues au torse décharné, des aérosols de chevaux ou de taureaux, des inscriptions anarchistes, des pochoirs aux postures agressives. À l'angle d'une rue montante et d'une traverse spécialisée dans la vente de *shit* à toute heure se niche une maison de maître dissimulée par une muraille de trois mètres de haut et un portail métallique d'un centimètre d'épaisseur.

Un 4×4 aux vitres fumées déboule à toute vitesse, franchit le portail actionné de l'intérieur au vu de deux caméras fixées en haut des pilastres. Les battants se referment rapidement, un homme armé accompagnant le mouvement en jetant un œil sur d'éventuels poursuivants.

Le 4×4 remonte l'allée gravillonnée qui fend une pelouse avec piscine, s'arrête devant le perron de la bâtisse.

Le chauffeur bondit, le passager descend.

Le conducteur arbore le style habituel du garde du corps, chemise, pantalon et lunettes noirs, cheveux ras, air taciturne. Le passager diffère : trapu, râblé, un œil vitreux, un air taurin, jean ample et chemise blanche qui flotte sur son ventre rebondi, enserré d'un ceinturon de cuir avec une banane.

La porte de la villa s'ouvre sur un sbire en tenue noire ; l'homme trapu entre dans une immense pièce dallée de pierres grises.

L'hôte, un homme dégarni d'une bonne soixantaine d'années au visage tanné, l'accueille sans bouger de son canapé en cuir fauve.

– Ah ! Verdugo, te voilà enfin… Assieds-toi donc. Un verre ?

Le trapu ne répond pas et s'assied sur le fauteuil de style face au canapé.

– Ça fait combien de temps que t'es sorti ? insiste l'hôte.

– Deux mois et quelques…

– Et tu ne viens pas saluer les vieux amis ?

– J'ai vu personne à la sortie de la centrale… Et maintenant, tu me sonnes. Alors, qu'est-ce que tu me veux, Pérez ?

Pérez se lève du canapé et se dirige vers une desserte de style vaguement espagnol. Du minifrigo, il extrait une bouteille de pastis et verse une rasade dans deux verres. Puis il se tourne vers Verdugo, un verre dans chaque main.

– Tu travailles pour qui maintenant ?

– J'suis free-lance !

– Free-lance ?! C'est nouveau ça ! Qui te paie ?

– Tu sais comment ça marche. On exécute, on ferme sa gueule !

– Té, Verdugo, ne me dis pas que tu travailles pour cette ordure de Barboni ?

– J'travaille pas pour lui, j'suis à mon compte.

Il lui tend enfin un verre.

– Santé !… T'as entendu parler du casse du casino d'Allègre…

– Ouais.

– Le macchabée, c'était Iván, un homme à moi !

– T'es devenu sentimental ?

– J'ai perdu un porte-flingue.

– Et t'as besoin de le remplacer, c'est ça ?… Je te suis. Annonce !

– C'est Belmonte qui l'a flingué. On lui réglera son compte en temps et en heure. Pour le moment, on s'occupe de Barboni.

– Qu'est-ce que tu lui veux au Corse ?

– Il veut me baiser : t'es avec lui ou avec moi ?

– Dis toujours !

– T'avise pas de faire ta pute avec lui ! Il suffirait que je claque des doigts et tu t'envoles *ad patres*…

– Vas-y, Pérez, fais-moi peur ! Ça me distrait de voir les michetons jouer aux gros durs, surtout s'ils sont ridés, genre momies…

– Du calme, Verdugo, ça vaudra mieux pour toi. Barboni et moi, on avait passé un accord, partagé les secteurs. Richelieu pour moi, la route d'Avignon pour lui. Le bar à chicha de Gambetta pour moi, la discothèque et le deal pour lui. Les ordures municipales pour lui, les « gagneuses » pour moi. Mais cet enfant de pute m'a collé ses macaques dans les pattes pour me dégager de Gambetta.

– Et tu voudrais que je passe un coup de balai dans le secteur ?

– Tu te souviens comment on l'a dégagé des corridas, sa tarlouze de Tomás et lui ?

– Pas qu'un peu…

– Comment on les lui a coupées à cette lope ! Et maintenant Tomás file doux. Sauf qu'il perd du fric avec ses corridas…

– Ouais, bon… Accouche !

– Faut que tu me mettes de l'ordre dans cette pétaudière. Que tu me dégages les cafards qui viennent chez moi, que tu réexpédies Barboni dans son île !

– Tu te tripotes, Pérez ; à ton âge, c'est pas bon ! Le surnombre ici, c'est toi. T'es fini. Le Nîmes du bon vieux temps, tu peux le raconter aux nazes du coin, mais pas à moi. Faudrait voir à atterrir. Barboni, il décanillera pas, il tient la place. Si tu veux un conseil, fais-toi discret : tu te la coules douce sans la ramener.

– Ah ah ah… Combien il t'a filé ?

– Rien, je te dis !

– Alors combien tu voudrais pour le dégager ?

– Un max !

– Ah, c'est bien toi, ça, on commence à s'entendre. Alors, combien ?

– Je veux la moitié de tout ce que t'as !

– Tu me prendrais pour un cave par hasard ?

– Espèce d'enfoiré. Qu'est-ce que t'as fait pour moi quand j'étais en cavale ? Que dalle. Quand j'étais en taule ? Que dalle ! Et maintenant tu veux me filer la pièce ? Tu me dois un max, Pérez !

– T'oublies que tu t'en es tiré grâce à moi. T'étais dans les radars des poulets après ta connerie de Marseille.

– Il avait qu'à pas être là, le chiard !

– Les poulets sont venus jusqu'ici ! Si t'es là aujourd'hui c'est grâce à bibi ! C'est moi qui ai arrosé, c'est moi qui ai fait le ménage derrière toi ! C'est grâce à moi que personne n'a parlé ! Sans quoi, tu te serais pris vingt piges. T'as la mémoire courte, t'es tombé pour proxénétisme, pas pour assassinat ! Si j'avais pas été là, tu croupirais encore à la centrale ! Vingt ans t'aurais pris. Pour meurtre ! Alors, la ramène pas, Verdugo !

– La moitié, je veux la moitié !

– La moitié de… ?

– Ce que je ramènerai !

– C'est déjà mieux !

– Toi tu crèches dans une villa, moi dans une turne chez les miteux de Saint-Gilles. Alors faut équilibrer !

– Tu pètes plus haut que ton cul, Verdugo !

Verdugo se lève brutalement, l'œil noir, s'approche de Barboni et lui plante son haleine chargée sous le nez.

– En Espagne, j'ai marné comme assistant dans les corridas, j'ai appris un tas de trucs utiles. Tu sais ce que c'est qu'un *puntillero* ?

– Où tu veux en venir ? Accouche ! s'énerve Pérez en reculant d'un pas.

– Celui qui plante la lame, pour que le taureau ne bouge plus. Tu me suis ?

Pérez ne se démonte pas, il ricane.

– Reste à ta place, puntillero. Tu planteras ta lame quand je te le dirai. Ici, le boss, c'est moi. Tu n'es qu'un *peón*. J'ai besoin de toi, mais c'est moi qui dirige la corrida. Tu me suis ?

– Ça dépendra de combien tu me files…

– Ah, enfin…

Pérez reste un instant silencieux, réfléchit, puis :

– Un élevage de dix hectares en Camargue avec une manade de taureaux de combat, ça t'inspire ?

– Faut voir…

– Pour mes vieux jours j'veux un coin tranquille, au vert, et au soleil. Tu serais le contremaître, t'aurais même le gîte.

– Contremaître ? Tu te fous de ma gueule ?!

– T'aurais ta part des bénéfices : le salaire et la rente ! Tu serais un riche *peón* !

– Combien de rente ?

– Dix pour cent !

– Cinquante !

– Vingt ! Si tu me débarrasses d'abord de Barboni…

– Allonge dix mille pour mes premiers frais !

Pérez sourit.

# 12

## *Des suspects*

Au commissariat, le débriefing sur les affaires en cours de la brigade GVP est animé.

– Tu t'es bien débrouillée, Ortiz, rigole Hervé. T'as réussi à refiler le macchabée à la Régionale ! Te v'là en vacances !

– Arrête de me chercher, Hervé, tu me fatigues !

– C'était pas méchant !

– Méchant ou pas, va voir ailleurs si j'y suis !

– T'as tes trucs ou quoi ?

– AH ! ÇA SUFFIT ! crie Samia.

– En effet, ça suffit, brigadier ! intervient le commandant qui préside la séance de travail. On n'est pas dans une cour de récré !

– C'était pas méchant, marmonne Hervé en retour.

– Revenons à l'ordre du jour, capitaine ! Le point sur le casse du casino d'Allègre-les-Bains, s'il vous plaît !

– Le procureur a confié l'affaire au SRPJ de Montpellier.

– On sait cela, capitaine. Je veux que vous nous donniez des éléments !

– Le cadavre a été identifié : il s'agit d'Iván Martinez. Connu des services, une ex-petite frappe de Pérez. Il est déjà tombé pour vol à main armée. La DR suit la piste Pérez.

– Pérez aurait repris du poil de la bête, alors qu'il hiberne depuis des lustres ?

– En effet, ça n'a pas de sens, intervient Ortiz. Pérez est un vieux cheval !

Le capitaine la fusille du regard.

– Qu'est-ce que t'en sais ?

– On se calme, capitaine ! ordonne le commandant. Pourquoi Pérez, et pourquoi pas Barboni ? Il peut chercher à s'étendre.

– Vous avez raison, commandant, fayote le capitaine. Le casse sent la vieille école, il pourrait bien être signé du Corse.

– Je n'y crois pas plus, corrige Ortiz. Barboni est en voie de légalisation. Il ne va pas se fourvoyer dans un petit casse.

– Tu m'en diras tant ! réagit le capitaine. Au cas où ça t'aurait échappé, c'est le parrain de la ville. Il se croit !

– Je suis d'accord avec Ortiz ! modère le commandant. Barboni se range, tout comme Pérez. En vieillissant, ces zigotos-là investissent dans des cafés ou des clubs. Ils ont compris qu'il leur faut une façade respectable et qu'il faut payer des impôts pour être tranquilles. Ils s'acoquinent avec quelques élus locaux, s'imbriquent dans les affaires locales et font leur commerce.

– Je doute que le *Paradise* ne soit un simple commerce, commente le capitaine.

– Pourquoi ? Vous le connaissez bien ?

– Euh… non, balbutie-t-il gêné. N'empêche que le macchabée était dans la bande de Pérez il y a quelques années. Ça appuie l'hypothèse *banditisme.*

– Il l'était, il ne l'est plus ! intervient de nouveau Ortiz.

– N'empêche que le casse peut être signé d'anciens lieutenants. Des anciens qui veulent aujourd'hui leur part du gâteau. La Régionale creuse dans ce sens.

– Ortiz, qu'en dites-vous ?

– Moi, je vois plutôt des nouveaux venus.

– On ne s'improvise pas braqueur du jour au lendemain, s'interpose le capitaine.

– Continuez, Samia : quels nouveaux venus ? insiste le commandant. Des caïds ? Des jeunes ? Une bande ?

– Des individus incontrôlables qui s'unissent au gré des affaires…

– N'importe quoi ! maugrée le capitaine.

– Non, ce n'est pas n'importe quoi. Il y a de plus en plus de cambriolages opérés par des équipes à tiroirs.

– On vous écoute, Samia.

– La première fois à l'*Intermarché*, ils foirent. Alors, pour le casino, ils améliorent la technique et recrutent un poids lourd, un truand expérimenté, Martinez.

– Moi, je ne vois pas le rapport entre les auteurs d'un casse à cinq cents euros et un autre à deux cent mille. Ce ne sont pas les mêmes pointures.

– Peut-être, capitaine, mais laissez Ortiz développer !

– Apparemment l'*Inter* et le casino n'ont rien à voir entre eux, je suis d'accord, poursuit Samia. L'*Inter*, c'est du bricolage, deux pieds nickelés avec un *modus operandi* d'amateurs. Je résume : sept heures, deux individus, cagoules et gants noirs ordonnent au gardien et à la caissière d'ouvrir le coffre. La caissière ne se rappelle plus le code, elle a la tête ailleurs, elle est enceinte et sort d'un congé. Ils repartent avec le fonds de caisse de la veille : cinq cents euros. Ridicule ! À Allègre, les braqueurs sont organisés, ils sont trois, et ils s'en vont avec un butin de deux cent cinquante mille. La différence, c'est Martinez.

– Et donc, le lien ?

– Ce qui me trouble, c'est qu'au casino le vigile était à la ramasse, comme à l'*Intermarché*. À l'*Inter*, il est attaché à une chaise avec du Serflex. L'alarme ne se déclenche pas. Au casino, la caissière est attachée avec du Serflex, le vigile n'est pas dans la salle, il laisse le champ libre aux casseurs, comme par hasard. Je pense que, dans un cas comme dans l'autre, ce sont des auxiliaires de l'intérieur… Comme dans l'attaque du fourgon blindé, il y a un an : les braqueurs avaient acheté le chauffeur.

– Les vigiles sont de vrais papys, je les vois mal en braqueurs, ironise le capitaine.

– Y a ceux qui renseignent, les apporteurs d'affaires, et ceux qui exécutent ; ce ne sont pas forcément les mêmes.

– S'ils sont si bien organisés, pourquoi se tirent-ils dessus à peine repartis ?

– Iván Martinez en aura voulu trop au moment du partage : en tant que « dur » du trio, il s'est senti assez fort pour les doubler et rafler la mise.

– Mouais, fait le commandant peu convaincu. Capitaine, vous voulez commenter ?

– Ça ne colle pas : Iván Martinez a été abattu par un pro du 9 mm, qui ne l'a pas raté. Une balle au cœur et une au plexus, *boum, boum*. Ça, c'est signé.

– Pas tout à fait, capitaine. Le grand banditisme, c'est plutôt une balle au thorax et une seconde au crâne. On a une idée de celui qui a tiré ?

– La DR a perquisitionné chez Martinez, précise le capitaine. Pour le moment, pas grand-chose. Pas d'ordi, pas de puce de portable. Elle creuse du côté des anciens copains…

– Samia, vos pieds nickelés de l'*Intermarché*, en admettant qu'on les retrouve dans le casse du casino, vous avez une piste ?

– Une idée oui, des pistes non. Il faudrait que je saisisse quelques portables pour tracer le réseau de complicité.

– Pas gagné avec le procureur ! Rien de plus solide ?

– Pour le moment, non.

– Capitaine ?

– Je reste sur la ligne de la SRPJ.

– Un élément à ajouter, Samia ?

– Si le capitaine et la Régionale ont raison, si le casse du casino est le fait d'anciens lieutenants, neuf chances sur dix qu'on les trouve au fichier.

– Évidemment, mais on n'a pas d'empreintes, siffle le capitaine.

– Même pas un cheveu ?

– L'ADN mitochondrial est fragile.

– *Fragile*, vous m'en direz tant ! commente le commandant.

– On peut resserrer l'éventail des suspects en ciblant les fichés qui ont été ou qui sont agents de sécurité.

– Tu y tiens à tes vigiles, Samia !

– Exact, il y a comme une fixette, là ! acquiesce le commandant.

– J'arrête mon enquête, alors ? le défie Samia.

– Vous n'arrêtez rien. Travaillez en support du SRPJ et creusez votre piste, on ne sait jamais.

– Ah, non, commandant. Ne faites pas le coup de l'os à ronger pour la fliquesse, je le prendrais mal.

– L'intuition de la brigadière, c'est la seule chose qui m'intéresse ! Ça vous convient, agent Ortiz ?

– Ça me va, commandant !

Samia veut être respectée. Comme toute policière digne de ce nom. Elle ne perdra pas sa dignité à cause de frustrés qui ne savent pas ranger leur libido sous l'uniforme. Et d'ailleurs, tous les bipèdes à faciès humain doivent la respecter. Flic ou civil, homme ou femme, collègue ou chef, roquet ou paltoquet. Qu'elle écope en tant qu'agent, en voie de toutes les couleurs en tant que professionnelle, OK, mais qu'on ne touche pas à la femme ! Sous aucun prétexte. Plus de remarques sexuées, plus de réflexions déplacées. Plus d'ambiguïtés ni de sous-entendus ! Plus jamais !

Elle regagne son bureau. Les deux collègues ne lui adressent plus la parole. Parfait ! Que les mâles ravalent leur testostérone et cessent de la harpiller ».

Surtout qu'elle a d'autres chats à fouetter.

Elle pianote sur le clavier de son ordinateur, ouvre le logiciel des antécédents judiciaires et tape :

*Iván Martinez*

Historique : aucun poste de vigile ou de gardien, pas d'emploi salarié ; aucun contact signalé avec le moindre agent de sécurité ; aucune mention de son nom lors de dépositions de témoins ou de suspects.

Elle entre les noms des vigiles du casino : aucun n'a été mis en examen.

Elle se détache de l'ordinateur, souffle son mécontentement.

*Fais preuve d'imagination !* se ressaisit-elle. Le lien avec Martinez et les deux autres auteurs du casse a peut-être été établi par un tiers.

*Un tiers oui, mais lequel ?*

Elle reprend sa recherche sur le Net, ouvre le bandeau Google et introduit :

*Braquage, vigile, sud, banditisme.*

Elle ne dégote pas grand-chose : des articles qui égrènent des faits divers à sensation, des évidences policières, des approximations judiciaires. Néanmoins, elle s'oblige à cliquer sur tous les liens, ouvrir onglet sur onglet, toutes les pistes. Apparaît un maquis d'affaires, de vols à main armée, ici et là, de cambriolages et de braquages en tout genre. Les ramifications se multiplient, s'enchevêtrent, les commentaires de presse s'accumulent de manière aléatoire et décousue… À croire que le Sud-Est est gangrené par la criminalité.

Devant ce méli-mélo sordide, elle ferme les yeux un instant, respire, remobilise sa concentration. À grand-peine, elle reprend ses lectures…

Enfin, l'insistance paie. Une piste retient son attention, un article d'hebdomadaire à propos d'une série de cambriolages à la frontière espagnole :

*Le noyau dur du commando était constitué de quadragénaires, formant une équipe soudée et identifiée, très active en France et en Espagne. Ils pourraient être les « apporteurs d'affaires ». Mais, pour l'occasion, ce gang, surnommé la « Dream Team » en raison de son efficacité, se serait offert les services d'un jeune Italien braqueur de la cité, en raison de ses compétences. Un autre individu les aurait rejoints, un Corse formé à l'école bastiaise du fameux gang de la Brise de mer… La justice n'a pas vu grandir ce fils d'immigrés italiens qui a débarqué à dix ans en France. Il balbutiait quelques mots de français, mais s'est rapidement imposé auprès de petits caïds blacks, blancs, beurs... Les policiers parlent d'équipes à tiroirs, dont les pièces, comme dans un Meccano, s'assemblent différemment en fonction des occasions. Comme si les caïds avaient définitivement pris le pas sur les parrains.*

– « Un jeune italien » ? murmure-t-elle, intriguée.

– T'es bien sage devant ton ordi, lance soudain Hervé plus prudent qu'affable. T'as un coup de mou ?

Elle ne répond pas. *Un jeune italien* lui trotte par la tête. Elle ne peut s'empêcher d'y associer Lucas.

– Samia, désolé pour tout à l'heure, ajoute Hervé. C'était juste pour rigoler !

Elle ne réplique toujours pas.

– Tu m'en veux ?

– Pas de souci, finit-elle par concéder machinalement.

– Alors, t'as une piste pour le casse ?

– Un soupçon...

– Vas-y, annonce !

Elle tourne la tête vers Hervé, agacée d'être asticotée, et s'apprête à lui lancer : « Oublie-moi une seconde ! » Mais elle reste coite. Le voir affalé dans son siège en plastique, une barrique rebondie, et à côté de lui Farid qui joue avec son portable, la désespère. Elle grimace. Tout, autour d'elle, la rappelle à l'univers sordide de son quotidien : fichier des antécédents judiciaires, gilet pare-balles, ceinturon, armoire métallique cadenassée, armes. Elle cohabite avec la suspicion, se nourrit de P-V, de procès et de condamnations ; fréquente des truands, des voyous, des tueurs, des énergumènes obsédés par le fric et la violence... Et des policiers qui ne cessent de s'en gargariser. Cette vision de l'ordinaire de son existence douche ses illusions : elle ne fera jamais que nettoyer les égouts de la ville, elle aura toujours les mains dans le cambouis, elle sera toujours salie, souillée, engluée…

Elle se prend la tête entre les mains, respire. Tente de se reconcentrer sur l'ordinateur, sur son métier. Mais rien n'y fait : elle étouffe. Veut s'en aller. Changer de vie. Partir loin…

Resurgit d'un coup sa solitude : le silence de Lucas, son étrange distance.

Après leur nuit dans le Combi, il l'a ramenée chez elle à moto. Le trajet a été doux, tendre, émouvant, elle collée à son dos, ses doigts courant sur sa taille. Mais arrivé devant l'immeuble, à peine déposée, il est reparti brusquement sans un geste ni un mot, pas même salut ou *ciao* : il a redémarré aussi sec. *Pfuit* la sérénité de la femme aimée… Abasourdie, au bord du trottoir. Bonjour le lendemain de fête !

Les jours suivants, elle a délibérément effacé l'image de ce Lucas méprisable, cynique et glacial. L'a volontairement remplacé par une interprétation favorable, une sorte de *faux positif* : sa froideur masque une émotion trop forte. Elle a fait taire la petite voix délétère qui lui siffle : « Il est comme tous les autres, un baiseur qui disparaît après usage, te jette comme un mouchoir. » Elle a résolument contenu toute pensée opposée à ses illusions, elle qui rêve de couler des jours paisibles avec un homme clean, cool et sexy.

La nuit avait été si belle avec lui, une révélation, un horizon, une liberté inédite. Dans ses bras, elle avait pu déployer toute son envergure de femme. De la femelle à la grande sœur. En passant par la dominatrice et la soumise, la câline et l'insatiable. Libre. À l'aube, elle s'était sentie neuve. Légitimée. Et même lavée, débarrassée des affronts antérieurs. Elle n'aura jamais été humiliée par sa nature, méprisée pour ses pulsions, honteuse de ses désirs ; elle n'aura jamais été coupable d'être femme, d'aimer jouir ; elle n'aura jamais été battue par son ex-mari, ni prise comme une chienne par une bête puante au sortir d'un bar louche. Réhabilitée, reconnue, validée, belle.

Mais à présent, l'ombre du doute plane sur la tête du « bel Italien ». Pensée noire, brutale, accablante. Elle s'est trompée sur lui ! Un éclair de rage fuse dans son crâne : il aura fallu qu'elle tombe sur un ténébreux torturé ou pervers… du genre qui te laisse en carafe sans explication, qui ne prend même pas ton numéro, qui ne sera jamais là quand tu voudras, qui ne te serreras jamais dans ses bras quand tu auras une envie de faire l'amour à te tordre l'entrejambe…

Les mauvais garçons l'attirent, elle le sait. Or, celui-ci particulièrement. Crainte lancinante qu'il ne soit destructeur ou faux jeton, ou malsain. Son silence, que cache-t-il au juste ? Anguille sous roche ?

Elle veut en avoir le cœur net : elle consulte le fichier de police des antécédents judiciaires, entre le nom :

*Lucas Chiarini*

Résultat négatif : le bulletin judiciaire numéro 2 ne comporte pas de condamnation ; aucun non-lieu, ni classement sans suite.

Elle consulte le fichier national des interdits d'acquisition et de détention d'armes.

*Idem.* Néant.

Elle entre dans l'application du Conseil national des activités privées de sécurité (CNAPS) : Lucas a obtenu son agrément au titre d'agent de sécurité polyvalent, justifiant de la formation requise au centre d'Aix-en-Provence. Carte en règle, valide encore un an. Une demande de renouvellement en cours d'instruction émise par la DRH de la chaîne *Intermarché*.

Lucas est blanc comme neige !

Samia se redresse sur son siège, croise les bras derrière la nuque, et sourit. Quelle sinistre gourde ! Voilà un gars *clean*, bien, et elle s'acharne à lui chercher des crosses ! Tout cela parce qu'il est vigile et vaguement italien. Comme si vigile et rital signifiaient tueur en puissance ! Ce constat lui met du baume au cœur : elle ne pouvait se tromper sur lui à ce point-là. Son corps ne pouvait lui mentir. La fliquesse s'est fourvoyée, mais pas la femme.

Quel soulagement !

Mais le jugement intime fait du yoyo à charge, et à décharge.

Et la méfiance revient : *Avec ton ex, tu ne t'es pas mis le doigt dans l'œil jusqu'au coude, hein ?*

L'emprise du passé, le trauma des coups, la haine conjugale… Elle avait cru en lui, au début…

Elle visionne à nouveau son rendez-vous avec Lucas, reconsidère son attitude ce jour-là. N'était-il pas ambigu ? Sa remarque sur le goût du sang. Et sa question : « Tu connais un certain Verdugo ? »

Sur le moment, elle ne s'y était pas attardée, vu ses préoccupations immédiates d'une autre nature. Mais avec le recul, la tête froide, la duplicité lui saute à la figure. Cette question sur ce Verdugo sorti de prison n'est pas du tout anodine. Comment n'y a-t-elle pas accordé d'importance ? Lucas est un dissimulateur, peut-être un violent ! Ce Verdugo interfère comme des parasites avec un écran de télévision, une nuée de mouches noires qui crée un sale bourdonnement de doutes sur Lucas.

*Dis-moi qui sont tes amis, je te dirai qui tu es !*

Samia se penche sur son ordinateur, clique sur le bandeau de recherche du FAJ, inscrit :

*Verdugo*

Le fichier des antécédents judiciaires mouline… Néant.

Elle se rabat alors sur le moteur de recherche du Net, inscrit :

*Verdugo, arènes.*

La première page affiche la traduction du terme espagnol : *bourreau* ; et dans le contexte de la tauromachie *: l'estocade. Quand l'estocade ne produit pas la mort du taureau par hémorragie, on rompt le bulbe rachidien à l'aide d'une épée spéciale appelée verdugo…*

Pour elle qui a fréquenté les arènes, assisté à des mises à mort et à des estocades ratées qui obligent l'assistant à triturer le cervelet de l'animal telle une dent cariée en creusant et forant, rien de nouveau dans cette description macabre. Mais le terme *bourreau* relance le doute de Samia : quel lien malsain entre Lucas et un bourreau ?

Perplexe, elle pose de nouveau la tête dans le creux des mains, soupire. En désespoir de cause, elle se tourne vers Hervé, avec un regard chavirant.

– Hervé, puisque tu es de bonne humeur, ça te dit quelque chose un type qui se ferait appeler Verdugo ?

Hervé réagit aussitôt, trop heureux de renouer avec elle :

– Verdugo ?... Pas qu'un peu, mon neveu !

– Ah oui ? C'est une frappe ?

– J'te l'dis, bouffie ! On l'a coffré y a cinq ou six ans. T'étais pas là. D'ailleurs, t'étais où à c't'époque ? En train de bronzer ?

– J'étais encore dans le 93, comme tout le monde en début de carrière. J'ai fait mes classes avec les chiens de ta race...

– Ah ah ah... Alors, on est encore potes, chochotte ?

– J't'écoute...

– Verdugo, c'est pas précisément une petite frappe. Il est tombé pour une histoire de proxénétisme, mais c'est un tueur à la solde, un ancien de Marseille, de Nîmes, d'Espagne, de tous les trafics. Spécialisé dans le poinçonnage, d'où son surnom. Tu vois le genre ?! On ne l'a jamais coincé pour meurtre. Souvent soupçonné, jamais accusé, tu connais l'histoire...

– Ah ! T'es sûr de ton coup du poinçon ? Ce ne serait pas une légende urbaine pour effrayer le bourgeois ?

– Écoute-moi bien, ma jolie. La taquine pas trop cette légende-là ! Tiens-toi à l'écart. Verdugo, je l'ai aperçu avant son jugement et...

– Ici, à Nîmes ?

– Évidemment ! J'suis pas monté à la Santé pour le rencontrer ! J'suis pas comme toi, moi, je suis fidèle au poste ! Bon, j'te disais quoi ?... Ah oui, quand je l'ai croisé ton Verdugo, j'avais beau les avoir bien accrochées, ça me les a délogées. Ce mec, il te gèle les burnes, grave. On dirait un pitbull qui va te foncer dessus et te déchiqueter. Tu vois ce que je veux dire ?

– Oui, le genre Miura !

– Connais pas.

– C'est un taureau Miura qui a empalé le grand Manolette.

– Ah oui ? Tu touches en tauromachie !

– Pas drôle !… Son vrai nom à Verdugo, c'est quoi ?

– Moraira. Je me le rappelle, vu que ça ressemble à *mort-aux-rats* ! Pourquoi tu t'intéresses à lui ?

– À ce qu'on dit, il serait dans les parages.

– Possible ! Il était en taule à Nîmes. Si jamais tu le croises, change de trottoir ! Lui cherche pas de poux dans la tête ! Conseil d'ami, regarde ailleurs.

– À ce point-là ?

– Ouais. Et j'te signale qu'au cas où ce s'rait un mec que tu cherches, un mâle, un vrai, pas une brute épaisse comme lui, eh bien tu l'as devant toi. Je suis *open*, où tu veux, quand tu veux. Et, crois-moi, c'est du dur ; du dur de chez dur…

Le collègue Farid lève le nez de son portable, explose de rire.

– Du dur… Du dur de chez dur… Ah ah ah…

– Ah, non ! crie Samia.

Elle leur tourne le dos, l'air dégoûté.

Se jette sur le TAJ, introduit le nom :

*Moraira*

Le moteur de recherche mouline. Finit par exhiber la fiche *Victor Moraira*. Suivent les *mugshots*, les clichés de l'individu, face et profil : regard mortel, œil tordu, face hirsute, air buté…

Elle parcourt le pedigree : vol, incendie, trafic, complicités diverses. Le passé criminel débute à quinze ans. À l'âge adulte, moins chargé. Comme l'a dit Hervé, souvent suspect et rarement accusé. Coups et blessures à Marseille. Complicité de proxénétisme à Nîmes, cinq ans plus tard. Un petit séjour à la centrale. Libéré en mars. Trois mois auparavant.

Et Lucas quand est-il arrivé dans la région ?

## 13

## *Homme de main*

Verdugo n'est pas à prendre avec des pincettes. Dans le café chicha du vieux Nîmes, il ressemble à un boutoir compact et furieux, à un boulet de canon incendiaire. Sourcils broussailleux, joues infestées de poils, confusion de peau et barbe, son faciès suffit à terroriser. Les tenanciers retranchés derrière le comptoir affichent profil bas : patron maigre comme un clou de cercueil rouillé, sa légitime ceinte d'un tablier Vichy et plombée d'une coiffure choucroute. Celle-ci a délaissé sa caisse et son présentoir de cartes téléphoniques et loto pour prêter main-forte à son mari en mauvaise posture. Elle le regrette. D'autant qu'elle ne peut compter sur personne. Dans la salle, l'ambiance n'est pas à la solidarité : l'odeur lourde de tabac humide enveloppe des clients apathiques, totalement indifférents au sort qui se noue pour les deux victimes que Verdugo décompose à vue d'œil. Ce n'est que justice, le bar abrite des trafics en tous genres dont personne ne veut s'étonner : cartes grises, armes de poing, voitures volées, prostitutions occasionnelles.

– L'heure est venue de payer tes dettes à Pérez ! ordonne Verdugo, tête penchée prête à charger.

– On est sous la protection de Barboni, tente le cafetier. Tu devrais le savoir depuis le temps que tu viens ici !

– Tu m'as pas bien capté, le débris. J'suis pas là pour discuter.

– J'ai déjà raqué, démerdez-vous entre vous !

– On n'y est pour rien dans vos histoires, risque la femme dans un élan apitoyé.

– Non, c'est non, ajoute le mari, en frappant le zinc du plat de la main.

La réaction se montre plus radicale que la protestation. Le poignard à lame courte de Verdugo se plante dans le dos de la main attardée sur le zinc.

Un hurlement déchire le café. La femme hurle à son tour, comme une folle, saute sur le comptoir, agrippe les cheveux du bourreau. Lequel la repousse d'un revers qui la propulse en arrière, sur les bouteilles.

Un silence de chapelle… Le mari tétanisé fixe sa main : la vue du sang et la douleur le laissent muet. La femme gît groggy au pied des bouteilles.

Les yeux de Verdugo brillent de jouissance perverse.

– Tu sais comment on travaille les récalcitrants en Espagne ? susurre-t-il. À la barbare ! Recommence et je te plante le poinçon dans l'œil.

Il dégage la *puntilla* de la chair. Le vieillard enrobe sa main dans le torchon essuie-verres. Tête basse, il enjambe le corps de sa femme affalée, vide le tiroir-caisse et en tend le contenu à Verdugo.

– Tu te fous de ma gueule ? réagit-il en l'envoyant valdinguer.

Il passe derrière le comptoir, bondit sur le malheureux, percute son crâne contre le zinc, le traîne par les cheveux dans l'arrière-salle, le long du couloir qui distribue plusieurs portes, jusqu'au fond, sur l'escalier qui conduit à l'étage.

Il ouvre la porte de l'appartement et le propulse à terre.

Le vieux comprend que ses minutes sont comptées. Allongé, il oppose un geste de la main.

– Attends ! supplie-t-il la bouche en sang, le nez cassé déjà violet.

Il rampe vers le réfrigérateur au fond de la pièce. Ouvre la portière inférieure, fait glisser un tiroir du congélateur, extrait trois liasses de billets enveloppées dans du film plastique alimentaire.

– Tu vois quand tu veux ! ricane Verdugo qui enfourne les liasses dans sa ceinture banane. Maintenant, tu bosses pour Pérez. T'as saisi ?

– Et Barboni ?

– Tu lui expliqueras le changement, ricane-t-il.

– J'suis mort…, marmonne le vieux.

Verdugo n'écoute pas, il dévale les escaliers, traverse le bar où la femme se tient maintenant debout, un torchon humide sur la tête, sous l'œil bovin des clients enfumés par la chicha.

Coupant le trottoir en oblique, il rejoint sa vieille Peugeot 404 garée sur un emplacement autorisé et démarre aussitôt. Direction la route d'Avignon. Il suit le boulevard Gambetta, puis s'engage dans l'oblique Vincent-Faïta.

Il est un peu plus de vingt heures, ce lundi de fête. La ville s'agite des derniers soubresauts de la féria. Venus des arènes, les airs des pasodobles et la clameur des *olé* se propagent dans la ville. Les aficionados jouent les prolongations dans des rues quasi désertes ; les touristes collatéraux à la féria ont déjà bouclé leur valise et les jouisseurs invétérés s'agglutinent dans l'arrière-salle du *Paradise*.

Verdugo gare sa Peugeot déglinguée devant le club, à la sauvage, en travers du trottoir, obligeant filles et dealers à s'écarter. Personne ne moufte quand il jaillit de sa carcasse métallique avec son air noir et taurin : il effraie plus qu'un *toro* enragé.

Ce soir, le bar du club ne fait pas recette : une petite douzaine d'hommes sirotent leur alcool d'un air désabusé.

Verdugo passe devant le barman sans le saluer. File directement dans la seconde salle. Là, la soirée mène bon train : les filles à moitié nues excitent les mâles aux yeux aussi gros que le bas-ventre. Certains se fendent des cent euros nécessaires pour « monter ». D'autres sondent encore leur fond de poche.

Verdugo se dirige vers le dogue rasé et épilé qui officie au bas de l'escalier et impose le set de *safe sex* aux clients de « l'hôtel ».

– Salut Verdugo, fait le molosse.

– Barboni est là ?

– Pas encore.

– Je monte. Tu m'envoies une fille ? J'ai besoin de me dégorger ! N'importe laquelle, je m'en fous…

– OK. (Il lui tend une clé électronique.) Prends la 20 !

Verdugo lui glisse un billet dans la paume et grimpe l'escalier en habitué.

Aux deux premiers étages se trouvent les cabines de sexe. Le troisième, réservé, est sécurisé par une porte codée, le quatrième par une caméra. Verdugo expose son visage sous l'œil du détecteur, l'ouverture télécommandée se déclenche. Après le sas, il débouche dans une pièce immense, au centre de laquelle se trouve un bureau en acajou. Il y dépose, bien en vue, l'une des trois liasses prélevées au café chicha.

Puis il ressort et regagne le deuxième étage.

Le couloir distribue dix portes. Le numéro 20 se trouve au bout.

La cabine tient de la cellule, un lit à une place, un bloc douche en plastique, un miroir et un W-C dans un placard. Il glisse sa banane contenant argent et lame sous le lit, puis ôte chaussures, pantalon et chemise.

La porte s'ouvre. Une jeune blonde décolorée, en minijupe et soutien-gorge noirs entre. Il la détaille sans dire mot, tout en saisissant son pénis et le branlant jusqu'à ce qu'il raidisse. Puis il remonte la jupette de la fille jusqu'à la ceinture, lui enlève sa culotte, la retourne, la colle contre le mur, la cambre, et la pénètre.

– Tu me fais mal, crie la fille.

– Ta gueule !

Il s'active, la tenant d'une main par les cheveux, de l'autre par la taille pour qu'elle ne puisse lui échapper. Une dizaine de mouvements saccadés et brusques. La fille se dégage en le repoussant d'un coup de reins furieux.

– Tu fais mal !

Il la fixe d'un œil noir.

– Comment tu t'appelles ?

– Cindy !

– C'est toi que j'ai achetée à Brcko ?

– Et alors ? proteste-t-elle.

– Combien tu valais ?

– Deux mille.

– Alors, ferme ta gueule, hurle-t-il. Ou j'te réexpédie là-bas !

Il la gifle ; la tête penche sur le côté. Elle sent son oreille siffler.

– Mets la capote, au moins, mugit-elle.

Il la saisit par les cheveux, lui souffle dans le nez, écumant. Elle ne bronche plus. Il la cambre plus, l'oblige à se courber, crache dans sa main, s'enduit de salive.

– Noon…

– Tu la fermes !

Il s'enfonce violemment. Elle crie. En vain, la maison prévenante insonorise les pièces.

Il s'active en soufflant jusqu'à grogner et baver.

La fille remonte sa culotte et file aussitôt, tête basse, joues rouges, maquillage dégoulinant. Lui se rhabille, renoue sa ceinture banane tranquillement.

Une fois déchargé, Verdugo remonte au quatrième étage. Cette fois, Barboni s'y trouve, flanqué d'un garde du corps statufié.

– Alors, Verdugo ? s'exclame Barboni depuis son bureau où trône une pile de billets de cent.

– Ça roule !

– J'te demande pas si ça roule, mais ce que tu fous.

– C'que je fous ?

– J'apprends que tu partouzes avec Pérez.

– T'es mal renseigné !

– Écoute-moi bien, Verdugo : si t'escomptes jouer au malin avec moi, tu finiras en saucisse de barbecue ! Tu vois ce que j'veux dire ? Qu'est-ce tu fous avec lui ? Tu cherches à m'enculer ?

– Pérez se dit qu'il pourra te déloger. Je l'aide à y croire. En attendant, t'as le pognon de la chicha devant toi !

– Te mêle pas de stratégie ! La tête c'est moi ! Tu me suis ? Ou faut que j'te fasse un croquis explicatif ?

– Ça va, monte pas sur tes grands chevaux.

– Le casse du casino, c'est un coup de Pérez ?

– J'en sais rien.

– Joue pas au con ! T'as parlé avec lui. De quoi, de la canicule ?

– Tu m'emmerdes, j'en sais rien.

– Le type qu'on a retrouvé plombé, c'était un homme de Pérez. Tu parles avec lui et tu ne sais rien !? Combien il te paie ?

– Tu te fourres le doigt dans l'œil : Pérez, je le buterai le moment venu. Ce fils de pute m'a lâché. J'ai pas oublié.

– T'as de la mémoire pour certaines choses ! C'était quand cette histoire ?

– Y a dix ans à Marseille.

– Ouais… Les képis avaient fait des descentes partout, ici, à Montpellier, à Perpignan. T'avais été assez con pour les exciter. Personne ne pouvait rien faire pour toi !

– Facile vu de derrière son bureau !

– T'as de la chance, Verdugo, j'ai pitié de toi. Ah ! Ah ! Ah ! Et j'ai envie de croire que tu te risquerais pas à me doubler. J'me trompe ?

– Non…

– Combien tu m'as amené là ? demande-t-il en désignant la liasse sur le bureau d'un mouvement de menton.

– Tout ce que le chicha m'a filé.

– T'es sûr ?

– Ouais.

Barboni tend le menton vers le garde du corps.

– Compte !

– T'as tout là, précise Verdugo. P't'ête que la taulière viendra pleurer dans tes bras que tu l'as abandonnée et que son mari s'est tordu le doigt, mais tu sauras bien la calmer, pas vrai ?...

– Alors combien y a là ? aboie Barboni à son sbire.

– Dix mille, patron.

– OK. Tiens, prends ça, Verdugo ! dit-il en extrayant quatre billets du paquet et en les lui jetant sur le bureau. Pour tes frais.

Il les ramasse.

– Très bien, Verdugo. Note bien ça dans ton p'tit crâne : tu fais ce que je te dis et comme je te le dis.

– Ouais, ouais.

– Maintenant, tu vas me trouver les casseurs du casino d'Allègre et faire le ménage. Tu vas me dégager ces branques. Ici, c'est chez moi, personne ne palpe sans mon consentement ! Tu me les achèves ! T'as saisi ?

– Ouais.

– Et discret ! Pas de guerre ouverte avec les poulets.

Verdugo fait volte-face.

Barboni l'interpelle quand il atteint le seuil :

– Ah, une dernière précision, Verdugo. Cindy, elle n'est pas gratos ! Même pour toi ! Tu me suis ?

– Ouais, enfoiré, marmonne-t-il sans se retourner. Je te suis !

# 14

## *Bad trip*

Lucas se redresse brutalement et se cogne la tête au toit du VW. En sueur, fébrile, irradié par une bombe thermobarique. Le drap sur le matelas mousse est brûlant, trempé, et lui est effondré dessus. De loin, très loin, lui proviennent des bruits, des coups qui résonnent sur la carrosserie et font vibrer ses tympans.

Puis il entend plus distinctement :

– Ça va, là-dedans ?

Il réalise à peine qu'il se trouve dans son van, dans un camping-car… avec la gérante qui passe la tête sous le hayon ouvert, son maigre cou d'autruche étiré en biais.

– Ça va, mon garçon ?

Lucas glisse du lit.

– T'as l'œil hagard : t'as pris de l'acide ?

– Euh…

Elle contourne le van et le rejoint côté portière.

– Regarde-moi, maintiens le contact ! J'connais ça. C'est un *bad trip*. Regarde-moi, respire !

– Ça va. Juste un cauchemar. La chaleur sûrement…

– Il fait chaud en ce moment, plus de 40 dans la journée. Faut pas te déshydrater. Prends de l'eau, avec du sucre. Bon, t'as l'air déjà mieux.

– Oui, ça va le faire !

Il a l'habitude des cauchemars. À défaut de les éviter, il ne s'en affole plus. Il cohabite avec eux.

– Fais-nous donc un café, mon garçon. J'ai rien pris au p'tit déj, et toi t'en as besoin, un bien tassé.

Encore entre deux mondes, Lucas extrait de l'eau du réservoir et la fait chauffer, tandis que la gérante plantée dehors continue de jacasser :

– J'suis venue tôt ce matin pour les arrivées. C'est le rush pour les fêtes. Dans cinq jours y aura plus personne. Ils retourneront dans leur brouillard du Nord. Ils « tailleront la route », comme ils disent. Genre douze ou quatorze heures d'affilée. C'est du grand n'importe quoi, mais bon, c'est leur vie… J'peux entrer ?

– Oui, oui, asseyez-vous sur la banquette.

Il dispose un sachet de café soluble dans deux mugs et verse l'eau chaude.

– T'as souvent des *bad trips* ?

– Non.

– T'étais bien barré ! J'm'y connais, j'ai fait Woodstock et Wight.

– J'ai rien pris, j'touche pas à ces saloperies !

– Allez, c'est pas au vieux singe qu'on apprend à faire la grimace. Quand je t'ai vu avec ta marque sur le front, ça va mieux de ce côté-là on dirait, non ?… Oui, quand j'tai vu, je me suis dit *qu'est-ce qui lui arrive à ce gars-là ?* Il est trop jeune et trop mimi pour finir esquinté. (Elle sourit.) T'as quel âge, vingt-cinq, vingt-six ? Moi aussi, à ton âge, je me faisais taper dessus.

– Et pourquoi ?

– Dès que t'as un beau cul, tu te fais cogner. J'sais pas si entre mecs c'est pareil, mais pour une nana c'est comme ça. C'est plus fort qu'eux : les mecs te cognent, faut croire que les couilles leur gonflent quand ils s'excitent sur une fille... Mais t'es pas comme ça toi, t'es pas du genre à cogner une femme, pas vrai ?

– Non, je ne m'éclate pas comme ça.

– T'es plutôt du genre bagarre de rue...

– Pas vraiment, non.

– Tu m'le dirais pas de toute façon ! Mais t'as ces marques... J'ai eu un copain comme toi, il zonait dans les bars et déclenchait la bagarre : il commençait à provoquer les mecs, en groupe de préférence, rien que pour se faire défoncer par trois ou quatre brutes. Ça le calmait, qu'il disait.

– Oui, je comprends, mais moi non, commente Lucas.

– Tu vas pas m'amener des histoires ici, j'espère.

– Non, non...

– J'veux pas te fliquer, c'est pas mon genre, mais ici c'est un petit domaine tranquille. T'es pas en cavale ou un truc du genre ?

– Ne vous inquiétez pas, je suis en bons termes avec la police !

– Tu fais quoi comme travail ?

– Agent de sécurité !

– Ah, oui ? C'est risqué, pas vrai ?

– Franchement, c'est plutôt tranquille, ricane Lucas.

– Tu ricanes, tu ricanes. Tu me prends pour une conne ?

– Euh, non…

– Tu t'imagines que je suis gâteuse et que j'prends une tisane tous les soirs au coucher. Alors écoute-moi bien, mon gars. Des petites frappes comme toi, j'en ai vu passer plus d'une dans mon existence, certaines dans mon lit. T'as qu'à demander autour de toi : je m'appelle Denise Grandpré, je suis l'ex d'un certain Barboni, le caïd du coin. Un beau matin, j'en ai eu marre de ses magouilles, j'ai fait mes valises. Mais attention ! j'suis pas partie sans rien, je l'ai fait cracher au bassinet. Tu vois, ce camping, c'est son pognon. Son fric pourri, je l'ai transformé en quelque chose. Tu peux demander, j'étais conseillère municipale avant de le rencontrer. Quand il a compris que j'reviendrais pas, il m'a expédié un engin explosif dans une cassette vidéo. Je m'en suis sortie. Alors, j'ai pas envie de repiquer du nez dans le marigot, pas envie qu'un hurluberlu me ramène la pourriture dans mon oasis. J'sais pas ce que t'es venu fabriquer ici, mais, conseil : me flanque pas le bazar. Tu me suis ?

– Y a pas de soucis, m'dame. Je vous promets que personne ne viendra nous embêter ici !

– Regarde-moi dans les yeux et jure-le-moi !

– Carrément !

– Tu comptes rester encore combien de temps ?

– Un mois ou deux, peut-être moins. Si vous êtes d'accord !

– Ça marche, j'te fais le tarif au mois. T'es le bienvenu chez moi, tant que tu seras gentil tout plein comme maintenant.

Elle lui caresse la joue.

– Change pas, ce serait du gâchis ! Et merci pour le café.

À l'*Intermarché*, Lucas passe l'après-midi avec le technicien spécialisé à adapter un système de photo instantanée à la vidéosurveillance. « Requête de la police », lui explique-t-il. Non qu'il estime probable que Samia Ortiz vienne le houspiller sur le sujet, après la nuit qu'ils ont passée ensemble. Mais sait-on jamais, les besoins de l'enquête, un supérieur exigeant…

Tandis que le technicien se glisse derrière les consoles, il s'installe devant les écrans, se force à s'intéresser aux images insipides du magasin, ces allées, surchargées de gondoles gavées de produits, ces silhouettes en noir et blanc qui tirent des chariots ou portent des sacs. Il observe les gens qui se découpent dans le faisceau des caméras de vidéosurveillance, ces clients inconnus, ces passants éphémères qui peuvent se révéler soudainement dangereux. Et qu'il faut repérer, discerner parmi la foule anonyme. Il se raidit à l'évocation d'une menace. Il tend le bras vers l'écran, pouce relevé, index pointé, et *pan*, il tire…

Une bouffée de haine déboule dans son crâne en imaginant Verdugo dans l'écran. Puis une autre en repensant à Léa, venue à l'*Intermarché* dans le seul but de lui signifier qu'elle ne ressentait rien pour lui, n'avait jamais rien ressenti pour lui, sinon une vague amitié d'ados…

Et encore Samia.

Samia, il la maudit, la hait, ses mensonges et elle, sa soi-disant compréhension qui ravive salement la douleur. Sous couvert de sensualité, elle a mis le doigt sur ses blessures, appuyé dessus, encore et encore, a élargi la déchirure, approfondi les peines ; son intimité sexuelle n'a fait que creuser la faille. Oui, il déteste Samia pour sa fausse promesse, ce regain de souffrance, cet effet de boomerang en pleine face.

Samia, il l'a raccompagnée chez elle après la nuit dans le camping. Ils ont pris la route à moto, elle collée à son dos, alors que l'aube naissait. À son contact, Lucas a senti un certain relâchement dans son corps, le contentement physique, le silence de son obsession en mode pause. Pourtant, une fois arrivé devant le HLM, il ne s'est pas attardé à lui dire au revoir : il l'a quittée brusquement, avec la pensée que, de toute façon, son existence n'a pas changé, encore moins son futur proche ; il se réveillera toujours avec des taches de sang dans le cerveau ; il ne connaîtra pas la paix avant d'avoir exécuté son plan. Le destin en a décidé pour lui, dix ans plus tôt : Bassens l'a marqué au fer rouge. L'a condamné à l'enfer, le foie dévoré par la brûlure des balles, le cœur arraché par le regard de Léo, l'estomac plombé par l'irréversible, le souffle court, une sensation permanente de jours comptés, périssables, de rupture inévitable, de séparation définitive, de hurlement inutile.

À l'instant où il a déposé Samia, il l'a violemment détestée, ses pseudo-sentiments et elle, ses caresses et elle, ses fausses promesses et elle. Toute tendre et généreuse qu'elle ait été, elle n'a rien apaisé en lui : Léa lui fait toujours aussi mal, Verdugo est toujours vivant. Il a beau la revoir dans son van, nue, assoiffée de sexe, se remémorer ce don de soi au lit, dans ses bras, sous lui, sur lui, elle infatigable, explosive, affamée, souriante et caressante après, il sait qu'elle n'a pas balayé ses angoisses. Malgré leurs mêlées acharnées, leurs décharges, leurs orgasmes, malgré leurs éruptions de désirs et leurs coulées de tendresse, il n'a pas trouvé la paix. Il se retrouve face aux mêmes murs. Samia, pas plus qu'une call-girl, n'a dissous la haine, la rage, ni la terreur nocturne qui grondent en lui. Elle n'avait fait que les différer au petit matin. Alors, il est reparti sans se retourner : devant lui, il n'y a que la tragédie de Bassens et ce qu'il doit accomplir.

– Alors, ça donne quoi ? le rappelle à l'ordre le technicien.

– C'est bon pour les clichés !

Une fois le système installé, Lucas reprécise les instructions de sécurité au personnel en cas d'agression :

– Si vous surprenez un voleur en flagrant délit, appelez-moi ! Pas d'héroïsme !

– OK, Lucas.

– Que faites-vous si vous êtes confronté à un type armé ?

– On déguerpit !

– Face à un pistolet ?

– On t'appelle.

– Neutralisation, avertissement de la police, protection des personnes, voilà le schéma. C'est bon pour vous ?

Tant bien que mal, il essaie de ne pas céder à l'acrimonie qui lui cisaille le ventre et s'efforce de ne pas s'attarder sur ces accès de dégoût qui mènent droit à des bouffées de violence…

En début de soirée, alors qu'il mange un plat préparé dans le local de sécurité, le gérant passe la tête.

– Je me casse. Ça va la sécurité ?

– Ça roule !

– Dis-moi, je t'ai vu parler avec la policière, samedi dernier. Qu'est-ce qu'elle te veut, cette pétasse ?

– Elle va à la pêche, elle n'a rien.

Le gérant ricane.

– Oui, c'est l'impression qu'elle me laisse : un beau petit cul, en manque de tête. Ah ah ah… B'soir !

Lucas ne lui répond pas, il reste avec la fourchette en plastique en l'air.

Et à vingt-deux heures, le temps de passer le relais au vigile de nuit et de se changer, il quitte les lieux.

À moto, il roule à petite vitesse sur la route d'Avignon, trouée de la périphérie bordée de maisons décrépites et de logements HLM. Dans la pénombre de la nuit naissante, à peine un brin de fraîcheur. La touffeur, épuisante, exaspérante, quasi tropicale de l'été le plus chaud depuis 2003, à ce que l'on prétend ; Nîmes dans le club des 40 °C et plus. Après le tunnel en béton, la voie s'enchâsse entre murs de cimetière, de soutènement, talus du chemin de fer, barres d'immeubles et rideau d'arbres fatigués.

Il parvient au *drive-in* des loisirs, le club *Paradise.*

À l'intérieur, la salle est presque vide. Au bar, le serveur tatoué est absent.

– Il ne travaille plus ici ? s'inquiète Lucas.

– Si, à minuit.

Lucas s'installe dans un angle, le même que la fois précédente. Et attend.

À partir de minuit, l'ambiance monte d'un cran : des clients nerveux, avides d'alcool et d'excitants, enfiévrés à l'idée de passer dans la salle d'à côté où les filles proposent leurs services.

Le barman façon Mara arrive enfin et prend son poste. Aussitôt, Lucas le rejoint au comptoir et lui commande une téquila pour amorcer la discussion.

– Il est là ?

– Si c'est *lui* que t'attends, il ne viendra plus. Il déboule ici entre huit et neuf, pas plus tard.

– Tu sais où je peux le trouver à cette heure ?

– Qu'est-ce que tu lui veux au juste ?

– Il a une dette.

– Du genre... ?

– Du genre qu'on n'oublie pas.

– Les mecs qui réclament trop, on les retrouve sur le trottoir, avec de petits trous, genre passoire, si tu vois ce que je veux dire...

– Tu saurais où il crèche ?

– T'as pas l'air de saisir !

– Rencarde-moi ! Personne n'en saura rien, tu m'connais pas, j'te connais pas, tu ne m'as jamais rien dit !

– Sauf que je lui ai parlé de toi...

Lucas glisse un billet vert sur le comptoir, caché sous la main. Cent euros.

– Essaie au bar à chicha à Gambetta, j'crois qu'il fume là-bas, lui murmure le barman en raflant le billet. Mais je t'ai rien dit !

Lucas entre dans la salle miteuse du café chicha, où la faune enfumée par les relents de tabac discute calmement. Il parcourt l'assistance : des désœuvrés au long cours attablés devant une rangée de bières, des Arabes âgés en djellaba fument le narguilé, des plus jeunes qui intriguent. L'endroit ne paie pas de mine : plancher de bois sale, tables du même acabit, deux machines à sous dans un coin, sûrement des « manchots » crackés qui plument le pigeon à tous coups. Et au fond de l'arrière-salle, un énigmatique rideau de porte sombre...

Il se plante devant le comptoir et commande une bière pression au taulier à la main bandée.

– Accident du travail ? demande Lucas.

– Du verre cassé !

– Verdugo n'est pas là ?

– Connais pas.

Lucas patiente néanmoins, debout au comptoir, l'œil fixé sur le rideau.

– Qu'est-ce que je vous sers maintenant ? insiste le patron.

– Une téquila.

– Y a pas.

– Une vodka.

– Ça marche !

Au fond de la salle, le rideau s'ouvre à moitié, un client émerge, vient au comptoir et rend une clé au patron. Air vaporeux, planant, le type est enveloppé d'une forte odeur âcre. Une fumerie clandestine.

Lucas hèle le tenancier d'un geste du doigt, penche la tête au-dessus du comptoir.

– Moi aussi, je voudrais… fumer, murmure-t-il.

– C'est un bar d'habitués.

– J'ai de quoi, dit-il en glissant un billet.

– Je vais voir ce que je peux faire.

Le tenancier revient : il y aura bientôt une couchette libre.

Lucas attend de nouveau, les yeux rivés sur le rideau…

Le rideau s'ouvre sur une forme noire et floue dans la pénombre. Lucas se tend : c'est lui !

Verdugo s'approche du comptoir, le fixe et le fusille du regard.

– Qu'est-ce que t'as à me chercher ? aboie-t-il. T'es sadomaso ou t'es flic ?

Lucas ne bronche pas, malgré le masque morbide à quelques centimètres de lui, les yeux déséquilibrés, l'un qui crache le feu, l'autre qui lance la mort, froid, trouble comme la fange, fixe comme une tombe, cet œil sinistre qui hante ses nuits depuis dix ans. Il recule en oblique, se met hors de portée.

Et le fixe à son tour, l'affronte cette fois, le détaille ostensiblement. Pour conjurer sa propre peur, pour chasser l'effroi, il se coltine cette face haïe. Et se positionne, se prépare à l'assaut.

– Verdugo, c'est comme ça qu'on t'appelle, non ?

– Ouais, tête de nœud ! Le poinçon ! Le bourreau ! Demande au patron, il pourra t'en parler !

– Avec ton surnom de chiottes, tu comptes faire peur à qui ? Aux petits enfants ?

La masse change de couleur, vire au sombre, au noir carbone.

Le patron recule du comptoir et se colle dos au miroir.

Lucas demeure campé sur deux jambes. Prêt au combat.

– T'es un rigolo, toi, ricane Verdugo. Tu veux que je t'empale à sec ou tu préfères un trou dans ton p'tit crâne merdeux ?

Lucas n'est plus impressionné par le faciès morbide. De plus, il note une sorte d'empâtement, de lenteur à agir, l'effet dilatoire du narguilé…

– À tout prendre, je préférerais une bonne turlutte, lance Lucas. Paraît que tu suces bien… Le trou dans le crâne, c'est moi qui te le collerais !

Verdugo rit jaune, un rictus qui dévoile une mâchoire prognathe, une gueule entre requin et pitbull.

– T'as deux secondes avant de crever. Qu'est-ce que tu me veux ?

– On m'a dit que t'étais à la hauteur…

– À la hauteur ?

– J'ai besoin d'aide pour un coup !

– Genre… ?

– Définitif.

– Accouche !

– Si ça te branche, je t'en reparlerai.

– Tu te fous de ma gueule ?

– Non, ce soir, c'était juste pour faire connaissance, savoir à qui j'ai affaire. Savoir si t'as les couilles pour le job.

– Qui t'a parlé de moi ?

– Un ami… de Marseille.

– Qui ?

– Vingt mille si tu marches !

La somme fait son effet. Verdugo se tait. Lucas sort à reculons, au cas où le fauve réagirait.

Une fois dehors, il s'empresse de filer vers sa moto garée derrière un abribus. Il ne l'a pas suivi. Il respire. Mais alors qu'il se penche pour ôter le cadenas antivol, le sol se met à tanguer. Il pose genoux à terre pour ne pas basculer. Une coulée de bile remonte dans sa gorge, un vomi d'angoisses nauséabondes jaillit de ses tripes.

Pour autant qu'il s'en souvienne, la violence n'était pas dans sa nature. Ado, il se percevait en gentil garçon, n'aspirant qu'à l'amitié et rêvant d'amour. Léo, Léa. Il était heureux avec eux. D'autant qu'à son arrivée à Marseille, vingt ans plus tôt, le quartier Bassens représentait l'espoir, faisant figure de modèle d'intégration pour les immigrés de toutes origines. Toutefois, la violence l'attendait au coin d'une barre d'immeuble. Bassens, 15e arrondissement. En quelques années, la ZUP était devenue un laboratoire, drogue, gangs, règlements de comptes à la kalachnikov.

Avec le meurtre de Léo, la violence commença à germer en lui, insidieuse. La vengeance couvait sous le chagrin. Il pratiqua la boxe pour évacuer sa tristesse et sa rage. Mais l'effet exutoire des combats restait de courte durée, ne le lavait jamais totalement des angoisses morbides et des humeurs macabres : sitôt passée une journée d'accalmie, la douleur se faisait de nouveau entendre, aiguisée, insistante, inévitable. Il eut beau monter en puissance avec des adversaires plus durs, il ne parvint pas à se décharger l'esprit, encore moins à dégager les sous-pentes de l'âme.

Et il rencontra de nouveau la violence.

À dix-sept ans, quelques mois après la tuerie, trois jeunes de son âge, un trio blanc-black-beur, le coincèrent dans l'ascenseur du HLM où il vivait avec ses parents, lui tapotèrent le front pour l'obliger à entrer dans la cage où l'un avait dégainé un couteau, lui firent comprendre qu'il valait mieux qu'il « s'écrase ». Ils le mirent minable, lui volant portable, trousse, argent de poche, et les clés « pour revenir au cas où t'aurais l'envie de nous balancer ». Il se défendit mal, encore perturbé qu'il était par la mort de Léo et la disparition de Léa partie sans lui laisser la moindre adresse ni téléphone.

Mais à partir de ce jour, son système nerveux central bascula dans une autre dimension. D'*endeuillé* à *enragé*. De *victime* à *revanchard*. Ces trois-là avaient inoculé le virus du monstre dans ses cellules, transformant le deuil de Léo en appel au meurtre, en pulsion vengeresse. Commença alors le glissement progressif vers la réaction musclée, le besoin de régler le compte à tous les salopiots qui pourrissent l'existence.

D'abord, il s'inscrivit à un club de boxe thaïe. Peu lui importaient les coups, il fallait en découdre pour de bon. Sur le ring, durant les combats, il se figurait le visage de l'assassin de Léo, celui du loubard au couteau, ayant en mémoire leur regard déséquilibré. Il s'employait à les « défoncer », à leur faire « pisser le sang » par le nez déglingué, les lèvres explosées. À vingt et un ans, il pratiquait le close-combat. À vingt-deux le *jeet kune do.*

Ses trois agresseurs de l'ascenseur, il se les représenta mille fois. Une fixation qui ne désarmait pas. Et il les retrouva. Trois ans après, aux abords du lycée où ils dealaient. Il reconnut celui au couteau, marcha sur lui, s'approcha à deux mètres environ, le braqua sans ciller.

– Qu'est-ce que tu me veux ? réagit le type.

– Mon portable, ma trousse, mon argent, et mes clés !

Pour toute réponse, le voyou dégaina son cran d'arrêt, tandis que ses deux complices se rabattaient sur les flancs pour le prendre en tenaille. Lucas ne frémit pas. Son mental avait changé. Son physique aussi. Vif, sec. Il frappa vite, corps groupé, d'abord des mains sur les deux types de côté, puis du pied entre les jambes du cador au couteau, qui hurla en se tenant les testicules. Avant qu'ils ne reprennent leur souffle, Lucas déclencha une rafale d'atémis à la trachée-artère. Ils roulèrent sur l'asphalte. Le cador se releva avec un rictus diabolique au visage. La suite ne fut qu'une pluie de coups à l'estomac, au foie, à la gorge, qui se solda par des côtes brisées, trois visages déchirés, des arcades sourcilières explosées, les trois types effondrés.

Puis la chasse pour Léo débuta. Lancinante. Obsessionnelle. Intraitable.

Après le drame, les Chiarini avaient fui Bassens, ce foyer de délinquance, ce repaire de trafiquants, cet enfer qui avait tué tout espoir de renouveau pour les immigrés venus d'Italie. Une chape de plomb s'était abattue sur leur existence. Lucas, lui, avait décidé de mener sa propre route. Il avait loué une chambrette de dix mètres carrés à Bassens même, à un prix dérisoire, s'était inscrit à une formation en protection rapprochée à Aix-en-Provence, avait commencé une licence en droit à Aix, avait raté le passage en deuxième année, trop peu attentif… Cinq années pendant lesquelles, le soir venu, il n'avait cessé de poser des questions afin d'identifier le meurtrier, de mettre un nom sur ce visage d'outre-tombe.

Tout d'abord, sur les circonstances. La police n'avait pas consenti à lui révéler quoi que ce soit, se bornant à entendre sa déposition au milieu des autres témoins et voisins. Le tueur n'ayant pas été identifié, l'affaire avait été classée sans suite. Des informations sur les suspects, sur les indices, sur les débuts de piste, rien n'avait filtré. Aucun détail qui aurait pu être noté par les témoins ou détecté au cours de l'enquête. Il n'avait eu que la déclaration publique du procureur à se mettre sous la dent :

> « Léo Belmonte, quinze ans, victime collatérale de la guerre des clans pour le contrôle du trafic de stupéfiants des quartiers nord. »

Seul, il remonta les pistes, une à une, pas à pas. À partir d'un mot de la femme arabe qui, le soir de la tuerie, avait apporté des draps pour couvrir le corps de Léo. Elle lui souffla en cachette :

– Je ne t'ai rien dit, mais cherche du côté de ceux qui sont en prison, qui ont été dénoncés…

Et peu à peu, Lucas se confondit à Léo en une seule et même victime qui demande réparation. Il arpenta la ZUP en son nom. Se colleta avec des voyous qui parfois l'attaquaient à plusieurs et le laissaient en sang sur le carreau. Il expiait la faute du survivant. S'il avait le droit de vivre, c'était à ce prix-là.

Et il finit par connaître le nom du meurtrier. Et dès lors se convainquit que, ce type-là, il le trouverait. Où qu'il soit. L'aurait en face de lui. À coup sûr. À bout portant.

# 15

## *Les bons comptes*

Le 4×4 noir de Serge Pérez file à travers la campagne. Comme pris en chasse. Le chauffeur impavide, oreille reliée au portable, œil sur l'écran du GPS qui affiche une application antiradar, roule au milieu de la D34 en direction d'Aigues-Mortes. Après avoir franchi le canal du Rhône à Sète, il tourne à gauche vers la D58 et un kilomètre plus loin vire brusquement à quatre-vingt-dix degrés pour prendre le chemin de terre conduisant au mas CasaB. À la place du mort se trouve Verdugo, et derrière, seul sur la large banquette, Pérez qui s'excite à l'approche de la destination.

– Belmonte me doit un max de blé. Il doit cracher. Tu me suis ?

– Pas de souci !

– Pas de souci, pas de souci… T'es devenu aussi con que les kékés du Gard qui te sortent ça à tout bout de champ. « Vous allez bien ? – Y a pas de souci !… – Merci. – Y a pas de souci ! » Putain, avant, les jeunes, c'étaient pas des brèles, ils avaient plus de gueule !

– T'as pris un coup de vieux, Pérez ! Moi, j'en ai rien à braire de l'écoulé.

Le monstre métallique pile devant les deux piliers du portail. La grille étant grande ouverte, il braque et pénètre directement dans la cour. En terrain conquis.

Pérez fait son jeunot en bondissant du 4×4 tandis que son chauffeur klaxonne pour signaler leur présence.

– Vise un peu ! s'exclame-t-il. Se fait pas chier, le Belmonte ! Un mas du XIXe. Joue les aristos, le Belmonte. Mais j'vais le calmer, moi. Question révolution, j'en connais un rayon. Ah ah ah. C'est ici que je prendrai ma retraite, Verdugo. Tu me suis ? Si tu joues franc jeu, t'en croqueras aussi ! Tu seras le bouseux du châtelain ! Tu t'y connais en taureaux ?

– À l'abattage, pas de problème !

– Ah ah ah ! Faudra que tu te colles à l'élevage. Ça t'ira comme un gant !

Mais voici Angelo qui apparaît dans la cour, fusil à la main. Qui dévisage Verdugo avec étonnement, mépris et méfiance.

Ce dernier lui rend la pareille.

– Qu'est-ce que tu fous là, fils de pute ?

Ils se connaissent de trop longue date pour s'encombrer de préambules.

Angelo ne rétorque pas, il s'adresse à Pérez :

– On discute toi et moi, sans ton branquignol…

– J'discute pas avec toi, Angelo ! Où est Bob ?

– En Espagne.

– Tu te fous de ma gueule ?

– Ça se pourrait ! T'aurais pas une idée, toi, d'où il peut être ? Hein ? Espèce d'enfoiré !

– Pèse tes mots, Angelo !

– T'avais briefé Iván pour nous soutirer le pèze.

– Simple précaution. Bob n'a pas tenu ses engagements !

– Et toi, tu les as tenus ? Alors, on discute ou on défouraille ?

– T'as pas l'air de saisir, Angelo. J'suis pas là pour tailler une bavette. Où est mon pognon ?

– Ton pognon, ricane Angelo avant de tourner la tête en arrière.

– Quel pognon ? lance soudain Léa, apparue sur le seuil de la ferme, fusil à l'épaule.

Tous les regards se tournent vers elle.

– Je serais toi, petite, articule Pérez, je poserais tout de suite ma clarinette ! Ça me ferait mal de mettre en pièces un beau museau comme le tien.

– C'est qui, ces mem… messieurs, Angelo ?

– Elle n'a rien à voir avec tout ça, intervient Angelo. Rengaine ton porte-flingue et laisse-la décaniller. (Se tournant vers Léa, il ajoute :) Je t'en prie, Léa, rentre. C'est pas pour toi.

– Pas… question. Par… tez de chez moi !

– Chez toi ?! *Tsé*, manque pas d'humour la toréra. T'as des couilles, petite, je t'ai vue à la corrida, mais ici, vois-tu, le boss, c'est moi !

– SORTEZ !

– Angelo, dis-lui de se calmer, ou ça finira mal !

– Regardez-moi bien, monsieur le boss, et dites-moi si j'ai l'air nerveuse ! articule Léa distinctement avec un calme surnaturel.

Pérez reste coi devant tant d'aplomb.

Angelo, lui, la dévisage, éberlué. La phrase a jailli d'un trait, nette, claire, fluide. Il en a les orbites embuées d'émotion.

Pour ainsi dire, c'est son rachat qu'il contemple. Léa n'a pas bégayé, pas buté sur la moindre syllabe. L'orthophoniste avait signalé qu'une récupération spontanée peut toujours se produire chez les bègues, mais très rarement. « Ce n'est pas un trouble du langage, avait-il précisé, c'est l'expression de sa mémoire... »

Et voilà que Léa parle. Limpide, déterminée, sans défaillance. Imparable, comme dans l'arène. Un jour, elle lui avait confié que si elle pouvait parler lors de la corrida, elle prononcerait les mots sans les accrocher. Car dans ces moments, l'énergie circule dans le corps à flux tendu, sans embolie, sans rupture, sans obstacle. « La percée de la détermination, avait-elle affirmé : au moment où je pointe le taureau, il n'y a plus d'entrave entre pensée et acte, aucune hésitation. Mon bras ne défaille pas, ma pensée se transmet et se formule d'une traite ».

– OK, petite, concilie Barboni. C'est bien parce que t'es notre fierté à cheval. On s'en va. (Il se tourne vers Angelo.) Toi, tu viens avec nous. On va faire un tour en voiture, on va discuter, comme tu dis !

– Pas question ! lance Léa.

– Qu'est-ce tu choisis, beauté ? Ça ou le carnage ?

– Léa, s'il te plaît. On va parler, on a des choses à régler. Je t'expliquerai. S'il te plaît, Léa, s'il te plaît...

Léa pèse le pour et le contre. Lors d'une corrida, à l'entrée du taureau, à l'irruption de cette masse grondante, elle éprouve toujours de la peur. Mais dans la fosse, ses émotions et ses sensations ne la débordent pas, elle a travaillé à se structurer en guerrière calme et sûre. La rage animale, l'agressivité, elle les connaît par cœur, elle sait s'en défaire, elle peut compter sur sa maîtrise. Mais là, dans cette arène de bandits, aurait-elle le dernier mot ?

Angelo monte à l'arrière du 4×4 avec Verdugo, Pérez devant. Aussitôt sortis de la ferme, Pérez se tourne vers lui.

– Alors, Angelo, t'es pas content de retrouver tes vieux potes ?

Il fait un signe de tête à Verdugo qui lui décoche un coup de poing sur la tempe et l'écrase contre la vitre fumée.

– T'as jamais été au niveau ! commente Verdugo en le voyant grimacer de douleur.

– Va te faire enculer !

– Ça suffit, les pédés ! Angelo, où est mon pognon ?

– T'inquiète, tu l'auras !

– « Tu l'auras » !? Tu me chambres ou quoi ? Le pognon, je l'attendais il y a une semaine. Au lieu de ça, j'ai eu de la couenne engourdie. Où est le pognon ? Où est Bob ? Il s'est barré avec, c'est ça ?

– Bob est mort !

– Qui l'a refroidi ?

– Ton pote Iván.

– Ah oui ?… Paix à son âme. Et le pognon ?

– Je l'ai.

– Combien ?

– Cent.

– Tu me prends pour un zozo ? À la télé, ils parlent de trois cent mille.

Un signe de tête : Verdugo lui expédie son poing, en pleine bouche. La lèvre explose.

– Y avait pas plus, gémit Angelo. Des mises de rien dans ce casino. Et encore, on a ratissé le coffre. T'as pas à te plaindre.

– Tu me prends vraiment pour un cave !

Verdugo le frappe une troisième fois, propulsant sa tête contre le montant en tôle. Le cou d'Angelo craque sous l'effet du choc et lui arrache un cri de douleur.

– T'es qu'un demi-sel, Angelo, commente Verdugo. Tout juste bon à tenir la chandelle. Tu vois, Pérez, c'est c'te fiotte de rital qui chialait à Bassens ! insiste-t-il. Tout ça parce que j'ai arrosé le môme Belmonte. Putain, qu'est-ce qu'on en avait à branler de ce merdeux ? Il avait qu'à pas être là !

Angelo ne réplique pas ; s'adresse à Pérez :

– Crois-moi, y avait pas plus de cent mille dans le casino ! Tu sais bien qu'ils déclarent toujours plus pour les assurances...

– OK, Angelo. Et Bob ?

– Je te dis qu'il est mort !

– Fais demi-tour, ordonne Pérez au chauffeur.

De retour au mas, Angelo emmène Pérez chez lui, où se trouve le cadavre de Belmonte allongé sur le lit, les mains jointes, un chapelet noué au poignet.

– Pauvre con de refroidi, l'insulte Pérez. Tu te figurais qu'on peut se refaire une sainteté. Mon cul ! Quand t'es dedans, t'es dedans ! T'en sors qu'en dézinguant ! Espèce de cave, si t'avais bossé avec moi, on aurait éjecté le Corse. On serait tranquilles. Putain de con de ta race ! (Il se tourne vers Angelo.) Fais-le incinérer, qu'on vienne pas le découper !

– Pas de problème !

– Et la bastos ?

– On l'a extraite.

– Qu'on la retrouve pas dans les cendres sinon les Orfèvres viendront barbouzer.

– Oui, oui...

– Et maintenant aboule le pèze !

Angelo s'accroupit, fouille sous le matelas en tendant le bras. Il déloge un sac en nylon noir dont il dénoue le cordon. Les billets sont en vrac à l'intérieur.

– Tu peux compter, y a à peu près cent.

– Je te fais le tableau, Angelo. Que ce soit bien clair pour l'héritière. L'élevage est à moi, maintenant. J'ai prêté une unité à Bob, il m'a jamais remboursé, pas même les agios. Cent mille l'an, depuis dix ans. Tu me suis ? Ça fait deux barres, c'est ce que vaut le domaine ! Alors que ce soit bien clair ! Je fais une fleur à la toréra: elle me paie mes deux millions ou elle dégage, et toi avec ! Tu me suis ?

– Oui.

De retour à la voiture, Pérez ricane.

– Dans trois mois, la toréra me mangera dans la main comme une colombe à son bienfaiteur. En attendant, Verdugo, tu vas voir Tomás et tu lui « expliques » que s'il prend ses taureaux, on ne sera plus « copains » tous les deux. Tu me suis ?

– Je te suis.

Sur le trajet, Pérez semble aux anges, admirant le paysage et tapotant son sac. Jusqu'à ce que :

– Au fait, Verdugo, avec mon secteur, t'en es où ?

– Le chicha et sa choucroute sont redevenus sages. Ils t'envoient leurs salutations.

– J'ai rien reçu…

– Ça ne saurait tarder.

– Elles montent à combien, leurs salutations ?

– Dix mille.

– Par ?

– Semaine.

– Et mes tapineuses ?

– Encore quelques-unes à récupérer.

– Tu me les colles à Lédenon, dans une roulotte au bord de la départementale ! Tu me suis ?

– Et je la trouve où, la roulotte ?

– Chez les Manouches. Ils ont les meilleurs modèles !

– Ah ah ah, tu te fais drôle. Je leur demanderai, aimablement…

# 16

## *Faux-semblants*

Samia s'installe devant son ordinateur, le visage chiffonné. La déception l'empoisonne, gangrène ses élans amoureux.

Elle ouvre le logiciel du ministère de l'Intérieur, entre dans l'application CNAPS des ports d'armes, trouve la fiche concernant Lucas Chiarini, et s'apprête à donner son avis sur la reconduction du permis : négatif.

Puisqu'il ne daigne pas se montrer ! Puisqu'il ne s'est pas présenté avec sa carte, puisqu'il se moque d'elle, ne l'appelle pas !

Durant sa nuit d'amour avec Lucas, elle s'était aventurée dans la tendresse, à détailler son corps, à localiser les coups de griffes sur sa peau. S'était attendrie de ses cicatrices.

– C'est quoi, ça ?

– Accident de vélo, quand j'étais gosse.

– Et là, la couture à l'aine ?

– Appendicite.

– Celle-ci est plus récente !

– Un coup de couteau au pensionnat.

– Ah ! Et là, sur l'humérus ?
– La boxe !
– Eh bé...
– Et toi, tu n'as pas de cicatrices... T'as pas reçu de coups ?... Il paraît que les belles filles se font tabasser.
– Qui t'a dit ça ?
– La gérante du camping...

Elle avait souri, avait aimé sourire avec lui. Bonne poire, en veine de confidence, elle s'était laissée aller à lui révéler :

– Je me suis mariée à vingt-deux ans, j'ai divorcé à vingt-cinq : il me frappait. Et c'était un flic ! Quand j'ai réussi le concours de police, je me suis dit que ça irait mieux. Ç'a été pire. Comme s'il voulait se venger. Une nuit, je suis allée porter plainte... Il a été muté... Et maintenant, je récolte les blagues salaces des collègues, c'est plus soft, mais, quand même, lourdingue à la longue !

Il l'avait embrassée gentiment et ils avaient fait l'amour encore...

C'était il y a dix jours. Beaucoup trop loin, selon elle.

Le silence prolongé l'a rendue saumâtre. Elle cède à ses doutes. Sur lui. Et sur elle. Elle s'est fait avoir ! Elle est convaincue que derrière son sourire Lucas est de ceux qui prennent les flics pour des crétins, n'hésitent pas à les ridiculiser. Et qu'elle a couru au-devant de l'outrage ! Il l'a bien eue, il doit en rire avec ses copains sur leur Instagram ! Difficile de ne pas éprouver de la rancune quand on a été roulée toute nue dans la farine.

Elle refuse d'en rester là, insultée, dédaignée : sur la page *Renouvellement de l'agrément professionnel*, elle coche l'option *Refus* et inscrit dans la case des motifs :

*Comportement et agissements de nature à porter atteinte à la sécurité des personnes.*

Elle n'aura aucun mal à présenter quelques « victimes » pour en témoigner et appuyer son avis.

Ne reste donc plus qu'à cliquer sur *Valider* pour transmettre l'avis au ministère et déclencher une enquête administrative. Et rendre la monnaie de sa pièce à Lucas.

Mais au moment d'appuyer sur la touche, son index reste en l'air, comme paralysé. Ses yeux errent sur l'écran, picorent de-ci de-là des informations qui n'aboutissent plus à former une décision.

Tout cela est trop virtuel, se dit-elle. Trop abstrait. Un avis posté sur un ordinateur !

Et brusquement elle se lève, telle une insurgée, éteint l'ordinateur, se tourne vers ses collègues et leur lance :

– Je vais à l'*Intermarché.*

– Qu'est-ce que tu vas encore bricoler là-bas ? demande Hervé.

– Voir le gérant ! Il demande un port d'armes.

– Tu rigoles ou quoi ?

Elle est déjà sortie.

Direction l'*Intermarché.*

Avec une seule idée en tête : Lucas. Avec une seule perspective : le contact physique. Le gifler et s'en aller. Ou lui tirer les vers du nez d'abord. Le cuisiner en douceur, guetter les signes trahissant le mensonge, le regard qui fuit, un tic, une ironie… Ou bien la jouer cash, avec autorité, le pousser dans ses retranchements, l'acculer à avouer…

Elle avisera en fonction de son attitude et décidera en conséquence des suites, sanction ou non.

Pas grand monde au magasin en ce début d'après-midi. À l'entrée, pas de Lucas, mais le gérant, tout frais sorti de la douche, rasé, cheveux enduits de gel, le poitrail ouvert, empestant une eau de toilette bon marché, capiteuse et collante, l'air satisfait.

– Où se trouve votre vigile ?

– Dans le local technique, on a un problème de caméras.

– Pendant que je vous ai : vous avez demandé une autorisation de port d'armes. Sachez que je m'y suis opposée. À Nîmes, on ne joue pas O.K. Corral.

– Bordel ! On a été mitraillés.

– Et alors ? Vous voudriez peut-être un permis pour une kalachnikov ?

– Si vous faisiez votre boulot, j'en aurais pas besoin.

– Si vos caméras avaient fonctionné, on aurait déjà identifié les casseurs.

– Ils étaient masqués ! J'sais pas ce que vous avez contre moi, mais c'est du harcèlement. Je connais votre chef…

– Lequel ? J'en ai tellement…

– Le divisionnaire.

– Allez-y, coco, plaignez-vous qu'on rigole un peu. (Elle lui tend son portable.) Tenez, là, c'est le numéro du procureur ! Allez-y, vous l'aurez en ligne directe !

– Euh…

– En attendant, vous allez me fournir la liste de tous les agents de sécurité que vous avez embauchés depuis deux ans !

– Pourquoi ?

– Je vous le ferai savoir en temps voulu !

Le gérant baisse les yeux.

– C'est où le local technique ?

– Au fond, répond-il piteux.

Samia s'y rend aussitôt.

Elle entrebâille discrètement la porte. Effectivement, Lucas se trouve devant les écrans vidéo avec un technicien accroupi au sol, derrière le pupitre de contrôle, farfouillant dans une armoire électrique. Seules ses galoches sont visibles.

– Et là, braille-t-il, t'as quelque chose ?

– Non, toujours rien, répond Lucas.

– Monsieur Chiarini ? lance-t-elle en entrant franchement.

Lucas se retourne vivement.

– Bonjour, répond-il avec un sourire gêné en découvrant Samia.

Ce petit sourire en biais : insupportable… Elle le rafle.

– Vous deviez me fournir des éléments sur la fréquentation de l'*Intermarché*. Où sont ces éléments ?

– Nous avons de problèmes… vous le voyez…

– Vous deviez vous présenter au commissariat avec votre carte professionnelle. Où est cette carte ?

– Je suis désolé, j'ai oublié.

– Je dresse une amende de sept cent cinquante euros. Votre agrément est suspendu jusqu'à nouvel ordre. Vous pouvez payer par carte bancaire.

Il la dévisage, se demande à quoi elle joue. A du mal à croire à un accès d'autorité. Se dit qu'elle va peut-être s'exclamer « Ah, je t'ai bien eu ! Viens m'embrasser ». Mais rien de cela ne se produit, et devant son visage fermé, son attitude raide, il en vient à craindre la policière. Si jamais elle se mettait à fouiller dans sa vie, à l'empêcher d'agir…

– Vous ne pouvez pas…

– Bien sûr que si !

Samia constate qu'elle le déstabilise. Et s'en réjouit. Sans démordre de son air intraitable, elle verbalise :

– Vous vous présenterez au commissariat aujourd'hui. À défaut, votre agrément sera purement et simplement annulé. (Elle regarde l'heure à son portable.) Aujourd'hui, à dix-huit heures.

– Je travaille à cette heure-là ! proteste Lucas.

– Vous irez pleurer chez votre patron !

Elle ressort. Au moment où elle franchit le seuil du local, elle espère encore une réaction qui lèverait le doute.

Une réaction qui ne se produit pas.

Une moue de dégoût déforme ses lèvres : elle s'est bel et bien trompée sur lui. Il ne vaut pas mieux que les autres. Elle regrette de s'être donnée à lui, d'en avoir espéré *quelque chose.* Mieux vaut se faire prendre par un inconnu, un organe anonyme, sans prémisses ni manières. Une « passe » vite fait entre deux portes ne crée ni illusions ni espoirs. Moins humiliant que de se faire flouer par un lâche.

Elle s'éloigne d'un pas lourd, les épaules rentrées, la tête basse. Un creux dans le plexus, une sensation de désert affectif. D'autant que le week-end approche. Et avec lui l'angoisse du vide existentiel. Quarante-huit heures à décompter ses pas entre les murs lisses de son HLM sans âme, repeints en blanc cassé tous les deux ans, peinture vinylique lavable. Quatre murs d'infirmerie, quatre murs d'asile. Même si elle s'octroie une sortie nocturne, elle replongera dans la solitude.

*Quand t'es mariée à un tordu qui te tabasse, tu cries « Liberté ! », mais quand t'es seule, tu cries quoi ?... « Au secours » ?*

Elle traverse le parking, obsédée par son échec de femme. Elle donnerait tout pour un homme. Corps et âme, temps et argent. Elle ne lui demanderait rien si ce n'est de l'aimer, de la désirer.

*Bon sang, ça n'existe pas les mecs qui t'excitent et te câlinent ?*

Elle se reprend, essaie de se convaincre qu'elle s'en sortira. Après tout, elle est jeune, belle, il ne tient qu'à elle de construire une vie de rêve. Tu parles ! Elle se remémore son mariage, la cérémonie, la nuit de noces... et ce qu'il était advenu du rêve : une relation toxique, destructrice, infernale.

*Souviens-toi du vase de Soissons !*

Absorbée par ses pensées aigries, elle n'entend pas Lucas arriver dans son dos. Elle se retourne au dernier moment, tendue, méfiante, sur ses gardes. Un Lucas fiévreux, vibrionnant, l'iris chargé de stries jaunâtres, approche ; elle recule d'un bon mètre.

– Ce n'est pas ce que tu crois, lui lance-t-il comme un reproche.

– Et qu'est-ce que je crois ?

– Que je suis du genre... euh... léger.

– Pourquoi tu ne m'appelles pas ?

– C'est que...

– Dis-moi quelque chose, je ne sais pas, moi, quelque chose !

Il bafouille :

– Je ne peux pas...

– Si tu ne me retiens pas, *adiós* ! dit-elle en esquissant le mouvement de partir.

– Non, Samia, je t'en prie, ne pars pas !
– Quoi, qu'est-ce que tu dis ?
– Ne pars pas !
Elle en reste comme deux ronds de flan.
« Ne pars pas ».
Jamais un homme ne lui a adressé ces mots-là. Qui soufflent sur son cerveau telle une détonation. Qui renversent les blindages sentimentaux installés au fil des déceptions. Qui balaie la poussière des couloirs et culs-de-sac de sa mémoire amoureuse.
En une fraction de seconde, elle se revoit gamine en jupette d'été dans sa maison ensoleillée, rieuse, joueuse, sous le regard de ses parents, avec sa copine, courant de long en large, légère, innocente, heureuse. « Ne pars pas », lui dit son père qui veut la prendre dans ses bras, l'embrasser, la serrer contre lui…
« Ne pars pas… »
Basculée dans la nostalgie, Samia reste immobile, ne sait plus ce qu'il convient de faire, quelle attitude adopter. Pour un peu, elle s'élancerait vers lui, se jetterait dans ses bras, lui crierait son amour.
Il avance d'un pas vers elle.
– Samia, crois-moi, s'il te plaît, j'ai des trucs à faire, ça me prend du temps.
– Quels trucs ? risque-t-elle.
– C'est personnel. Je veux juste que tu saches que… euh…
– Que je sache… ?
À son tour, elle se rapproche de lui et plante ses yeux dans les siens.
– C'est ce Verdugo qui te rend si… fuyant ?

Il se raidit : elle a fait mouche. Elle s'enfonce dans la brèche.

– Qu'est-ce que tu bricoles avec un type pareil ?

– Je ne le connais pas…

– Tu mens : tu m'as posé des questions sur lui.

– Non, c'était une info dans le journal, c'est tout.

– Ah ! fait-elle, dépitée. Parle ou je m'en vais ! Pourquoi tu fréquentes ce criminel ? C'est quoi, une dette d'argent, de sang ?

– Je ne le fréquente pas, je le cherche ; ce n'est pas pareil !

– En effet, ce n'est pas pareil. Tu expliqueras la différence à ton aumônier en prison !

Elle se détourne : il ment, c'est évident ; Lucas est embarqué dans une histoire de règlement de comptes. Il n'est pas venu à elle par attirance, mais par intérêt, pour s'informer, pour la ranger à ses côtés. L'occasion était trop belle, une flic qui s'offre ! Il lui fait le grand huit au lit et la voilà dédiée à sa cause ! Comment ne l'a-t-elle pas compris avant ? Il est de ces malfrats à visage d'ange, la pire espèce. Qui sait joindre l'utile à l'agréable. Et elle dans tout cela ? Une fille de joie, une femme de réconfort, le repos du truand ?… Elle le déteste.

Malgré tout, elle n'échappe pas à son regard dans le dos… à un fil invisible qui le relie encore à lui, un élastique qui la rappelle à lui, plus fort qu'elle, plus fort que sa désillusion…

Elle se retourne.

Il est toujours là, au milieu du parking. Que veut-il d'elle au juste ? Et elle ? Elle s'étonne de sa propre attitude : pourquoi rester là devant ce « mec » dont elle ignore tout et qui la bat froid ? Qu'attend-il, cet idiot ?

*Fais quelque chose !*

Elle prend le temps de le dévisager, plisse les paupières à cause du soleil, scrute son expression. Son regard change, lui semble-t-il. Toujours fiévreux, mais non plus agressif. Ce n'est plus le même homme, se dit-elle. Celui-ci est dans le désir, elle le sait, elle l'a tenu dans ses bras. Pourquoi une telle distance à présent, pourquoi un tel fossé entre eux alors qu'ils étaient si proches, fusionnels dans l'amour ? Elle pense à l'absurdité de la vie : voilà deux ennemis qui se guettent et se redoutent, elle figée par l'ambiguïté, la déception et la rancune ; lui, par le secret et le silence. Quel gâchis ! Et tout cela à cause de quoi ? La peur, les faux-semblants, le malentendu. Ou le mensonge et la suspicion ?

Le temps s'allonge, sous l'effet de leurs pensées inavouées. Elle l'observe : moment fatidique, celui qui dégainera le premier la phrase assassine qui soldera leur rencontre. Ou au contraire celui qui fera le premier pas.

*C'est la crainte qui crée la distance !*

Si elle n'était pas flic, que se passerait-il ? Sans sa dégaine en uniforme, ses rangers, son ceinturon, son arme, elle apparaîtrait sans doute moins réfractaire, bien plus féminine, attirante, bien plus désirable. Et plus encore, sans son histoire de femme battue. Elle se heurte à l'évidence qu'elle est piégée par une existence de femme flic balisée de soupçons, de trahisons et de violences.

*Advienne que pourra : avoue-lui que tu as envie de lui !*

Du bout de l'index, elle désigne sa montre de poignet, tapote sur le cadran, puis forme un six en déployant main et pouce... Il a compris. Il hoche la tête.

Elle lui sourit, il lui rend la pareille. Satisfaite d'elle-même, elle lui sourit de nouveau, franchement, frémissant à l'idée, à la simple idée, de refaire l'amour avec lui.

*Drôle de sensation, cet aveu de dépendance.*

Et elle s'en va, cette fois pour de bon, sans exagérer le balancement de ses hanches ceinturées de cuir. Elle se hait en policière.

Seize heures. Elle regagne le commissariat et son bureau vide : les collègues ne sont pas encore revenus de leur alerte sur roues. Elle traînasse, incapable de se concentrer sur quoi que ce soit. Tente de se fixer à son bureau, clique sur les informations en live, regarde l'écran comme s'il allait lui apporter Lucas. Se laisse embarquer par le fil. Rêvasse… La surface digitale se voile, elle perçoit une trame, une sorte de tissu laiteux aux fines mailles, sur lequel se dessinent des arabesques à la place des mots, un drap avec des figures, des entrelacs, des corps…

… Elle est nue, couchée, enlacée, entremêlée. Un corps sur elle, sous elle, collé à elle : leur bouche, leurs mains, leurs doigts, leurs caresses, leurs sourires, leur fièvre. Sur le matelas mousse dans le van avec une passion inconnue. Lucas a ouvert le hayon, les senteurs de la nuit envahissent l'habitacle tandis qu'il la prend, couchée sur le ventre, les bras en croix, le dos inondé de sueur. Il s'active sur elle pour la énième fois, la pénétrant avec une force presque brutale… Une surprise. Un cri malgré elle. Un orgasme dont le cri investit la nuit tant il est profond. Oui, elle voulait baiser crûment avec lui, vu le désir qui couvait, mais elle ne s'attendait pas à jouir, pas à exploser. Un cri involontaire, court, intense, animal, suivi de plusieurs plus longs et calmes, des sortes de râles de douleur agréable. Elle a regardé vers l'extérieur, les feuillages, les taillis et la haie qui bordent l'emplacement du van, encore sous le choc, illuminée. A souri à Lucas, se découvrant par la même occasion plus féminine qu'elle ne le croyait, lui léchant le cou, lui caressant la poitrine, somnolant dans ses bras. Dans la nuit, le désir rocailleux, un torrent dévalant la pente est réapparu plusieurs fois, force sous-jacente libérée de sa réserve, de ses entraves, de sa prison…

Elle frissonne en se remémorant la jouissance éprouvée. Elle serre ses cuisses l'une contre l'autre pour amortir un micro-orgasme. Une bouffée de chaleur envahit ses joues. Partir en courant, recommencer avec Lucas, faire l'amour encore.

Dix-sept heures. On l'appelle de l'accueil. Elle se précipite. Mais c'est l'ancienne caissière de l'*Intermarché* qui veut son conseil à propos de son conjoint qui « n'est pas toujours très doux avec elle ».

– Vous voyez ?

– Oui, je vois. Venez, nous allons déposer une main courante…

Le doute réaffleure.

– *S'il n'y avait rien entre nous, pourquoi m'aurait-il fait le grand huit au lit ? Pourquoi m'aurait-il désirée à ce point ? C'était chaud, sacrément chaud !*

– *Et alors ? Ne te fais pas d'illusion : simple poussée d'hormone, l'effet de la corrida, de l'adrénaline, de la testostérone, un moment sans lendemain…*

– *Pourquoi pas un fantasme sur la femme ? Après tout, les mecs s'excitent bien sur les nonnes en chasuble. Alors pourquoi pas sur la femme en uniforme ? Sur ses dessous ? Eh bien, oui, tenue d'hiver, tenue d'été, soutif et petite culotte ! Et on retournera aux arènes !*

Dix-sept heures trente. Hervé est de retour de sa patrouille. Visiblement harassé. Il s'affale sur son siège. « Putain de chaleur », souffle-t-il.

Dix-sept heures trente-cinq. Le capitaine s'engouffre dans la salle.

– Ortiz, vous en êtes où avec le macchab ?

– C'est la SRPJ qui suit l'affaire, pas moi !

– Le commandant a ordonné d'intervenir en support : vous avez progressé côté suspects ? Vous avez organisé une tapisserie ? La caissière a reconnu quelqu'un ?... C'est ça le support qu'on attend de nous !

– Question support, ce serait plutôt à vous de vous y coller ! Moi, je n'suis pas officier, je ne dirige pas d'enquête. Et j'en ai plein les bottes de vos hormones de chefaillon. Votre support, vous vous le carrez où je pense, et vous me lâchez !

Ortiz quitte la pièce d'un air martial, cognant les talons en caoutchouc de ses rangers.

– Faut pas lui en vouloir, elle a la vie dure avec l'enquête, commente Hervé.

– Et Farid, où est-ce qu'il est encore, celui-là ? grogne le capitaine à la cantonade.

– Il est monté à la ZUP : une voiture cramée.

– Encore ?

– Eh oui, encore !

– Bon, alors bougez-vous sur le casino ! Allez à Allègre, interrogez le personnel et les poubelles. Ramenez-moi quelque chose, une oreillette de portable, un doigt ou un crachat, n'importe quoi, mais quelque chose... Et suivez-moi les biffetons numérotés, le blanchiment et *tutti quanti*.

– Mais c'est Montpellier qui…

– On est une unité de recherche judiciaire, combien de fois faut vous le répéter !

– Ça sert à rien de doublonner. On a assez de pain sur la planche ici.

– Parlons-en : le mitraillage de l'*Intermarché* à la kalachnikov il y a trois mois, le casse du même *Inter* il y a deux mois, vous en êtes où ?

– À la case départ ! J'suis pas habilité à sortir sans officier…

– Brigadier, je vous pose une question !

– Kalachnikov : calibre 7,62, très appréciée dans les règlements de comptes. En 1999, le grand banditisme l'utilise déjà. Vous vous rappelez, ah non, vous êtes trop jeune, capitaine, un caïd dézingué à la pétoire. On n'a jamais trouvé le tueur. Aujourd'hui, la kalachnikov, c'est plutôt dans les ZUP qu'on la pratique ou chez les Manouches.

– Puisque vous êtes si bien informé, brigadier, en piste, faites une descente !

– Ah ah ah… Tout seul, comme un grand ? Jouer le shérif au milieu des roulottes ou sur le parking avec les dealers ? Avec mon gilet pare-balles, bien sûr, sait-on jamais ? Un accident du travail. J'aurai une médaille, chef ? Un avancement posthume, chef ?

– Revenons au hold-up du casino. Le fichier CAF de la victime, vous l'avez fouillé ? Les allocs sont une vraie mine d'or pour les complicités.

– Il ne touchait pas d'allocs, et il n'a pas de petit frère !

– Et le portable, les fadettes ?

– Oui, chef ! À votre ordre, chef ! Cinq sur cinq, chef ! Tout de suite, chef ! Mais il n'avait pas de portable, en tout cas pas à son nom.

Dépité, le capitaine tourna les talons, faisant semblant de ne pas entendre.

– Qu'est-ce qu'il se croit, le Parigot ? Qu'il aura sa promo au choix en montant sur mon dos ?

Sur le parvis de l'hôtel de police, triangle de béton rainuré, Samia fulmine. Elle arpente la dalle tel un robot fou, marchant nerveusement, opérant de brusques demi-tours, se penchant en avant, flexionnant, se redressant aussitôt, criant : « Allez vous faire voir tous autant que vous êtes ! »

Puis, comme prise d'une soudaine inspiration, elle file tête baissée à l'intérieur du commissariat, traverse le hall comme une flèche, réintègre son bureau et fond sur Hervé.

– Au lieu de prendre racine sur ta chaise, va donc au casino !

– Ah non, tu vas pas t'y mettre toi aussi !

– Tu parleras gentiment au vigile et lui feras croire que tu sais.

– Que je sais quoi ?

– Qu'il est dans le coup, pardi. Tu lui fais comprendre que tu veux en être. Tu vois le genre ?

– Non !

– Que tu veux palper !

– Samia, tu ferais mieux de prendre ta journée ; pour les nanas, c'est prévu, un jour mensuel sans justification.

– Et tu te débrouilles pour savoir qui sont les deux autres !

– Bah voyons, y a qu'à demander !

– Je suis certaine que l'*Intermarché* et le casino, c'est du pareil au même. C'est le troisième homme qui me turlupine.

– T'as rien et tu voudrais que j'aille à la pêche comme un branque. Tu rigoles ?! En plus, c'est toi la cheffe !

– Moi, j'attends le vigile de l'*Intermarché*. Il doit me présenter sa carte !

– Le vigile ? Le micheton qu'on a contrôlé sur la route ?

– Oui, et alors ?

– T'es sûre que c'est sa carte qu'il doit te présenter ? Tu crois que j't'ai pas vue avec lui. Pourquoi t'es retournée à l'*Inter*, hein ? Tu veux te le faire ! Et pendant ce temps-là, moi je sue le burnous au casino.

– Tu te fourres le doigt dans l'œil, Hervé. Je suis ma piste, c'est tout !

– Et moi, je la cadre pas, ta piste ! Le troisième homme, mon cul ! Surtout que tu m'envoies à poil au casino !

– J'suis sûre que ça te plaira de montrer ton attirail à la roulette ! Qui sait ? Y aura peut-être des amateurs !

– Samia, tu me chauffes le sang…

Farid débarque d'un pas nerveux, l'air échauffé.

– Sympa la ZUP ! Je me suis fait cracher dessus et caillasser par des merdeux de quinze ans !

Hervé ne lui laisse pas le temps de souffler.

– Viens avec moi, Farid ! On va jouer au casino ; ça vaut mieux que de rester ici ! Les fliquesses, j'en ai ma dose ! Tu conduiras, pendant que moi j'essaierai de me concentrer sur la Samia sans uniforme.

Samia sourit.

– Merci, Hervé.

Vingt et une heures. Samia sort de mauvaise humeur du commissariat, pensant que Lucas est un lâche. Qu'elle ferait mieux de tirer un trait sur lui, d'aller se soûler quelque part et se laisser prendre par un touriste, vite fait bien fait. Un inconnu qui ahanera sur elle et à qui elle ordonnera ensuite de dégager ; qui jouera peut-être les gros bras en lui rétorquant qu'on ne lui parle pas comme ça, surtout pas « une pute comme toi qui se fait sauter par n'importe qui » ; un affreux jojo dont elle se débarrassera en lui collant son SIG Sauer sous le nez et qui se barrera en courant, comme tous ceux de sa sale espèce !

Elle descend l'avenue en direction de son HLM un peu plus bas. Maugréant.

Oui, elle se changera les idées ce soir, quittera son ceinturon, enfilera une robe et un corsage, et se laissera accrocher par un type. Sans état d'âme. Sans regret ni remords.

Quand elle aperçoit la moto garée devant son immeuble.

Lucas, de dos.

Ce dos-là, elle l'a serré, griffé, caressé. Cette nuque-là, elle l'a chatouillée, embrassée, effleurée à la base des cheveux courts. La peau sensible qui frissonne…

Son humeur change du tout au tout. Elle accélère le pas.

*Quelle nouille tu fais, ma fille ! Il claque des doigts et tu accours…*

*Tout ça pour un shot d'amour…*

*Pas seulement un coup, Samia, tu le sais bien. T'en pinces grave pour lui !*

– À quelle heure finit ta police ? demande-t-il en se retournant dès qu'il la devine derrière lui.

– Tout dépend de l'affaire en cours, de sa complexité…

Il sourit.

Elle le retrouve, lui et sa bouche craquante.

Elle file dans l'immeuble, dévale l'escalier jusqu'au niveau – 1, traverse à toute vitesse le parking éclairé par une faible minuterie et actionne le volet roulant du garage.

Lucas gare sa moto dans l'emplacement libre à côté de sa Citroën.

À peine sur pied, il l'embrasse sur les lèvres avec une étonnante douceur.

– On ne parle de rien. D'accord ?

– On crie, alors ?

Il sourit.

Elle l'entraîne dans la cage d'ascenseur, appuie sur la touche 2, l'agrippe par le collet, le tire jusqu'à l'appartement, lui ôte son tee-shirt, dégrafe son pantalon, baisse son slip, en fait autant, quitte chemisette, gilet, sous-chemise, pantalon et culotte, et l'attire dans la salle de bains, sous la douche.

L'eau tiède jaillit du pommeau. Elle se colle à lui, laisse l'eau couler sur eux. Se laver du doute, de son métier. Retrouver la chair intacte du désir, le don de soi sans arrière-pensées. Elle veut croire à la sincérité des sentiments, aux illusions. Elle veut faire l'amour sans craindre un coup tordu.

Elle s'agenouille devant lui, lui lèche le sexe, l'aspire dans sa bouche, tout en le regardant dans les yeux.

Il râle, ses traits se tordent d'une sorte de douleur.

– Viens ! murmure-t-elle.

– Non, gémit-il tout en la serrant contre lui.

# 17

## *Cendres*

Les flammes giclent des tubulures latérales du tunnel : le cercueil s'enfonce lentement dans cette gueule sombre et disparaît derrière un rideau métallique. La suite de la crémation apparaît sur un écran vidéo.

Le cercueil est décomposé à 850 °C, a-t-on expliqué à Angelo. Il n'a pu s'empêcher de relever que si la balle était restée dans le corps de Bob, on ne l'aurait pas retrouvée dans les cendres, vu que le plomb aurait fondu avant les os. Mais bon, quoi qu'il en soit, le maire n'a pas fait d'histoires pour le permis d'inhumer.

À présent, Léa emporte le vase contenant les cendres de son père, poudre grisâtre avec des éclats d'os calcinés. Elle pénètre dans le Jardin des pensées, coin de pelouse attenant au crématorium, bordé d'alvéoles calibrées et agrémentées de fleurs naturelles ou artificielles. Lieu de recueillement.

« Vous pouvez acheter une case dans le columbarium », a-t-on proposé à Léa.

Qui a refusé. Non qu'elle souhaite conserver les cendres au mas, mais parce qu'elle veut les placer dans le caveau que son père a acquis au cimetière, avec le projet d'y réunir toute la famille. Un jour, forcément.

Léa pose l'urne à même le gazon et pleure. Elle n'a plus de famille. Ni père, ni mère, ni frère. Seulement Angelo.

Lequel Angelo reste à l'orée du jardin, à vingt mètres derrière elle, immobile, respectueux de son chagrin. Mais fautif. Il ressasse ses erreurs : Bob, Léo, le casse…

Après leurs médiations solitaires, tous deux quittent le crématorium, regagnent le mas.

Léa dépose l'urne sur le vieux pétrin en bois que sa mère aimait tant. En attendant l'inhumation prévue le lendemain, elle a envisagé de placer le vase sur le tableau de la cheminée, mais elle n'a pas supporté l'idée de déplacer les cadres photo. Pas plus sur la guérite d'entrée à la place de la vasque en cuivre martelé où son père stockait la petite monnaie, les piécettes de cinq ou dix centimes, elle aurait eu l'impression d'exhiber l'urne aux visiteurs. Si bien que feu son père se trouve maintenant dans le salon, devant elle.

Angelo, lui, se tient dans l'embrasure de la porte du vestibule, toujours silencieux, compatissant et coupable.

Angelo, à quarante-cinq ans passés, a trouvé un semblant de dignité qui l'autorise à compatir au chagrin de Léa.

À la mort de Léo, il s'était racheté une conduite. Ou plus exactement il avait saisi l'occasion de faire amende honorable. Le meurtre de Léo Belmonte, seize ans, abattu dans la cité Bassens par un homme à moto, avait excité la population et la police. Avant que l'on ne mette le nez dans ses « affaires », il avait donc décidé d'accompagner Robert et de se *mettre au vert.* Converti contremaître du mas, il n'a eu de cesse d'expier son passé du mieux possible, rengainant son arme, ne l'envisageant plus qu'en ultime recours défensif. Et depuis dix ans, bon an mal an, Léa lui sourit. Léa qui grandit, progresse, réussit, il y a vu son rachat. Se dédier à elle a été sa manière de lui demander pardon, de lui souffler que jamais il n'aurait dû avoir cette vie à Marseille. Que jamais il n'aurait dû cautionner les pratiques de son père. Que jamais il n'aurait dû le laisser faire, ni lui ni les autres. Que jamais Léo n'aurait dû mourir. Exécuter un caïd, il n'en faisait pas un cas de conscience, surtout quand il s'agissait d'un sadique qui n'avait pas hésité à brûler vif un chef de bande rivale. Mais un jour, un gosse est abattu. Juste parce qu'il se trouvait à côté du trafiquant. On mitraille, on arrose pour être sûr d'atteindre la cible. Un gosse, nom de Dieu, en plus le gosse de Robert !… Et voilà que Verdugo réapparaît. Comme si de rien n'était. Avec Pérez, ces charognards qui tirent dans le dos. Des hyènes. Des lâches. Des salauds.

Après qu'elle a découvert le cadavre de son père, Léa l'a questionné, et il a dû tout avouer de son passé sans gloire.

– Qui sont ces gens qui nous menacent ? lui a-t-elle demandé.

D'un air contrit, Angelo a répondu :

– Je vais te livrer toute la vérité. Si tu l'exiges, je quitterai la ferme.

– Allez, pas de détour !

– Quand ton père a quitté Marseille, je l'ai suivi ; j'ai travaillé avec lui à l'élevage. Je l'ai fait pour lui, mais surtout pour toi.

– Oui, oui, Angelo, mais réponds-moi : qui sont ces types qui débarquent ici et nous menacent ?

– À Marseille, ton père trempait dans plusieurs affaires, certaines légales, d'autres moins.

– Mais d'où papa connaissait Pérez ?

– Pérez acheminait de la drogue colombienne depuis l'Espagne. Robert servait d'intermédiaire avec les Marseillais.

– Et l'espèce de bouledogue, ce Verdugo, tu le connais de Marseille ?

– Oui. Les nouveaux trafiquants de Bassens l'avaient engagé pour liquider le chef d'un gang et prendre son business.

– C'est lui qui a tué Léo, n'est-ce pas ?

– Je suis désolé, Léa.

– Je t'ai posé une question ! C'est lui qui a tué Léo ?

Il a hoché la tête, baissé les yeux. Léa s'est tue, un long moment. Puis, il a brisé le silence :

– Si tu savais ce que je regrette, Léa. J'aurais dû vous éviter ça.

– Qu'est-ce que tu aurais dû faire, et que tu n'as pas fait ?

– Il m'est arrivé de commettre de sales besognes dont je ne suis pas fier. Quand Léo… Ah, Léa, si tu savais ce que je regrette…

– « Pas fier », genre quoi ? Le boulot pour papa ?

– Ton père n'a jamais trempé dans le meurtre, sache-le, Léa.

– Mais toi, si, c'est ça ?

– Parfois.

– Qui as-tu tué ? Des salauds ?

– Oui, des salauds.

– ALORS, POURQUOI TU NE L'AS PAS ABATTU, LE SALAUD QUI A TUÉ LÉO ? a-t-elle crié. POURQUOI TU NE L'AS PAS TUÉ JUSTEMENT CELUI-LÀ ?

Son cri a déchiré la nuit. Et Angelo piteux s'est justifié :

– … Ç'aurait été la guerre. Ton père n'a pas voulu risquer ta vie. Les représailles. La mort de Léo a été terrible pour lui, tu sais. Il n'avait plus que toi. Il n'a pas voulu t'exposer. Les nouveaux caïds de Bassens sont d'une violence folle. Alors il a décidé de tout arrêter, d'en finir, de quitter Marseille. Il a abandonné tout ou presque. Moi aussi.

– Angelo, je sais ce que tu as fait pour nous, reprend Léa d'une voix blanche, épuisée.

– Au début, Pérez nous a prêté l'argent pour acheter le mas. Ton père aurait préféré un petit élevage de chevaux, parce que tu as toujours adoré monter, mais il n'y avait rien à vendre et il y a eu cette occasion. Tu te rappelles quand tu as découvert les terres ? Immenses, magnifiques : des hectares à perte de vue. Une nouvelle vie…

– Et maintenant, Pérez réclame son dû, c'est ça ? Avec ce Verdugo pour nous faire peur, hein ?

– Il fallait deux millions pour acheter l'élevage, ton père n'en avait qu'un. Il pensait qu'il pourrait rembourser. Mais le vendeur avait maquillé les comptes, l'élevage était largement déficitaire. On a jonglé pendant des années. Mais ils ne veulent plus de nos taureaux de combat, les Atanasio sont trop difficiles à toréer. Ils préfèrent des stéréotypes.

– Oui, oui, je sais tout ça. Mais pourquoi Pérez nous menace de mort ?

– Il a été dévissé par les trafiquants de la ZUP Nord, et maintenant le Corse Barboni veut le déloger du centre. Il vivote avec quelques bars clandé…

– Et il veut le mas, c'est ça ?

– Oui.

– Il ne l'aura jamais, jamais ! C'est chez nous ici !

– Ne t'inquiète pas ! On trouvera un moyen.

– Si, justement, je m'inquiète. Surtout maintenant que papa n'est…

– On le paiera.

– Avec l'argent que j'ai vu sous ton lit ?

– Oui…

– Le casino, c'étaient papa et toi ?

– C'était pour nous sauver.

– Et ça nous sauve ?

– J'ai donné la moitié à Pérez, ça le calme. J'ai gardé cent mille pour toi et pour la banque. Je suis là, je serai toujours là, Léa.

– Et avec ça, Pérez renoncera ?

– Sans Verdugo, il renoncera, j'en suis sûr.

– Comment ça « sans Verdugo » ? Qu'est-ce que tu vas faire ?

– Je trouverai un moyen.

– Le tuer ?

– Non…

– Angelo, ce type est une bête ! Je t'interdis de tenter quoi que ce soit ! Tu m'entends ? Tu ne fais rien, tu restes ici avec moi ! On va réfléchir, on va trouver un moyen de se débarrasser d'eux ! Tu m'entends, Angelo ? Tu m'entends ?

Elle s'était effondrée en larmes.

# 18

## *Fixation*

À partir de l'alerte Belmonte, le moteur de recherche a mouliné et notifié à Lucas un entrefilet de la presse électronique :

*Avis d'obsèques de Robert Belmonte*
*de la part de sa fille.*

Aussitôt, Lucas a envisagé de renouer avec Léa. En profitant du vide laissé par son père. En l'assurant de son soutien dans cette période difficile…

Lui présenter ses condoléances.

Escompter que la douleur la rendra réceptive à l'« amitié » qu'il lui offre.

Effacer les mots cinglants qui résonnent encore dans sa tête : « C'est fini ! C'est fini ! »

Surmonter le choc, la douche glacée, le coup de poignard, la négation de leur passé, la rupture brutale.

La prendre dans ses bras. Lui faire l'amour, essuyer ses larmes.

Léa est inséparable de lui, de sa fièvre, de son présent.

Essaierait-elle de le raisonner, de le convaincre que c'est fini, que leur passion s'est éteinte, qu'entre eux il n'y a jamais eu qu'une amourette d'ados, qu'aussitôt jaillirait la flamme, déboulerait la tempête de feu qui charrie leur histoire et embrase ses jours ?

Léa, c'est son souffle.

Un souffle qui mêle amour, remords, haine et vengeance dans le même feu.

Renoncer à elle équivaut à s'éteindre.

Il ne peut se résoudre à la perdre.

Il ne peut oublier le jour de ses seize ans.

Le cadeau qu'elle lui avait réservé.

Elle s'est offerte à lui.

C'était hier, c'est encore aujourd'hui.

Elle ôte son chemisier et sa jupe sous son regard sidéré. Elle le déshabille lentement, selon un rituel dont elle maîtrise chaque geste. Il pointe son désir vers elle, intimidé, dépassé, quasi défaillant. Elle reste d'un calme olympien, vestale obéissant au rite, comme si leur union devait s'accomplir et qu'elle devait y procéder. Elle sait tout, déjà. Elle le guide en elle, dans son intimité la plus secrète, lui livre sa virginité, lui souffle de venir, lui murmure que ce n'est pas grave de jouir trop tôt, lui intime : « Recommence. » Elle gémit dans ses bras, elle s'abandonne dans ses bras, elle pousse un petit cri dans ses bras… Il s'abandonne, se libère, meurt dans ses bras…

Il la reconquerra. La regagnera. Par sa détermination, son courage, sa passion, sa fidélité à son frère jumeau.

Il renouera le lien, lui déclarera sa flamme, balaiera son dépit…

Comment le refuserait-elle ?

Elle finira par se rendre à l'évidence : ils sont liés au-delà du bien et du mal.

Elle comprendra que venger Léo, c'est son feu ardent, que renoncer à lui rendre justice serait dépérir, se ruiner soi-même. Se nier.

Ils étaient si heureux…

Toute la journée, toute la nuit, pour s'en convaincre, il ressasse les mots qu'il croit justes :

*Léa, c'est terrible, ton père, ton contremaître…*

*Je suis là, Léa, je t'aiderai, je t'accompagnerai, je te défendrai…*

*Je t'aime Léa, je ne peux vivre sans toi.*

*Laisse-moi t'aimer. On est faits l'un pour l'autre…*

*C'est toi qui avais raison. La seule chose qui compte, c'est de s'aimer.*

*Oublions tout ça… Partons toi et moi…*

Mais au fond de lui, il craint que ce ne soit pas si simple de retourner la situation à son profit. Sur quels arguments s'appuyer, autre que la sympathie et la compassion ?

Léa a perdu son père, oui. Mais quoi, il va le remplacer ?! Ah ! À quoi peut-il prétendre avec elle ? Elle ne l'admire pas. Il n'est pas grand-chose à ses yeux. Un fils d'immigrés fauchés. À Marseille, il vivotait dans la ZUP de Bassens parmi les étrangers de tous bords, tandis qu'elle résidait dans les beaux quartiers. Et aujourd'hui, que valent son Combi VW, sa moto ou son uniforme de vigile face à son prestige de toréra à cheval ? Elle évolue dans la lumière des arènes, et lui gravite autour d'un astre mort.

# 19

## *Sasser et ressasser*

Après quelques gouttes de pluie dans la matinée, trop peu, trop fines et irritantes, une chaleur quasi tropicale, dense et confinée, une mer lisse et plate, comme terrassée, un ciel gris diaphane enveloppe la ville d'une coiffe nuageuse compacte, crinoline étouffante.

En ville, sur le parvis de l'hôtel de police, l'ambiance tend au survoltage. La brigadière-cheffe et le brigadier s'écharpent.

– Ta « société du casse » entre vigiles, à d'autres, Samia ! lance Hervé.

Telle est sa conclusion après sa descente au casino d'Allègre. Il a fait copain-copain avec le vigile du casino, lequel lui a tout « déballé ». Il en ressort que le jour du hold-up, il était remplacé par un baltringue, un intérimaire plus très jeune, un appelé de dernière minute, qui avait été bêtement surpris par l'attaque alors qu'il était « sur le siège ».

– Et le titulaire, qu'est-ce que t'as sur lui ? demande Samia.

– Marié, deux mouflets, congé maladie longue durée, tu vois c'que j'veux dire ?

– Et la vidéosurveillance ?

– Les caméras ont enregistré la séquence du hold-up sous des angles différents. Trois agresseurs cagoulés, gantés ; trois silhouettes genre les Dalton : un grand, un moyen, un trapu. Rien à voir avec les braqueurs de l'*Intermarché*. Désolé pour toi, Samia.

– Effectivement, à l'*Inter* il n'y avait pas de grand type, d'après les témoins. Mais tout dépend de ce qu'on appelle *grand*. Et d'autre part, ce fameux « grand » aurait pu avoir été appelé à la rescousse après la foirade de l'*Inter*... Tu as pu voir leurs armes ?

– Celui qui a l'air du chef n'en portait pas. Les deux autres, oui. Leur pétoire, c'est du 9 mm, mais sans garantie. Ça peut être des Gomm-Cogne ou des pistolets d'alarme. On a zoomé sur l'image : trop flou.

– C'étaient des vrais, puisque Martinez a été tué à balles réelles.

– Exact. Mais ça nous fait pas grand-chose à se mettre sous la dent.

– D'après le SRPJ, il y a un lien entre le casse du casino, la mort de Martinez et la mort soudaine de Belmonte.

– Tu veux dire que deux des auteurs du hold-up seraient Martinez et Belmonte ?

– Pourquoi pas ?

– Si ma tante en avait, ce serait mon oncle ! On n'a que dalle !

Ortiz admet que l'enquête tâtonne et qu'elle-même joue à colin-maillard avec les suspects. Appose un nom au petit bonheur la chance sur des inconnus à peine esquissés par des caméras à faible résolution. Un élément se dégage néanmoins : contrairement à ce qu'elle imaginait, le puzzle comporte de vieux truands.

– OK, Hervé, je me suis plantée. J'ai eu la balistique. Les balles retrouvées sur le corps de Martinez ont été identifiées. Aussi sûrement que des empreintes digitales : 9 mm Makarov. Arme rarissime chez les nouveaux venus. Bref, il y a de fortes chances que le meurtrier de Martinez soit un truand à l'ancienne.

– Sûr que oui ! Les jeunots « travaillent » au Glock, au Ruger, au Canik, au Taurus, ou à l'automatique. Ils ont leur signature, leur marque. Comme avec leurs fringues et leurs baskets ! Makarov, c'est ringard… Conclusion : c'est plié pour le casse, c'est du banditisme à l'ancienne, on laisse faire le SRPJ.

– Moui…

– T'as pas l'air convaincue…

– Pas vraiment… (Un silence.) Je me demande vraiment qui est le troisième homme… Ce pourrait bien être un nouveau venu…

– Purée, quand tu l'as quelque part, tu l'as pas ailleurs ! J'sais pas ce que t'as en ce moment, Samia, mais tu devrais t'aérer plus souvent ! Va donc fricoter avec ton vigile, ça t'éclaircirait les neurones !

Samia se tait. Par prudence. Car, sans s'en douter, Hervé a mis les pieds dans le plat : ses doutes d'enquêtrice ne sont plus dictés par la logique, mais par Lucas, ce qu'elle a appris sur lui…

La nuit passée avec Lucas dans son T2 n'a pas levé les ambiguïtés à son sujet. Loin de là. Oh, il y avait bien eu la fusion physique et émotionnelle, à tel point qu'elle s'était surprise à donner dans la tendresse, quasi maternelle par moments. Cependant, elle n'avait pas résisté au besoin de *ne plus se faire d'idées* sur Lucas. Combinant l'utile à l'agréable, elle lui avait soufflé « fais-moi encore l'amour » à plusieurs reprises, des heures durant, pour qu'il s'effondre d'épuisement.

À quatre heures du matin, il s'était enfoncé dans le sommeil. Elle avait donc pu fouiller ses vêtements, prendre son smartphone dans la poche de son jean, le placer devant son visage endormi pendant deux secondes et ainsi le déverrouiller.

Assise dans le couloir, à même le sol, entre W-C et salle de bains, elle avait pianoté et pénétré l'historique des navigations. Ce qu'elle avait déniché ? Elle n'en avait pas cru ses yeux : des onglets fréquemment consultés et des liens hypertextes qui renvoient à Victor Moraira, *alias* Verdugo, Bassens, Belmonte, le mas CasaB, le village de Saint-Laurent. Et d'autres vers Léa Molina. Approfondissant l'historique des six mois précédents, elle découvrait ses sites favoris : centre pénitentiaire de Nîmes, cour d'assises de Nîmes, de nombreux articles de presse électronique sur les faits divers criminels dans le Sud…

Face à cette vie souterraine de Lucas, cette sorte de *dark web*, elle avait eu l'impression de mettre le doigt sur l'inavouable vie d'un voyou embringué dans de sales histoires, dans des complicités avec des truands. Le regard suspicieux de Samia, véritable lumière noire stroboscopique, dévoilait l'image de son amant, éclairait son filigrane dévoyé au révélateur : Lucas appartenait à cette race de « jeunes Italiens ignorés de la justice ». Lucas mentait : il connaissait Belmonte, il savait qui est Verdugo, il les avait suivis sur Internet des mois durant. Pourquoi s'intéresse-t-il à eux ? Le casse du casino, un règlement de comptes ? Verdugo aurait abattu Martinez et filé avec l'argent ? Venger Martinez ? Non, Lucas poursuivait Verdugo bien avant. C'est directement après Verdugo qu'il en a. Pour récupérer sa part ? Le lien entre eux date-t-il de Nîmes ou remonte-t-il à Marseille ?

Douleur dans le plexus, brutal retour de méfiance, mauvais pressentiment. À partir de quatre heures du matin, le doute sur la vraie vie de Lucas avait pris la forme d'une toile d'araignée où elle s'engluait, incapable d'isoler Lucas de Verdugo et de Martinez, incapable de l'abstraire d'une implication dans le hold-up, de l'innocenter. Qu'il soit lié au monde criminel, de cette race de délinquants croisée à longueur d'année, animée par la violence, métastasée par la haine, qu'il soit pris dans les tentacules du crime, entraîné dans une spirale macabre, la probabilité la meurtrissait. Elle criait à la trahison. Pour rien au monde elle ne voudrait d'un type de cet acabit dans son lit...

Pourtant, quand Lucas s'était éveillé, elle avait préféré mettre sa suspicion sous le boisseau. Avait préparé un petit-déjeuner comme si de rien n'était. Lucas l'avait avalé debout, prétextant un retard au travail, percevant sans doute son changement d'humeur, l'embrassant vite fait sur la joue. Elle avait eu tout juste le temps de lui demander son numéro de portable.

Après son départ, les images de ce *dark web* ont continué à danser dans son esprit, figurines infernales qui excitent la colère et l'envie d'en découdre. Une fois au commissariat, comme si cela ne suffisait pas à son malheur, un élément supplémentaire était venu se surajouter à la pagaïe noire de ses doutes.

Le collègue de la SRPJ de Montpellier l'avait appelée et informée des dernières avancées de l'enquête, du lien qu'opère le SRPJ entre le casse du casino et la mort de Robert Belmonte.

– Tu connais Léa Molina ? lui avait-il demandé.

– Oui, bien sûr, a-t-elle répondu du bout des lèvres. Quel rapport ?

– Eh bien, figure-toi que son vrai nom est Léa Belmonte.

– Belmonte ?

– Oui, la fille de Robert Belmonte, l'ancien revendeur de Marseille, qui s'est mis au vert dans le secteur il y a quelques années.

– Léa Molina, sa fille ?!

– Ouais…

Ces informations l'avaient exaspérée. D'autant qu'elle revoyait l'onglet *Léa Molina* dans le portable de Lucas : pas seulement une curiosité de mec pour une belle fille…

Et maintenant, face à Hervé qui a l'art de deviner le pire, elle ne sait plus quoi rétorquer. C'est lui qui rompt ce trop long silence.

– Écoute, Samia, arrête de te tripoter les méninges sur le troisième homme, sinon tu finiras par péter les plombs. Moi, je pourrais te sortir des explications à la pelle : le casse est monté et exécuté par trois Gitans, trois Marocains ou trois Tchétchènes.

– Hervé, imagine que j'ai raison et que je brûle.

– Sûr que tu brûles ! T'es même arrivée au point de fusion !

– Mais Hervé, pourquoi veux-tu qu'un Gitan soit dans le coup ? Les Gitans sont armés de fusil de chasse ou de kalachnikov. Rappelle-toi le casse de *Carrefour*. Les Tchétchènes ? C'est pas leur secteur. Les Marocains ? Pourquoi pas, eux travaillent au pistolet, mais eux, on les aurait déjà serrés.

– Ah tiens ?

– Rappelle-toi les braqueurs du *Lidl*, l'année dernière, on les a retrouvés dès le lendemain. Leurs cagoules traînaient encore dans leur voiture ! Ils ne se doutaient pas des liasses piégées au GPS !

– Et moi, je t'écoute ! Bon Dieu, Samia, les braqueurs, on ne sait pas qui c'est ! On n'a qu'une certitude : Iván Martinez ! Point barre. Et il ne peut plus parler ! Alors tu peux brûler où tu veux, tu te fourres le doigt dans l'œil, et bien profond…

Samia aimerait pouvoir lui donner raison.

# 20

## *Le coup de sang d'Angelo*

Juillet n'a pas une semaine que la guerre a déjà repris. Angelo avait espéré gagner un répit avec la remise des cent mille euros à Pérez ; à tout le moins une trêve pour l'inhumation de Bob Belmonte. Mais sa découverte de deux taureaux au mufle explosé lui a ôté tout espoir. Deux belles bêtes Atanasio de cinq cents kilos, couchées sur le flanc au milieu du pré. Entre vingt et trente mille euros de perte.

Accroché à une corne, il a trouvé un panonceau barbouillé en lettres de sang :

*No corrida*

La ficelle est un peu grosse : jamais les anticorridas ne s'aventureraient au milieu d'un troupeau pour poser un avis entre les oreilles d'un monstre qui tient du bison. Ce ne peut être que le fait d'un psychopathe doublé d'une brute qui jouit de la mort au point de la défier. Il faut que ce soit un Verdugo. Angelo ne le sait que trop, connaissant ses exactions à Marseille.

– T'es complètement taré, lui avait-il crié dix ans plus tôt après le carnage de Bassens.

Angelo attache les deux pattes des cadavres à l'arrière du pick-up, les traîne jusqu'à la remise.

Et appelle l'abattoir.

– Trop tard ! lui précise l'opérateur en transformation des viandes. Il aurait fallu les éviscérer dans l'heure.

Il enrage, tente de se faire une raison, évalue que de toute façon il aurait tiré une misère de ces deux bêtes : trois euros le kilo – alors même qu'un restaurant spécialisé le vendrait en goulasch ou en steak à dix-sept euros les trois cents grammes.

En cette journée plombée de soleil, la température flirtant avec les 42 °C, la pression grimpe dans le crâne d'Angelo. Ce n'est plus à l'intérêt de Léa qu'il pense, mais à Verdugo, au poison Verdugo, au monstre Verdugo, à la charogne Verdugo. Il marine son envie de meurtre sa cervelle en est imprégnée, phagocytée – et laisse libre cours à sa pulsion viscérale, aveugle, irrépressible. Jusqu'à asphyxier toute lucidité.

Verdugo, il connaît sa nature pourrie à la moelle. Pour ce monstre, la tuerie de Bassens n'avait été qu'un incident de trajet, une bavure sans suite. Aussitôt oubliée. Seule la pression policière l'avait obligé à en prendre acte et à fuir en Espagne. Là-bas, de porte-flingue, il s'était reconverti en tueur d'abattoir puis en puntillero. À coup sûr par goût de la mise à mort. Le sang qui gicle de la carotide, le sang qui s'écoule du tronc décapité, le sang qui s'écoule dans la rigole. Angelo avait eu des échos de Verdugo dans le milieu de la tauromachie : on parlait de ce Moraira qui se délectait d'achever le taureau agonisant, de jouer de la lame courte et large plantée dans le bulbe, de tortiller le poinçon pour le déchiqueter ; avec un zèle hors du commun.

Dix-neuf heures. Angelo se rend à l'écurie, l'inspecte comme à l'accoutumée : Léa étant sortie avec Sueño, les trois autres pur-sang sont sagement dans leur box. Il leur caresse le museau à tour de rôle. Comme un au revoir inavoué.

Ensuite, il revient à son mazet, se verse un verre de vin rouge, le sirote debout dans la cuisine, porte ouverte, face aux terres d'élevage à perte de vue. Il imagine Léa à cheval dans les prés et cette pensée l'apaise un instant. Il se sert un autre verre, une rasade, tout en se reprochant ce geste d'alcoolique sevré qui rechute. Qui retourne à sa chienne d'existence, qui renoue avec son âme obscure, qui a maille à partir avec le péché suprême.

Oui, il aurait dû tuer Verdugo à Marseille ! Léa en aurait été débarrassée une fois pour toutes. Sans son tueur, Pérez ne serait aujourd'hui qu'un fétu de paille, un bœuf, un chapon, qui jamais n'oserait s'attaquer à elle.

Il avale le reste de vin, grogne de plaisir, claque la langue sur le palais, repose son verre.

Et se dit que le moment est venu.

Il pense à l'arme qu'il pointera sur Verdugo. À la tête qu'il fera devant le canon du 9 mm. Ce faisant, il comprend qu'il franchit le pas fatidique, qu'il bascule de l'autre côté, passe le seuil morbide. Lorsqu'il a pointé le bout du canon sur la tempe du croupier du casino, il a retrouvé la bête immonde qui sommeille en lui et surgit sous le coup de l'adrénaline : l'envie d'appuyer sur la détente. S'il ne l'a pas fait, c'est par la grâce du regard d'une femme. « Je suis enceinte », avait-elle larmoyé. Mais, de nouveau, après le casse, quand Iván l'a mis en joue, il a réagi avec le même accès de nervosité : deux balles. Dans le thorax, net et précis, mortel.

Là, maintenant, pensant à Verdugo, Angelo se sait sur la même pente. La colère lui dicte d'en finir. Et vite. Et ce n'est que logique ! Pérez lui a collé Iván Martinez dans les pattes : Martinez a eu son compte. Pérez le menace de Verdugo, il aura sa peau.

Il farfouille sous le matelas où il a caché le CZ75 prélevé sur le cadavre d'Iván. En vérifie le chargeur et le mécanisme. Ôtant la culasse, il réalise pourquoi Iván n'a tiré qu'une seule fois : la douille de la première balle est restée coincée, la balle suivante n'a pas pu se chambrer dans le canon. Il enlève la douille, nettoie l'extracteur et la chambre, graisse le tout. Puis se prépare : vide ses poches, ne conserve que son portable, enfile sa vieille veste de jean et glisse le semi-automatique dans la ceinture de son pantalon.

Au volant du pick-up Chevrolet, il quitte le mas peu avant vingt heures, prend la départementale en direction de Saint-Gilles. Iván l'avait renseigné peu avant le hold-up du casino.

– Tu sais que Verdugo est sorti de taule ?

– Quand ?

– Genre trois mois. Pérez le refait bosser pour lui. C'est moi qui suis allé le chercher dans sa baraque de Saint-Gilles, un vrai foutoir.

Arrivé au village, Angelo gare le pick-up derrière la Poste et marche jusqu'au bar-tabac sur la place. Commande un sandwich jambon-gruyère et un verre de vin – pas question de se retrouver tenaillé par la faim, nerveux au moment décisif.

Il mastique lentement, sirote par petites gorgées. Sans précipitation. D'autant plus précautionneux qu'il s'engage dans un tunnel dont il ne sortira pas en marche arrière.

À vingt-deux heures, le cafetier l'avise : « On ferme ! » Il ne s'attarde pas plus, à cette heure, Verdugo se trouve sans doute chez lui. À défaut, il l'attendra. Des heures entières s'il le faut.

Il se rend derrière l'église, descend l'unique ruelle, marche calmement, éteint son téléphone portable… La nuit est tombée, sombre, pas encore dense, elle enveloppe les façades d'un voile grisâtre. Dans la ruelle, il n'entrevoit aucune pièce éclairée ; des fenêtres ouvertes oui, mais d'ampoule allumée aucune. Une maison décrépite, plaques de crépi décollé, tuiles manquantes, peinture écaillée, un jardinet d'herbes folles, le seul dans un tel état. C'est là.

Aucunes traces d'occupation, volets fermés au rez-de-chaussée, lucarne fermée, porte verrouillée. Une forteresse à l'abandon.

Sur le côté se trouve le jardinet enserré par les deux maisons voisines, clos par un muret surmonté d'une grille rouillée. Dans la façade latérale de chez Verdugo, une porte en bois donne sur ce jardinet. Mais il n'y a guère moyen de franchir la grille sans s'empaler. Angelo ne tente pas le diable, il n'a plus vingt ans.

Il observe les deux maisons voisines. Dans celle de gauche, au mur mitoyen, aucune lumière, mais une fenêtre ouverte et des vitres intactes. Donc habitée. L'autre maison, qui borde le jardinet, est entièrement close. Il en actionne le heurtoir rouillé qui grince : la porte résiste. Il prend du recul, un mètre environ, et donne un coup du plat du pied : le battant vibre. À la seconde tentative, la serrure cède.

L'intérieur empeste le renfermé, le moisi et la pisse de chat. Au rez-de-chaussée, aucune porte d'accès au jardinet. Il monte le vieil escalier en ciment effrité. À l'étage, dans ce qui devait jadis tenir lieu de chambre, il ouvre la fenêtre carrée à un battant et regarde à travers les lames du volet en bois. Comme il l'espérait, la fenêtre donne en vis-à-vis : il aperçoit la porte en face dans le jardinet privatif.

Toujours aucune activité chez Verdugo.

Il ouvre le volet, se penche, estime la hauteur, grimpe sur l'appui de fenêtre, s'agenouille, s'agrippe à l'huisserie et se suspend par les mains avant de se laisser tomber dans le jardinet. À peine un mètre de chute, mais qui suffit à lui arracher un râle de douleur à la réception. Genoux trop raides...

La porte n'est pas fermée à clé, il la pousse doucement ; elle grince. Il empoigne son 9 mm, l'arme par un mouvement de culasse, dont il amortit le cliquetis en procédant lentement. Si Verdugo se trouve dans la maison, c'est dans le noir, devant la télévision. Peu probable qu'il dorme ; tout au plus il somnole.

Aucun bruit, voix ou musique.

Il s'avance dans le semblant de cuisine à l'américaine. À en juger par le bazar sur la paillasse, il habite bien là. Le réfrigérateur ronronne. Dans le séjour, il distingue une table collée contre le mur, deux chaises, un fauteuil près de la fenêtre côté rue ; au fond, un escalier en bois, de ceux qui grincent à tout coup, se dit-il.

Il monte à l'étage en prenant appui sur le bord des marches. En haut, il ne trouve nulle trace de présence dans aucune des deux pièces.

Il redescend. Décide d'attendre Verdugo dans le séjour ; de le cueillir dès l'entrée.

Il s'installe dans le vieux fauteuil qu'il tourne vers la porte du couloir. De là, il le verra émerger, calculant qu'il passera par le séjour avant de monter, ne serait-ce que pour boire un verre d'eau fraîche.

Il pose le CZ75 sur l'accoudoir. Regrette une seconde son fidèle Makarov, plus léger. Mais c'est « sagesse » d'utiliser l'arme… d'un mort.

Main droite sur le pistolet, Angelo se cale sur le coussin défoncé. Les effets de la colère bouillonnante éprouvée dans la journée et du surcroît d'exaltation se sont évanouis. Une forme de lucidité désabusée prend possession de lui : dix années ou presque écoulées et il revient au même point, aux mêmes basses manœuvres qu'il a fuies : tuer.

Il se sent d'un coup vieilli, raté, fatigué. Il n'est plus fait pour tuer ! La crainte que son mental ne le place en mauvaise posture le saisit. Chez Verdugo, le meurtre est une seconde nature, si ce n'est la première. Il est affûté, aiguisé, sans principes, sans conscience, tandis que lui s'est ramolli, assagi, racheté.

Il tente de chasser ses pensées défaitistes en se répétant qu'il agira vite et par surprise, que son moteur à lui est bien plus puissant que l'atrocité : il s'appelle Léa. Léa, sa toute-puissante motivation. Elle lui donnera la vivacité nécessaire pour appuyer sur la détente, plus vite et sûrement que le monstre…

S'est-il assoupi sur cette pensée ? Le temps a-t-il filé sans qu'il s'en rende compte ? Il est brusquement alerté par un bruit de serrure. Quelle heure peut-il être ? Minuit ? Il se redresse dans le fauteuil, sans se lever car il risquerait de faire du bruit.

Un pas lourd dans le couloir derrière la cloison, un bruit aigu, en pointillé... Des talons aiguilles...

– Cindy, ramène-toi ! entend-il depuis le couloir.

*Nom de Dieu, il n'est pas seul !*

Angelo serre son arme dans son poing et axe son bras en direction de la porte. Il entend crier une femme :

– Laisse-moi partir ! Je dirai rien, j'te jure que je dirai rien à Barboni !

– T'inquiète, tu partiras bientôt !

Dans l'obscurité, Angelo devine un bras passer dans l'embrasure, actionner l'interrupteur et faire jaillir la faible lumière de l'ampoule bleue au plafond.

Un pas, il suffit d'un pas de plus pour que Verdugo se trouve dans sa ligne de mire.

L'ombre avance vers l'intérieur du séjour... Angelo tire.

– *Aaah.*

Un cri aigu. Trop aigu. *Nom de Dieu ! J'ai touché la fille.*

Mais Verdugo a déjà roulé au sol.

Angelo tire une deuxième balle. Trop haut. Verdugo lance sa lame.

Qui fend l'air et se plante au milieu de la trachée-artère.

Angelo suffoque, lâche son pistolet, porte la main sur la lame qu'il dégage de la trachée, râle, s'affaisse sur les genoux, tête penchée en avant.

Verdugo bondit sur lui, l'attrape par les cheveux, lui redresse la tête et ricane.

– Angelo !… Je t'l'avais bien dit, t'es qu'une tapette.

Il ramasse sa lame au sol. La lui plante maintenant sous les côtes, dans le foie. Angelo pousse un cri étouffé.

– Je te sortirai les tripes par la bouche et je te traînerai à l'arrière de ma caisse…

Angelo toujours agenouillé, la tête pendante, ne répond plus.

– Tu vas crever dans deux minutes. Ça nous laisse le temps de discuter. Qu'est-ce que t'en dis ?

Verdugo lui plante le couteau dans la cuisse, en plein dans l'artère fémorale.

– Cadeau !

Angelo râle.

– Je vais te vider ! Mais avant, écoute. Tu vois, j'suis cool, j'te mets au parfum ! Tu seras plus là, mais tu connaîtras la suite. Ah ah ah… Je livrerai ta tête à Pérez, il me filera l'élevage et je m'installerai à ta place. Et je m'occuperai de ta petite protégée. Tu me suis ? Qu'est-ce que t'en penses ?

Angelo n'est plus en état. Sa respiration ressemble au sifflement d'une bouilloire. Le sang gicle de l'artère. Il n'en a plus pour longtemps. Et il le sait.

– Quoi, qu'est-ce que tu dis ? J't'entends pas…

– Elle… te tuera.

Ce sont ses dernières paroles. Et son dernier sourire.

Verdugo le fouille, trouve le portable éteint et les clés de voiture accrochées à un Plip au logo Chevrolet. Tandis qu'il réfléchit à la suite, il entend un gémissement en provenance de la cuisine, Cindy qui implore secours.

– Ah, la ramène pas, pétasse ! hurle-t-il en tournant la tête vers elle.

Revenant à ses préoccupations, il se dit qu'il faut extraire la puce du portable et la balancer. Il réfléchit : Angelo a sûrement utilisé son portable, ne serait-ce que pour informer la fille Belmonte. Si le téléphone a borné dans le secteur, les flics localiseront l'appel et feront le rapprochement avec la disparition d'Angelo. Il risque perpète si on l'accuse. Mais non, les bornages ne sont pas assez précis, c'est bien connu ! À deux-trois kilomètres près, pas suffisant pour donner une adresse. Les flics tâtonneront dans le secteur, feront peut-être du porte-à-porte à la pêche aux infos, mais personne ne saura... Il ouvre le portable, extrait la puce qu'il glisse dans sa poche, il la jettera ailleurs, et replace le téléphone dans une poche d'Angelo. La voiture ?... Elle ne doit pas être garée bien loin. Sûrement sur une placette en bout de rue... Et le corps ?... Il l'amènera devant le *Paradise*, au pied de Barboni !? Ah ah ah... Non, trop visible...

Il revient à Cindy. Morte, elle aussi. Enterrer les deux cadavres dans le jardin ?

Facile, un trou de deux mètres de profondeur, terminé avant l'aube. Une ou deux pierres dessus pour cacher la terre remuée et quelques chiendents dessus ; ni vu ni connu. Il les traînera jusqu'à la fosse, un coup de pied et les voilà réunis pour l'éternité ! Ah ah ah... Cindy et Angelo ! Lui avec Léa, dans le mas et dans la soie ! Victor et Léa, un beau couple !

Verdugo a les idées claires. Il prend une photo d'Angelo avec son portable et se met au travail. Enterre corps et objets personnels, ne conserve que le CZ75 et les clés.

Ensuite, il prend une douche, se cure les ongles noircis.

Et sort satisfait.

Il arpente les petites rues alentour, trouve facilement le pick-up Chevrolet. Se met au volant, prend la route de

Nîmes, et l'abandonne route d'Avignon, à deux pas du *Paradise*, dans un recoin.

Il est cinq heures trente, le jour se lève. Il marche une heure et rejoint la vieille ville, derrière le boulevard Gambetta. Là, il tape à la devanture du café chicha, se fait offrir un petit déjeuner aux frais du gérant à la main trouée. Et lui fourgue le CZ75 du défunt Angelo.

# 21

## *La bête noire de Léa*

Depuis deux jours, Angelo ne donne pas de signe de vie. Son portable est coupé. Le pick-up brille par son absence dans le garage.

Le matin même, Léa a inspecté le mazet, y a cherché des indices de retour imminent : un verre sur la table à côté d'une bouteille de vin à moitié pleine, la vaisselle rangée, le lit fait comme d'habitude…

Par précaution, elle a vérifié que le pistolet Makarov se trouvait à sa place, derrière la pierre amovible sous la paillasse de la cuisine. La vue de l'arme l'a tranquillisée : Angelo n'avait donc pas décidé de s'en servir à l'extérieur. Elle a conclu qu'il reviendrait d'une minute à l'autre. Bien qu'en temps normal, il ne s'absente jamais plus d'une journée.

En attendant, elle a pris le Makarov avec elle. Pour sa sécurité au cas où Verdugo et Pérez se manifesteraient. Elle a manipulé l'arme et, par souci de vérifier son fonctionnement, a dégagé le chargeur de la crosse. Deux balles manquantes.

Six cartouches sur huit. Quand Angelo a-t-il bien pu en user ? Histoire ancienne ?

Pour dédramatiser l'absence, prévenir la toujours possible malchance et « faire revenir » Angelo, elle a mis les mains dans le cambouis.

À sa place. Comme si c'était lui. Léa s'est colleté le quotidien de l'élevage, cumulant les fonctions de patronne et de paysanne. Avec des ouvriers qui n'ont pas idée de ce qui a pu arriver à leur mayoral. De ce fait, elle ne s'entraîne plus. Si elle a monté, ç'a été pour faire le tour de la propriété, veiller au grain dans cette période difficile. Et elle a redoublé d'énergie pour l'élevage.

Deux taureaux pourrissaient dans la remise. Elle a appelé l'équarrisseur, les bêtes ont été enlevées par un camion-grue à l'aide de grosses pinces métalliques, et transférées dans des containers. Elles finiront en engrais, en graisse pour peintures ou en croquettes pour animaux domestiques.

Puis elle s'est rendue chez Tomás, l'organisateur de corrida.

Qui l'a accueillie en faux-cul, à grand renfort d'effets de manche, de théâtre de boulevard.

– Ce sont des petits merdeux, ces anticorridas, des fils à papa, des bourgeois de mes deux, des soixante-huitards attardés, des tiers-mondistes en manque, s'écrie José Tomás. Ils nous pourrissent les fêtes, quand ce n'est pas un abattage pur et simple de nos bêtes. Sais-tu que ces connards sont allés chez Barió et lui ont tué une vache. Même pas foutus de faire la différence entre taureau et vachette, ces couillons !

Tomás se tient debout devant la porte-fenêtre d'un appartement transformé en bureau. De là, il a vue sur les arènes situées juste en face, à trente mètres sur la place.

Tomás, de lointaine descendance andalouse, règne en roitelet fragile et capricieux sur les festivités et les corridas dans les arènes. Il décide des « plateaux », quels toréros, quels *toros*, quels élevages, quels prix. Léa le sait bien, tout comme son père le savait. Tomás lui achetait quelques bêtes de combat. Trop peu. Soi-disant que le profil des taureaux Atanasio ne correspond plus au goût du public, ni aux jeunes toréros, que le standard d'aujourd'hui se veut plus ludique, avec moins de risques. En plus des difficultés financières croissantes du métier : désaffection du public, diminution lente, mais régulière, du nombre de billets vendus, pertes tout juste compensées par des subventions municipales de plus en plus décriées, rappel d'impôts depuis que l'Unesco a déclassé l'activité.

– Oui, oui…, s'impatiente Léa.

– Ils confondent corrida et tuerie, ces morveux. Ce sont des lopettes qui ont peur d'affronter le danger. Ils s'apitoient sur les taureaux comme sur des vaches sacrées. Tout juste s'ils ne leur font pas des câlins à ces brutes épaisses. Et ils nous font caguer avec le droit de l'animal. Le droit de l'animal ! Moi, je n'ai aucune sympathie pour les taureaux, je les crains, comme je crains la mort. Ah, je voudrais les voir, les zozos, dans un *mano a mano*. Ils hurleraient de trouille, crieraient maman. Je suis sûr qu'ils supplieraient qu'on abatte la bête ! Merde à la fin, conclut-il en frappant du poing dans sa main gauche bandée.

Il pousse un cri de douleur et contemple sa main abîmée.

– Une mauvaise chute dans mon jardin, justifie-t-il. Je suis tombé sur le râteau. Une dent m'a poinçonné la main.

– José, je ne suis pas venue pour t'entendre geindre.

– Je fais au mieux avec ton élevage, Léa. Crois-moi ! Je peux te prendre un plateau pour septembre. Mais rends-toi compte : si je fais venir des pointures comme Andy Cartagena ou Diego Ventura, avec toi, on a une belle affiche, hein ? Corrida à cheval, corrida goyesque, ça sonne, hein ? Eh bien, je perdrais de l'argent. Eh oui ! Ça me coûterait au moins trois cent mille, avec les cachets d'Andy et Diego. Pour m'en sortir, il faudrait que les taureaux ne me coûtent rien. Tu vois ? Tu me suis ? Tu es connue, respectée, admirée, mais les gens, les aficionados, veulent du… viril. Tu comprends ce que je veux dire ? T'aurais beau être Wonder Woman en personne, tu n'y changerais rien… Pourquoi tu ne te lances pas dans l'élevage de vachettes, y a un public, là…

– Pérez est venu te voir à mon sujet ?

– Non, non, pas du tout ! balbutie-t-il. Pourquoi tu me demandes ça ?

– Pour savoir !

– Ce que je te dis n'a rien à voir avec lui. C'est le business qui veut ça. Tu penses peut-être qu'il dirige la boîte, mais non, c'est moi !

– C'est ton associé !

Tomás ricane.

– T'es bien la fille de ton père ! Tu vois midi à ta porte. Ce que t'oublies, petite, c'est que le boss, c'est moi. Pérez a des parts, c'est tout.

– Il perd de l'argent en tant qu'actionnaire, il te met la pression, non ?

Tomás prend un ton docte, cette fois.

– Léa, tu montes à cheval et tu es superbe sur le *ruedo*. Mais le business, c'est mon affaire. Chacun à sa place.

– Alors, combien ?

– Combien, quoi ?
– Mes taureaux en septembre.
– Je ne peux pas plus de trois mille.
– Dix mille… Ils en valent quinze !
– T'es folle, je meurs à ce prix-là !
– Sept mille. Et tu renégocies les cachets. Pour toréer avec moi, Andy et Diego feront un effort, crois-moi ! Demande à Rafael ce qu'il en pense !
Léa se lève d'un mouvement brusque et décidé.
– Et tu m'en prends six pour la corrida de septembre !
– Ce n'est pas…
– Plus trois de réserve…
– C'est…
– Salut !
La porte du bureau a déjà claqué derrière sa sortie.
C'est une petite victoire : neuf taureaux de combat à ce prix-là, elle y perd. Mais une victoire car elle a le couteau sous la gorge : elle hérite d'un endettement que le banquier lui a « gentiment rappelé », un découvert de cent cinquante mille euros, gagé par hypothèque de premier rang sur la ferme. Elle a dû s'humilier au Crédit municipal pour mettre au clou des bijoux de famille et payer les obsèques.
Tenir ! Telle est sa doctrine : tenir bon jusqu'à ce qu'elle trouve l'équation de l'équilibre financier et la solution contre Pérez et son chien de garde. Pérez veut l'asphyxier, il agit en sous-main auprès de Tomás pour qu'il ne prenne pas ses taureaux, et cette chiffe molle d'organisateur lui emboîte le pas sous prétexte de finances mal en point.

Elle regagne sa voiture, direction la mairie, longe la zone piétonne de la vieille ville, où les aoûtiens lézardent au soleil devant un brunch en terrasse, et se gare à proximité de l'hôtel de ville. Elle a rendez-vous avec l'adjoint chargé des affaires culturelles, un proche du maire.

– Ah, chère Léa, s'écrie celui-ci, avec ce sourire mondain caractéristique des habitués des cocktails, rictus millimétré sous un regard déjà ailleurs. Quelle belle alternative tu nous as offerte. Du grand art. Quelle géométrie dans tes déplacements. Y a pas à dire, tu as le don !

– Dix heures par jour, tous les jours…

– Oui, bien sûr…

– Tu as pensé à ce que je t'ai…

– Oui, naturellement. Toutes mes condoléances, au fait. Quel choc ! Si brusque… Il était malade ?

– Oui.

– J'aimais bien ton papa, tu sais…

– Oui, je sais. Tu as pu voir pour ce que je t'ai…

– On examine ton dossier avec attention, sache-le. Ton père t'avait parlé de nos difficultés ?

– Quelles difficultés ?

– Ah ! (Il prend un air peiné.) Le problème avec les subventions, c'est qu'on ne peut pas les verser directement à un élevage. On subventionne Tomás parce que les arènes sont du ressort municipal, mais, vois-tu, l'élevage est hors de notre compétence. C'est la région et l'Europe qui pourraient t'appuyer.

– Je sais cela, ce n'est pas le point.

– J'avais recommandé à ton père la course de vaches. Ça marche bien. Là, je pourrais t'aider, vu que la course se passe dans les rues de la ville.

– Je suis toréra!

– Je sais, Léa, mais qu'est-ce qui t'empêcherait d'être toréra d'un côté et d'avoir un élevage de vaches de l'autre ?

Le touriste adore les courses sur la place Saint-André, le frisson de taquiner l'animal entre les cornes et tout ça...

– J'ai une centaine d'Atanasio, la bagatelle d'un million d'euros !

– J'avais dit à ton papa de voir avec l'Espagne. Les *toros de lidia* ont la cote là-bas. Les Espagnols sont moins frileux que nous, ils aiment la vraie corrida, le vrai contact, l'empoignade du chasseur et du fauve, le défi lancé à la mort, les noces de sang...

– Oui, oui...

– En ce moment en France, dans le contexte écolo, droits de l'homme et tout le saint-frusquin, le taureau de combat n'est pas à l'honneur...

Rendez-vous stérile... Une autre chiffe molle...

Rétrospectivement, Léa éprouve une profonde reconnaissance pour son père : de son vivant, il lui a épargné les soucis de gestion. Mais elle hérite de ses dettes, de ses arriérés, et des menaces. Elle n'est pas femme à se mettre la tête dans le sable, elle tire force et fierté d'affronter le danger, elle ne se défile pas. Elle est entrée dans l'arène de ce combat-là. Elle portera le fer, si besoin est. Sans hésiter. Mais comment éliminer l'ennemi ? En tant que toréra à cheval, elle travaille tous les jours à ses déplacements et ses gestes pour abattre la brute. Mais là ? Équilibrer dépenses et recettes, remuer ciel et terre pour combler le déficit, cela reste dans ses cordes et les moyens à employer à sa portée. Mais face aux sales combines des truands qui s'emploient à l'éliminer, quelles méthodes adopter ?

Et elle est seule.

Au troisième jour d'absence, elle se rend à l'évidence de son inquiétude et à ses conséquences. Il faut rechercher Angelo. Il faut déclarer sa disparition à la police. Elle ne s'y résout pas facilement. Cela reviendrait à l'admettre, à accepter la poisse. Et puis reprendre contact avec la police, c'est renouer avec l'horreur, avec la tragédie familiale.

Elle introduit *gendarmerie* dans son portable. Les gendarmes ont cette proximité avec la campagne, ils comprennent mieux l'élevage, ils partageront mieux son inquiétude.

Tout d'abord renvoyée d'une brigade à l'autre selon la découpe des compétences territoriales, elle aboutit finalement à la gendarmerie d'Aigues-Mortes.

Laquelle recueille sa déposition.

Face à l'officier derrière son ordinateur, elle croit utile de mentionner non seulement la disparition, mais aussi les taureaux abattus, envisageant un rapprochement entre les deux événements. Cependant, le gendarme ne considère pas la corrélation suffisamment robuste pour associer les deux faits, et traite une disparition d'un côté, une action des anticorridas radicaux de l'autre. « On est habitués, soutient-il. Chaque année, on a *Halte aux corridas*, ou *Torture*, ou *Massacre* ».

Moyennant quoi, Léa ne les informe pas de ses préoccupations profondes, bien qu'au fond d'elle-même elle craigne que Pérez et son homme de main n'aient attenté à la vie d'Angelo et ne la menacent directement. En dénonçant Pérez, elle obtiendrait au mieux une protection rapprochée. Jour et nuit ? Bien sûr que non. Et elle devrait en dire plus sur la mort de son père.

Bien que prudente et laconique lors de la prise de déposition, la section de recherche de la gendarmerie d'Aigues-Mortes se met rapidement sur la piste d'Angelo. Elle inspecte le mazet sans y découvrir d'indice sur la disparition. Un appel à témoins est lancé, il ne donne rien.

Mais le pick-up est retrouvé sur la route d'Avignon et, l'absence d'empreintes sur le volant et la poignée de porte conducteur leur paraissant suspecte, ils reviennent au mas pour un complément d'information auprès de Léa.

– Madame Belmonte, quels lieux fréquentait votre contremaître ? demande le gradé.

– Aucun, à part l'élevage et les arènes.

– Pendant ses vacances ?

– Il restait toujours ici. Avec moi.

– Il n'allait jamais en Espagne ?

– Non, seul mon père y allait.

– À quand remonte votre dernière conversation téléphonique avec votre contremaître ?

– Un an peut-être.

– Un an ?!

– Il était toujours dans la ferme, on n'utilise pas le téléphone.

Ils la sondent sur une possible explication de la découverte du pick-up abandonné près d'un lieu de réjouissance. Elle rejette toute idée d'un commerce avec les prostituées ou d'une dépendance à la drogue. Et par ailleurs aucun fournisseur de la CasaB, ni employé ne réside dans cette partie de la ville…

Cependant, l'analyse des bornages du portable d'Angelo apporte un élément : après que l'opérateur a eu fourni les « fadettes », il est constaté que le dernier appel a eu lieu du mas, le jour de la disparition, et qu'il concernait l'abattoir.

– Je vous l'ai dit, soutient Léa, il y a un lien entre la disparition et les taureaux tués !

Les gendarmes exploitent alors la piste négligée et interrogent l'usine d'équarrissage :

– Les têtes des taureaux que vous avez récupérées ontelles été perforées par une balle ?

– On n'a pas trouvé de plomb dans les os. Le trou, c'était plutôt un cratère.

Les gendarmes s'étonnent : aucun anti-corrida ne se risquerait à jouer au matador dans un élevage !

Dans le même temps, la section de recherche de la gendarmerie pose une nouvelle hypothèse concernant la disparition d'Angelo : un lien avec le hold-up du casino. La chronologie des événements plaide en ce sens :

1. Hold-up du casino.
2. Cadavre de Martinez retrouvé sur la départementale.
3. Décès de Belmonte.
4. Disparition du contremaître une semaine après.

À la gendarmerie, on ne croit pas aux coïncidences : les événements ont une cause commune, des auteurs communs. Ils demandent à Léa l'autorisation d'inspecter le logement d'Angelo. Elle accepte.

Une nouvelle fouille est déclenchée.

Approfondie, centrée sur une hypothèse criminelle.

Ils tournent en rond jusqu'au moment où un sachet en cellophane contenant une paire de bas ne les intrigue.

– Il n'y a aucune indication de présence féminine, rouge à lèvres, bague ou bracelet, ni même une boîte de préservatifs. Alors pourquoi ce bas de soie ?

Aussi questionnent-ils de nouveau Léa :

– Nous avons de bonnes raisons de penser que votre contremaître pourrait être impliqué dans le hold-up du casino d'Allègre.

– Im... possible ! tranche Léa.

Pendant ce temps, un agent rôde autour des voitures dans le hangar, s'arrête devant la Clio et se penche sur les pneus arrière. Ce même agent avait eu la bonne idée de mouler les empreintes de pneus dans les ornières à côté du cadavre d'Iván Martinez. Les rainures concordent. Zélé, il informe son supérieur de sa découverte. Bien que l'officier calme l'enthousiasme de l'agent : « Il faut que le laboratoire confirme, avec une mesure d'usure des stries, beaucoup de véhicules portent ce type de pneus », il intègre l'information dans son interrogatoire.

– Madame Belmonte, cette Clio vous appartient-elle ? relance le commandant.

– Elle était à mon père.

– Pourrions-nous voir le téléphone portable de votre père ?

– Mon père est décédé.

– Nous le savons. Toutes nos condoléances, madame. Mais...

Elle se dirige vers la commode en bois, ouvre le tiroir du haut.

– Le voici.

Le commandant le prend avec des gants et l'ouvre. La puce ne s'y trouve plus.

– Je l'ignorais, avoue Léa. Mais je peux vous donner son numéro.

– Avec votre permission, je vais emporter le portable pour analyse.

– Hors de question, c'est un souvenir ! Vous avez le numéro ça vous suffit pour reconstituer les appels.

– Oui, en effet. Une dernière question : auriez-vous connaissance de quelqu'un qui aurait pu en vouloir à votre père ?

Léa fixe le commandant laissant croire qu'elle y réfléchit.

– Dans son entourage… ? insiste le commandant.

Léa évalue l'intérêt de mentionner les noms de Pérez et de Verdugo. Le pour : ils seraient peut-être interrogés, oui. Le contre : ils seraient sûrement relâchés faute de preuves, et ils fondraient sur elle.

– Madame ?

Léa préfère évaluer la situation selon ses propres critères. Dans une corrida, se dit-elle, le toréro ne se dérobe pas face à la charge. S'il est renversé, il s'allonge face au sol, fait le mort, et attend que les péons distraient le taureau. Elle-même en avait vécu l'expérience alors qu'elle était encore *novillera* : la corne du taureau avait accroché la patte de son cheval. Désarçonnée, elle avait roulé à terre et le monstre s'était rué sur elle, tentant de l'empaler. Elle avait alors adopté la posture de sécurité, corps plaqué au sol, bras repliés sur la nuque…

– Non, je ne… ne vois pas, répond-elle d'une voix suspendue à ses pensées. Désolée.

– Si vous avez la moindre indication, même un détail, n'hésitez pas. Voici ma carte. Appelez-moi, sans hésiter !

– Merci, commandant.

Léa a décidé. Elle réglera ses problèmes elle-même.

# 22

## *Tuer*

*Disparition inexpliquée à Saint-Laurent-d'Aigouze : Angelo Arza, contremaître de l'élevage CasaB…*

Quand le fil de notifications l'a informé, Lucas n'a plus tergiversé. À l'instant même où il a lu la nouvelle, il a compris qu'un boulevard s'est ouvert devant lui. Plus personne en travers de son chemin. Léa et lui sont seuls. Rien qu'eux deux.

Le jour même, il est vingt-deux heures, l'*Intermarché* ferme, il grimpe sur sa moto, consacre cinq minutes à tourner la poignée des gaz par à-coups, mesurant l'instant. Il roule encore au pas sur le parking, tout à sa projection dans le mas, à ce qu'il dira à Léa, au comportement adéquat face à elle.

Remonte l'avenue et débouche sur la place des Arènes, en fait le tour, une fois, deux fois, se remémorant Léa lors de la corrida. Qu'elle était magnifique ! Fière, conquérante !

Avec son image en tête, son expression sublime et hantée, il traverse la ville, passe les anciens remparts et roule vers la Camargue, goûtant le souffle de la vitesse sur son visage, l'oxygène nouveau qu'il lui apporte. Un beau couchant caresse les prés et les vignobles. Il roule, visage au vent, avec la sensation intemporelle d'épouser la liberté, d'en accepter la caresse et la promesse.

Une fois devant la propriété, il hésite à franchir la grille, saisi par ce qu'il y découvre. Le mas figé, aucune porte ou fenêtre ouverte, aucun signe extérieur de deuil, aucune tenture noire, aucune couronne. Aucune vie, aucune lumière. La désolation.

Il s'approche de la bâtisse, frappe le heurtoir à plusieurs reprises.

Finalement, il entend un pas traînant.

La porte s'ouvre. Une employée de maison, à la mine sombre, se détache dans l'embrasure.

– Oui ?

– Pourrais-je voir Léa ?

– Il est tard et elle est fatiguée.

– Dites-lui que c'est un ami.

– Monsieur, je viens de vous...

Une ombre surgit derrière elle.

– Laisse, Maria. Ça ira. Tu peux y aller, maintenant !

– Tu es sûre ?

– Ça va...

Léa, les yeux gonflés, bizarrement brillants, la chevelure éparse, dévisage Lucas tel un fantôme familier, sans manifester ni étonnement ni agacement. Lucas fait un pas vers elle, la prend d'autorité dans ses bras. Elle s'oppose tout d'abord, résiste, puis éclate en pleurs sur son épaule.

Ils demeurent un long moment sur le pas de la porte, tandis que Maria quitte les lieux.

Enfin, Léa se détache de lui, le regarde droit, lui sourit, le prend par la main, l'emmène à l'intérieur, dans la cuisine.

– C'est bien que tu sois venu !

Sans un mot de plus, elle saisit un verre dans le placard mural, le tend à Lucas, lui sert un bourbon de la bouteille aux trois quarts vide posée sur la paillasse. Elle se sert aussi. Visiblement, elle n'en est pas à son premier verre. Ses traits semblent floutés, sa vue voilée, mais son regard omniprésent, électrisé, intenable. Elle cogne son verre contre le sien, d'un geste trivial.

– Santé ! lance-t-elle avec un sourire tordu.

Avalant l'alcool d'une traite, elle accuse une mine dégoûtée.

Il l'imite, siffle son verre.

Elle lui en sert un autre ; à elle aussi.

Puis elle le fixe. Longuement, avec insistance avant de parler :

– Je sais qui est l'assassin de Léo, assène-t-elle.

Il ne répond pas, il encaisse, avale sa salive, sous l'effet de ce qu'elle vient de dire. Elle vient de lui donner raison, de le rejoindre, de valider toutes les années passées à crier vengeance. Et à l'aimer. S'il ne dit mot, sa tension grimpe en flèche, et son cœur frôle la commotion.

Avec son regard fixe, intense, brillant, lubrique, elle s'approche, lui ôte son verre des mains, le pose sur la paillasse. Puis elle se cale contre le bord du plan de travail en céramique, les yeux toujours braqués sur lui, l'air provocant.

Dans ses rêves les plus fous, il n'a jamais trouvé tant de passion : il n'y tient plus, se jette sur elle, l'embrasse, lui empoigne les cheveux, lui lèche le cou, enfonce sa langue dans sa bouche. Elle plaque son bassin contre le sien, ondule des hanches, se frotte contre son jean. Au comble de l'excitation, il grogne.

Mais elle le repousse brutalement. Le toise. Hautaine, indomptable, elle le défie, le sonde, le jauge. Puis se décide : elle ôte sa robe noire, la fait glisser par le dessus des épaules, apparaît en sous-vêtements de dentelle noire, s'offre à lui en spectacle. Constate son effet. Il ne respire plus, les sens affolés, mais aussi la crainte qu'elle ne se joue de lui. Mais non, elle dégrafe le soutien-gorge, ôte sa culotte, se colle à lui, déboutonne sa chemisette, caresse son torse, plaque ses seins contre ses pectoraux, défait la ceinture, glisse la main dans le slip et fait jaillir le sexe déjà brandi.

Elle le contemple, sourit en coin, recule et s'assied à moitié sur le rebord de la paillasse, cuisses écartées.

Elle pousse un petit cri quand il la pénètre. Un cri presque surpris. Tout en lui mordant l'épaule, elle l'attire, l'encourage, lui intime l'ordre de pousser, de pousser encore, de la prendre sans ménagement. Elle s'accroche à lui, jambes serrées sur ses hanches, se cognant de plus en plus fort contre lui. Quand il jouit, elle plante ses ongles dans la chair de son dos en convulsion.

Ils demeurent fusionnés un instant, imprégnés du même musc de bête. Puis, elle se détache, le prend par la main et l'entraîne dans le couloir. Jusqu'à sa chambre.

Elle se met à quatre pattes sur son lit, et tend sa croupe offerte. Il la pénètre à nouveau.

– Fort, lui ordonne-t-elle d'une voix grave enveloppée d'alcool.

Il la martèle. Elle tremble sous les coups de boutoir, pousse des râles saccadés, puis soudain hurle avant de s'effondrer sur le matelas.

Lucas lui caresse le dos, le creux des reins, l'embrasse dans le cou. Il aimerait lui dire ses mots doux, entendre les siens. Elle roule sur elle-même et se montre de face, le regarde étrangement, lui semble amoureuse.

– Oh Léa…

Il lui lèche les seins, suce leur pointe, caresse ses joues, tendrement.

Mais elle le renverse, glisse vers le sexe qu'elle affole de nouveau de sa bouche puis une fois dressé, monte à califourchon sur lui. Insatiable, elle prend appui sur ses pectoraux pour entamer une danse frénétique du bassin. Ses cheveux fouettent ses joues, ses deux bras tendus en avant écrasent ses épaules, la sueur qui perle entre ses seins s'écoule sur lui, son sexe embrase un feu que ses lèvres trempées ne calment pas. Elle s'empale, cogne son vagin, à grands coups, possédée, emportée par une force démoniaque. Dix fois, vingt fois, elle aspire son désir. Lui faire rendre gorge, jusqu'à ce qu'il lui cède complètement.

Lucas est fou. Son sexe, un brandon incandescent, son corps en résonnance, déglingué sous le coup de la tourmente, au bord de l'épilepsie. Jusqu'à la seconde où une décharge brûlante jaillit des tréfonds et gicle dans les entrailles de Léa. Il hurle. Elle s'effondre sur lui…

Affalée un moment, elle récupère son souffle.

Quand brusquement elle se lève et disparaît de la chambre.

Une minute plus tard, elle revient, avec les vêtements de Lucas qu'elle pose sur le bord du lit, avant de disparaître de nouveau.

Il comprend qu'elle le chasse, s'habille. Il entend le jet de la douche. Puis plus rien.

Elle revient dans la chambre, enveloppée d'un peignoir noir, l'air possédé, intraitable, les yeux fixes, striés d'éclairs, le port altier.

– Tue-le ! ordonne-t-elle en lui remettant le pistolet de son père.

# 23

## *Descente*

Au volant de sa Citroën, Samia n'a nulle hésitation sur le trajet à suivre. Elle irait les yeux bandés : lors de sa première sortie avec Lucas, bien qu'elle soit restée collée à lui sur sa moto, tout émoustillée, sans jugement autre que son désir, elle a relevé le nom du camping : *Azar*, sur la route de Sauve. Tout un programme !

Se remémorant ce soir-là, elle se dit qu'elle serait peut-être mieux inspirée de faire demi-tour. Que gagnera-t-elle à le surprendre dans ses secrets, sinon des ennuis ? Pourquoi l'associer pleinement au marigot des truands, des escrocs, des menteurs ? Pourquoi le confondre de soupçons, de mauvais pressentiments, risquer de perdre son amant ? Pourquoi ne pas s'illusionner, miser sur son innocence ? Mieux vaut faire l'autruche, prendre ce qu'il y a à prendre sans se poser de questions. Après tout, *qu'importe le vin pourvu qu'on ait l'ivresse !*

Il est vingt et une heures trente. La lumière du jour refuse de céder à la pénombre, décline lentement, dessine des ombres orangées sur les feuillages en bord de route. Samia aspire l'air du soir par la fenêtre ouverte de la portière. De brèves bouffées d'air frais procurées par la respiration des arbres viennent alléger la canicule, tels des atomes vierges, des volutes de légèreté. Elle s'imprègne de ces bulles d'oxygène, de cette sensation d'innocuité, bribes d'espoir qui refusent de céder aux anticipations négatives. Elle aime cette région, malgré sa violence ; elle aime ses teintes orange et jaunes, le soleil et la vigne, le littoral et les terres. Tout cela lui rappelle le Maroc où, enfant, elle allait en vacances, avec son grand-père dans sa famille de Melilla.

Mais si jamais elle découvrait qui il est vraiment ? Si elle se retrouvait directement confrontée à la face cachée, à l'alien derrière la gueule d'ange ? Si elle dénichait des éléments à charge, des preuves irréfutables comme quoi le beau Lucas n'est qu'un tordu, un retors, un meurtrier, que ferait-elle ?

Le démasquer, le dénoncer, l'inculper ?

Le sortir de l'ornière, l'extraire de la pourriture, le sauver ? Voire le blanchir ?...

De son appréciation de Lucas et de ses interprétations erratiques d'enquêtrice, Samia conclut que son amant est en instance de meurtre.

Grâce au SRPJ, lui-même renseigné par la gendarmerie depuis que le procureur a transféré l'affaire à la police, elle a connaissance des dernières avancées de l'enquête sur le hold-up du casino d'Allègre. Tant le SRPJ que la gendarmerie identifient trois auteurs : Iván Martinez, Robert Belmonte, Angelo Arza ; la disparition d'Arza signant sa responsabilité dans le meurtre de Martinez, en vengeance de son patron Belmonte.

Au vu de ces informations, le troisième homme du vol à main armée ne saurait donc être Lucas.

Malgré cela, Samia échoue à l'exonérer de toute implication dans le monde du crime. Pour la bonne raison qu'elle détient des informations que le SRPJ n'intègre pas : les données de son téléphone portable, ses liens avec Moraira *alias* Verdugo.

Elle franchit la clôture du camping-car. De nombreuses caravanes et tentes s'étalent de part et d'autre du chemin de terre central, chacune dans un lopin d'environ cent mètres carrés. Au bout du camping, elle trouve le van calé contre la haie. La moto à côté.

Elle repense à ce qui s'est passé dans le Combi VW. L'espace de quelques secondes, la brigadière s'absente, et avec elle les soupçons, il n'y a plus que le désir d'une femme.

Elle frappe à la portière latérale sans trop y croire. Tente d'ouvrir. Scrute l'intérieur à travers le pare-brise : masqué par un rideau derrière les sièges.

Elle fait le tour complet du Combi : tout fermé, hayon rabattu.

Pourtant, la moto est là, Lucas n'est donc pas loin.

Elle regarde alentour. Si le camping est plein, les occupants brillent par leur absence, sans doute encore en balade ou en ville. Seul, à proximité du van, un couple du genre pépère, en chemisette, short et espadrilles, dîne à une table pliante. Elle les questionne. À leur regard troublé, elle réalise qu'elle est toujours en tenue de service : pantalon, ceinturon et arme.

– Oui, répond la dame intimidée, il est parti par là, y a une demi-heure environ.

– Par là ? répète Samia en tendant le bras.

– Oui, par le sentier, vous le voyez là ? entre les taillis…

Elle suit la sente qui serpente dans la garrigue parsemée d'aneth, de marguerites et d'arbousiers. Après une centaine de mètres, elle trouve un petit pont de pierre qui enjambe un ruisselet au débit insignifiant. Au-delà s'étendent des prés sauvages hérissés d'affleurements calcaires blanchâtres.

Soudain, elle entend un claquement sec, suivi d'un effet de souffle sonore. Encore lointain, mais caractérisé : un coup de feu. Un bruit moins long, plus expressif que celui d'un fusil : une arme de poing, un 9 mm à coup sûr.

Immédiatement, la policière prend le dessus, se met à l'abri derrière les broussailles qui jonchent le talus en bord de chemin, tente de localiser l'origine de la déflagration, scrutant une ligne d'arbres qui limite le pré à une centaine de mètres.

Elle traverse le pré tête basse, sait-on jamais ? Pensant au gibier qui court à découvert et se fait plomber.

Un autre coup de feu, suivi d'un troisième plus rapproché.

*Pan.*

Elle tressaute, mais atteint saine et sauve le bornage naturel du pré, puis se faufile entre les taillis, remonte la ligne de hêtres un à un. À l'abri derrière un tronc, elle aperçoit une silhouette de profil, découpée par le couchant à contre-jour, bras tendu, l'autre en support, à environ quinze mètres d'une cible composée d'une feuille blanche accrochée au fût.

*Bang, bang*, la feuille se troue et un fragment de l'écorce du pin vole en éclats. Tir net, contrôlé, professionnel. La silhouette s'approche de sa cible.

Elle reconnaît Lucas nettement.

Elle ne se manifeste pas immédiatement, encore incrédule face à ce qu'incarne Lucas à cet instant, son amant mué en détenteur d'arme, en menace potentielle. Pourquoi a-t-il une arme ? Les vigiles ne sont pas formés pour l'intervention, ils sont équipés de pistolets d'alarme, répliques exactes des vrais modèles, mais des artefacts avec balles à blanc. La différence n'est pas négligeable : c'est la prédisposition à tuer…

Pour autant, elle récuse encore l'idée que l'homme serré dans ses bras puisse représenter un danger. En tout cas, pour elle.

Elle se détache de la ligne d'arbres qui la fondait dans le décor. Traverse le pré, le regard droit sur lui, la main proche de son SIG Sauer. Au cas où.

Personne d'autre qu'eux deux. Elle a l'impression d'entrer dans un film de série B, dans la scène du duel au milieu d'un champ sinistre, avec le couchant dans les yeux. Ne manquent plus que les vautours…

Elle ôte la sûreté de son pistolet.

*Tu disjonctes, Samia.*

Lucas l'entend, pivote la tête vers elle, dissimule aussitôt son arme derrière le dos, le glisse subrepticement dans la ceinture.

Il la regarde venir, sans manifester d'émotion apparente de surprise ou de mécontentement.

Elle approche, adoptant l'expression la plus lisse possible.

– C'est un 9 mm, n'est-ce pas ?

– MAC 50.

– C'est ton arme ?

– Oui.

– Tu n'as pas de permis !

– Arrête-moi, alors ! lui répond-il d'une voix méprisante.

De ces simples mots, elle comprend que le feu couve. Elle perçoit le danger : il y a désormais moins d'une chance sur deux que Lucas soit innocent. S'il n'est pas encore passé à l'acte, il va le faire. Elle avale sa salive.

*Ne cède pas à l'émotion.*

Elle espère encore changer le cours des événements, l'empêcher d'agir. Dans un petit réduit de son cœur, elle crie qu'elle veut le sauver :

– Ta relique, c'est de la gnognotte, lance-t-elle. À dix mètres, je suis certaine de t'en remontrer avec mon SIG Sauer. J'étais la meilleure à l'école de police. Et toi, si je ne m'abuse, tu pratiques en amateur.

– Tu me défies ?

– Carrément, comme tu dis ! D'ailleurs, je t'ai toujours défié. À tout niveau !

Il ricane.

Elle dégaine son arme à toute vitesse.

Il sourit à moitié. Elle pas du tout. Pas un trait de son visage ne vibre.

– *Bang*, *bang*, tonne-t-elle. T'es mort !

– *Pfft*... Pas drôle !

– Je n'aime pas les armes, encore moins les mecs qui s'en servent. Je suis sans pitié avec eux. T'as déjà tué, Lucas ?

– Bien sûr que non !

– Donne-moi ton arme !

– À quoi tu joues ? ricane-t-il.

– Tu la poses doucement à tes pieds et tu recules de deux pas !

Il ricane encore. Elle toujours pas.

– Je suis la brigadière-cheffe Ortiz, pose ton arme, c'est un ordre !

– C'est quoi ce délire ?

– Pose ton arme, Chiarini ! Et recule de deux pas !

– Ne m'appelle pas *Chiarini*, gronde-t-il avant d'avancer sur elle.

Elle agrippe Lucas par le bras, le fait pivoter.

– Pas si vite, mon lascar. Ton arme !

– Pas question !

Elle lui fait une béquille, il tombe. Elle se jette sur lui au sol, lui impose une clé, les genoux sur ses bras.

– Tu es en état d'arrestation !

– Arrête ! Ton petit jeu ne m'amuse pas.

– Verdugo est un tueur, Lucas, ce n'est pas un simple vigile qui le dégommera.

– Je ne suis pas un simple vigile !

– C'est un aveu ?

– Tu m'ennuies, peste-t-il en se dégageant d'un coup par une poussée sur le côté qui fait rouler Samia.

– Bien joué, admet-elle.

– Self-défense.

Ils se retrouvent assis par terre, face-à-face. Elle range son pistolet dans son étui.

– Promets-moi que tu ne feras rien !

– Ça ne te concerne pas, Samia.

– Tu connais le dicton : *si tu cherches à te venger creuse deux tombes*. Je n'ai pas envie de pleurer sur ton cadavre.

– C'est une déclaration ? souffle-t-il d'une petite voix mi-ironique mi-tremblante.

– Verdugo, pourquoi ?

Il ne répond pas, se contente de la regarder.

– Qu'est-ce que tu lui veux ?

– Si on te le demande tu diras que tu ne sais pas !

– Je te croyais plus malin, relance-t-elle.

– Pourquoi ?

– Au lieu de jouer au desperado, fais-toi flic !

Il lui sourit jaune.

– Flic ?

– Tu pourras le coincer et tu resteras vivant !

– Tu parles !

Ce n'était pas prévu dans son plan : elle a peur pour lui.

Peur de la violence qui l'entoure, le mène à sa guise et lui pourrit la vie.

Peur de l'irréparable. Il tombera dans l'abîme d'où on ne revient pas. Elle est bien placée pour le savoir : le meurtre fragmente un individu, le dénature à jamais. C'en sera fini de lui, il sera perdu. Plus de sourire ni d'espoir. Après un meurtre, on ne recolle pas les morceaux, on devient quelqu'un d'autre, un monstre…

– Lucas, s'il te plaît… (Elle effleure sa bouche du bout du doigt.) Promets-le-moi !

– Qu'est-ce que tu voudrais que je te promette ? balbutie-t-il. Fiche-moi la paix !

– Promets-le-moi !

Elle perçoit son regard troublé, humide, rougi au coin de l'œil.

– Laisse-moi, souffle-t-il, plus mollement à présent.

– Promets !

– Oui…

– Oui, quoi ?

– Je te le promets.

Elle l'embrasse.

– Maintenant, dit-elle en souriant. Je veux tout savoir.

Les jeux sont faits. Elle est fichue. Le comprend. Elle n’échappera pas à ses sentiments. Quelle que soit l’énigme Lucas, quoi qu’il ait pu faire ou fasse, elle le préservera. Elle a pris sa décision, et se sent en accord avec elle-même. Elle refuse de le perdre.

# 24

## *Appâter*

Ce soir, *Paradise* rime avec enfer pour Verdugo. Lui qui pensait se prévaloir de son succès auprès de Barboni doit en rabattre. Le voilà quasi à genoux devant le *patron*. Lequel n'est pas satisfait, mais alors pas du tout, de ses soi-disant bons offices.

– Tu m'envoies le blaze d'un macchabée avec un *smiley* depuis ton portable ! T'as mis les flics en copie ?

– Mais…

– Avec ta pourriture de portable chinois, même pas un BlackBerry, même pas un Nokia 2G, vas-y que j'te balance le macchab sur le réseau ! Pourquoi pas une pub à la télé pendant que tu y es ! T'as entendu parler des réseaux cryptés, d'EncroChat par exemple ? C'est pas pour les chiens, gros couillon !

– J'ai une puce prépayée, sous un faux nom, on ne peut pas me tracer.

– Mon cul, oui ! Les poulets surveillent tous les réseaux. Balance-le !

– OK. Pas la peine d'en faire un fromage !

– Et en plus, j'apprends que tu t'es barré avec une de mes *gagneuses*. Où est Cindy ?

– Chez moi.

– Et qu'est-ce qu'elle fait chez toi ?

– Ah ça va, tu vas pas me couler une pendule ! C'est moi qui te l'ai ramenée de Bosnie. C'est moi qui suis allé à Brcko, qui me suis tapé le *Market*, c'est moi qui ai remporté le morceau.

– Dis-moi si je me trompe ou si j'ai la mémoire en passoire : qui a banqué pour elle, toi ou moi ?

– Pourquoi elle t'a coûté que deux mille, hein ? Une bombasse comme elle ? Parce que je l'ai négociée !

– Joue pas les gros bras avec moi, Verdugo ; t'es une queue question blé !

– Fais pas ton numéro ! Je te la remettrai dans le circuit.

– T'as dit à Amin : on fait un tour et on revient. Ça fait cinq jours. Deux mille par jour, dix mille ! Tu envoies la monnaie ou je te la fais cracher ?

– Vu que pour l'allongé, tu me dois dix mille, on est quitte !

– Rien à cirer de ton refroidi. C'est qui d'abord ?

– Tu devrais être content : le casse du casino, c'est lui. Tu m'as dit de mettre de l'ordre dans la place, que t'aimes pas qu'on vienne piétiner tes plates-bandes.

– Tu l'as dézingué sans me mettre au jus ! Je t'ai demandé qui est cette crevure, d'où il sort.

– C'est un ancien de Marseille.

Barboni bondit de son fauteuil, l'air fou, les cheveux dressés.

– Quoi ? Et c'est maintenant que tu me le dis ! Putain de merde, flingue-les-moi, flingue-les-moi tous, ces putains de Marseillais ! C'est chez moi ici. T'entends ? Personne ne viendra me monter dessus ! Ni toi ni personne ! Il est où le macchabée ?

– Enterré. Chez une nourrice. Ah ah ah.

– Quelle nourrice ?

– La campagne.

– T'as intérêt à être sûr de toi.

– Tranquille, personne ne le trouvera.

– *Les* trouvera.

– Qui ça, *les* ?

– Tu vas me débarrasser de Pérez et de sa clique. Tu me suis ? Et quand ce sera fini, je passerai peut-être sur ton ardoise pour Cindy.

– Tu vires au radin en vieillissant, tu les lâches avec des élastiques. Je veux cinquante mille pour le job.

– Ah ah ah. Vas-y, joue au mariole ! Trente mille et pas un sou de plus. C'est bien payé pour une vieille carne.

– T'oublies que t'as besoin de moi. Quarante !

Barboni s'approche de Verdugo, à un mètre.

– Remercie la main qui te nourrit, fils de pute ! lui ordonne-t-il en tendant sa main gauche et son annulaire avec une chevalière.

Verdugo se raidit sous le regard inflexible.

– Baise l'anneau !

– Va te…

– Baise-le !

Verdugo s'incline, se fend en deux.

– Voilà, chacun à sa place, conclut Barboni conforté. Maintenant, écoute-moi bien : de Pérez et consorts, tu m'en fais de la bouffe pour animaux de compagnie ! Pigé ?

– Ouais.

– Discrètement, en douceur, sans vague ! J'ai un business. Pas envie que la flicaille vienne renifler. Ils me foutent la paix, j'arrose et tout le monde y gagne. Pas de traces, qu'on ne retrouve personne. Sinon, c'est moi-même qui te planterai ton poinçon dans le fion, jusqu'à la garde ! Tu me suis ?

– Ouais, ouais...

– Alors, exécution !

Verdugo, excédé, tourne les talons en marmonnant pis que pendre sur Barboni. Descend les escaliers en furie, boule de lave noire dévalant la colline.

En bas, il braque pouce et index sur le cerbère et crie :

– T'es qu'un fils de pute, Amin, tu m'as balancé pour Cindy.

– Eh, t'es pas le boss ici, mon pote !

Dépité, il se rabat sur le comptoir du bar.

– Envoie une téquila, une double, aboie-t-il au barman tatoué.

La rage écume sur sa gueule de bête sauvage...

Déjà, dans l'après-midi, il s'était fait sermonner par Pérez à qui il avait montré la photo du cadavre d'Angelo.

– La voie est libre, s'était-il vanté. Le mas est à toi, et à moi, eh ! T'as plus que l'héritière à border !

Contre toute attente, après un instant d'effacement devant la nouvelle, Pérez avait explosé de colère, joues bouffies, cramoisies.

– Je t'ai jamais dit d'abattre Angelo !

– Faudrait savoir, on prend le mas ou non ?

– Angelo n'a jamais balancé personne. Il était réglo...

– Y a pas de place pour deux. C'était lui ou moi !

Pérez avait alors tapé du poing sur la desserte. Les verres et bouteilles s'en étaient entrechoqués. Du dessous du meuble, il avait extrait une arme dissimulée, l'avait braqué sur lui. Verdugo n'avait pas cillé, même avec le canon sur le front, bout touchant. Pas un mot, pas un battement de cils, pas un doigt agité : il s'était contenté de le fixer d'un œil inerte, à tel point que Pérez avait battu en retraite.

– Touche pas à la fille Belmonte, ou je te pends au crochet du boucher ! avait menacé Pérez avant de s'effondrer dans son fauteuil, livide cette fois.

À présent accoudé au comptoir, Verdugo se voit prêt à tout casser dans le *Paradise*, à tout bousiller chez Pérez. En attendant son heure, il ronge son frein et commande une autre téquila.

– Une vraie, pas ta bibine pour touristes ! précise-t-il.

– Double ?

– Ouais, double !

– Les balles ont sifflé là-haut ? risque le barman tatoué.

– Tel que tu me vois, elles m'ont effleuré une couille, pas l'autre.

– Ah ah ah… En parlant de ça, y a le micheton de l'autre fois qui veut te parler, murmure-t-il en désignant l'angle où est assis Lucas. Une affaire à ce qu'il dit.

– Ouais. Qu'est-ce qu'il t'a dit de plus ?

– Juste dit son nom : Kiarini, un truc comme ça.

Verdugo avale son verre, fonce vers Lucas, se plante en face de lui, lui lance un coup de menton.

– Alors, merdeux, t'accouches ? Qu'est-ce que tu me veux ?

Lucas lui fait signe de se pencher vers lui. Pour réponse, Verdugo l'attrape par le collet, le force à se lever.

– J't'ai posé une question !

– Pérez, souffle Lucas. Je veux qu'il dégage.

Ils sont face à face. Deux mufles turgescents.

– Pourquoi tu veux qu'il dégage ?

– Si on t'le demande, tu diras qu'tu sais pas !

Le visage de Verdugo se tord. Son œil de feu vibre. Le poing serré sur la chemise de Lucas, il l'entraîne dehors.

Lucas se laisse faire quand il le plaque contre la façade et le palpe.

– T'as un micro ? braille Verdugo.

– Tu perds ton temps : j'en suis pas !

Verdugo le frappe au ventre. Un uppercut. Lucas se fend en deux.

Puis il le saisit par les cheveux, le redresse, lui colle son haleine sous le nez.

– Qui t'envoie ?

– Personne.

– Tu te fous de ma gueule ! Tu travailles pour qui ? (Il lui expédie un autre uppercut dans le ventre.) Crache ou je te défonce !

– Tu me connais, balbutie Lucas, souffle entrecoupé.

– J'te connais ? D'où ?

– Bassens.

– Bassens !?

– Je dealais dans la ZUP.

– Pour qui ?

– Belmonte.

– Quel rapport avec Pérez ?

– Perez fournissait la came colombienne à Belmonte.

– Et ?

– Belmonte m'a envoyé chez Pérez comme otage volontaire en garantie de paiement. Si Belmonte ne payait pas, j'y passais. Y a eu une merde. Belmonte n'a pas payé tout de suite. Pérez m'a *descendu à la cave.*

– Qu'est-ce qu'il t'a fait ?

– À ton avis ? Je me suis fait tabasser. Et j'te passe le meilleur !

– Avec moi, t'en serais pas revenu ! Et après ?

– Belmonte a fini par payer, mais Pérez m'a balancé aux flics. Pour marquer le coup soi-disant. J'ai pris deux ans ferme.

– Où ?

– Quartier des mineurs, ici, à la prison.

– Comment tu m'as trouvé ?

– J'ai su quand t'étais libéré.

– Qui t'a rencardé ?

– Simple comme bonjour : l'administration pénitentiaire ! Suffit de dire que t'es de la famille et que tu cherches un disparu.

– T'as le pognon ?

– Ouais…

– D'où tu le sors ?

– Mon livret A !

Verdugo lui expédie un crochet dans le ventre.

– Je te jure ! J'ai mis le pognon de côté pendant tout ce temps.

Verdugo le relâche.

– Viens à la chicha après-demain, onze heures. Avec le pèze. Trente mille !

– Vingt…

– Trente, si tu veux garder ta petite gueule.

Lucas acquiesce, l'air piteux.

Verdugo tourne les talons, traverse la rue en ricanant, grimpe dans sa vieille Peugeot et démarre gaiement. La journée finit mieux qu'elle n'a commencé : trente mille faciles !

De son côté, Lucas retrouve sa moto.

Malgré les coups, il a le sourire, il pense à Léa, à ce qu'elle lui a donné d'elle.

## 25

## *Le va-tout de Samia*

Aux commandes de la Renault bleu, blanc, rouge, Ortiz à côté de lui, Hervé sent pousser ses ailes de fier-à-bras : volant d'une main, il zigzague d'une file à l'autre, double à gauche et à droite, change de vitesse à tire-larigot, négocie les virages en faisant crisser les pneus.

Outrance qui fait pouffer Samia.

– Tes affaires gonflent quand t'es au volant, Hervé ?

– C'est ta faute. Tu me chauffes les sangs !

Elle sourit.

Les « chaleurs » d'Hervé ne la font plus bondir. Ne l'atteignent plus. Ses provocations de frustré n'ont plus prise sur elle. Elle en rit comme d'une blague, d'une époque révolue. Elle est devenue insensible à l'outrage, inoxydable, inaltérable, intouchable. Elle vit dans une biosphère, sur une autre planète.

Un jour, une collègue agressée lui a décrit le miracle de cette sensation : « Un inconnu m'a attaquée en bas de mon immeuble. M'a menacée d'un couteau sur la gorge :

allonge-toi, sale pute ! Eh bien, tu me croiras si tu veux, Samia, je n'ai pas eu peur, je n'ai pas crié. Je l'ai regardé droit dans les yeux, jusqu'au slip, sans ciller. Et il s'est effondré à mes pieds : pardon, pardon qu'il a supplié ; il a fui comme un malpropre. »

Samia éprouve cette même puissance depuis quelques jours. Extraordinaire effet, bien réel dans sa chair. Faire l'amour avec Lucas la renforce. Ils s'accouplent sans retenue ni tabous, parfois avec une ardeur qui confine à la sauvagerie et après elle se sent si pleine, si comblée qu'elle adore son corps, sa poitrine, ses hanches, ses cheveux, sa peau, sa démarche, son sourire, ses yeux, s'appeler Samia. Lucas lui donne ce qui lui manque pour être entière, libre, affirmée. Son corps, sa sueur, son sperme lui conviennent ; ils fécondent ses cellules. Le miroir qu'il lui offre, l'écho qui lui répond l'embellissent. Mieux la sacralise. À dire vrai, elle se sent quasi sanctifiée.

Bien sûr, par moments, elle se reproche de tomber dans le panneau de la femelle domptée, *bonjour le féminisme !*, mais force lui est de constater qu'elle vit en paix avec elle-même et le reste de la terre. Rayonnante, en état de lévitation.

*Pourvu que je ne sois pas enceinte !*

– Hervé, arrête-toi à la première pharmacie. J'ai besoin d'aspirine, justifie-t-elle.

– T'as tes machins ?

– Non, justement.

– Me dis pas que t'es en cloque !...

– Non, c'est juste que j'ai mal au ventre.

Il range la voiture devant la première enseigne à croix verte sur la route de Saint-Laurent.

Tout juste dans la pharmacie, elle demande un test et la permission d'utiliser les toilettes. Vu son uniforme, on ne le lui refuse pas.

Elle attend, assise sur la cuvette, le pantalon sur les chevilles… Une ligne bleue… *patience, patience…* suspense, la ligne verte apparaîtra, apparaîtra pas ?

*Ouf* ! une seule ligne.

Elle ressort.

– Ça va ? lui demande la pharmacienne.

– Oui, merci, répond-elle avec un sourire ambigu, pensant un millième de seconde qu'elle préférerait le contraire : que ça n'aille pas et qu'elle soit enceinte.

*Tu déconnes à plein tube, ma vieille.*

Elle sourit aux anges en regagnant la voiture : tout en marchant, elle se remémore, avec des papillons dans le ventre, comment s'est terminée la confession de Lucas dans le pré derrière le camping : du sexe en dépit de toute prudence. Et dans le van, rebelote…

Il lui a tout raconté et comme par magie ils n'ont cessé de faire l'amour…

– Alors ? fait Hervé.

– Ça va mieux : j'ai pris deux cachets de cinq cents.

– C'est dans ta tête que t'as mal ! Je pourrais te soigner, moi ! À la bonne vieille méthode du missionnaire ! T'aurais mal nulle part !

– Conduis, ça t'occupera les coucougnettes ! Pendant ce temps, je te raconte où j'en suis de mes déductions et tu me dis si tu es d'accord.

– Ça roule !

– On ne parle plus de mes vigiles de l'*Inter*. Juste du casino.

– OK, mémère !

– D'accord avec toi : le seul élément certain, c'est le cadavre. Au vu du *modus operandi*, deux balles de neuf millimètres, c'est signé du grand banditisme.

– Enfin, te voilà redescendue sur terre !

– Qui a-t-on dans le profil du tueur ? Pérez lui-même ? Non ! La Régionale l'a interrogé et relâché ! Donc un porte-flingue ou un ex-lieutenant ! Y en a pas trente-six : Martinez est mort. Reste Victor Moraira.

– Moraira ? Qu'est-ce qu'il vient bricoler là-dedans, celui-là, maintenant ?

– Cette série de casses et de disparitions ne t'étonne pas, toi ? Justement quand ce Verdugo sort de prison. Réfléchis une minute ! La chronologie des événements parle d'elle-même.

– Et qu'est-ce qu'elle dit ta chronologie de mes deux ?

– Que tu as raison, Hervé !

– Ah ! Alors vas-y, j'suis tout ouïe !

– Verdugo sort de prison. Il a besoin de fric. Il connaît Iván Martinez, de l'époque Pérez. Martinez connaît les vigiles, d'où je ne sais pas, mais il les connaît. Ils le renseignent sur l'*Intermarché* et le casino. Martinez monte le coup avec Verdugo.

– C'est du grand n'importe quoi ta version ! Verdugo et Iván à l'*Intermarché*, tu rigoles ! Ces deux-là, c'est des truands, pas des guignols. Et, en plus, au casino, ils étaient trois. C'est pas les mêmes, que j'te dis !

– J'y viens : à l'*Intermarché*, Martinez n'a pas encore Verdugo ; il l'appelle pour le casino, justement parce qu'à l'*Intermarché* ça a foiré : il lui faut une pointure pour réussir le coup.

– Et le deuxième guignol de l'*Inter*, si c'est pas Verdugo, ce serait qui ? Encore un de tes vigiles ?

– Non, les vigiles ne sont pas passés à l'action, ils ont seulement renseigné. Ce sont des truands qui ont opéré !

– Alors qui ?

– La disparition d'Angelo Arza, le contremaître de Belmonte, elle te parle ? Lui aussi appartenait à la clique de Marseille. D'ailleurs, le SRPJ fait le lien entre sa disparition et le casse du casino.

– Donc ?

– Donc, Martinez a monté le coup avec Arza à l'*Intermarché* et s'est adjoint Verdugo au casino.

– Ah ! Tu me ferais prendre des vessies pour des lanternes. Au casino, ils étaient trois : un petit, un grand, un moyen. Verdugo est petit, Iván Martinez, moyen ; et le troisième, j'te fais un dessin ? Combien mesure Arza ?

– Il est petit ! concède-t-elle.

– Donc, ton scénar ne tient pas ! T'as toujours pas le troisième lascar.

– Si justement ! Prends maintenant le problème par la balistique. Imagine qu'on dégotte un 9 mm chez l'un ou l'autre, on a des chances de tenir notre bonhomme.

– Négatif ! Des 9 mm, y en a partout !

– Ce n'est pas un calibre ordinaire qui a tué Martinez, c'est un Makarov, une arme russe de la Seconde Guerre mondiale. Impossible à confondre : le calibre des Ruscofs est différent du Luger ou du Parabellum, il est plus large : 9,27 mm au lieu de 9,01.

– Dis donc, tu touches en semi-automatique ! Dommage que tu goûtes pas aux gros calibres…

– Sérieux, Hervé ! Je me suis renseignée à la balistique.

– OK, mais on va où avec ton Makarov ?
– On va vers la perquisition !
– Pourquoi pas…
– Y a quand même un os…
– Ah !
– Belmonte !
– Belmonte ?
– Il meurt juste après le casse. Sa fille l'incinère aussi sec : c'est pas louche, ça ?
– Elle serait au courant de quoi ?
– Tu te manges les escaliers ou quoi ? La fille vit avec son père, elle est forcément au courant si son père a braqué le casino !
– Ouais, ça pourrait le faire…
Samia souffle. Sourit intérieurement. Un soleil brille dans sa tête. Elle tient sa version. Surtout l'élément essentiel : Verdugo tombera. Vol à main armée, meurtre de Martinez, il prendra perpète. Et Lucas en sera débarrassé. Les autres ne représentent plus le moindre danger : ils sont tous morts ou presque. Paix à leur âme !

L'employée de maison enveloppée d'un tablier gris leur ouvre la porte.
– Oui ?
– Bonsoir madame, police !
– Je vois !
– Léa Belmonte, nous souhaitons la voir.
– Elle est dans son bain.
– À cette heure ?
– Elle souffre d'insomnie depuis quelque temps.

– Ça se comprend. Mais dites-lui que c'est une enquête criminelle.

– Encore, peste l'employée, les sourcils au ciel. Je vais la prévenir.

En attendant, Samia regarde autour d'elle. Admire le mas, ses belles pierres, ses tuiles romaines, et le compare à son T2 HLM. Injustice sociale qu'elle mesure : il y a deux mondes sur cette terre, l'aisance et les égouts.

Une fois conduite à l'intérieur, elle subit la cinglante confirmation de son constat : ici le moindre objet embellit l'esprit, alors que chez elle les murs préfabriqués poussent au suicide.

Et quand Léa apparaît dans une robe noire à dentelles fines qui découpe ses épaules et sa gorge, Samia reçoit un troisième choc : la femme devant elle rayonne, encore plus belle en vrai que dans les arènes. Magnifique, racée, pétillante d'intelligence, l'allure royale, l'élégance discrète.

Hervé en reste coi, statufié par l'apparition de la déesse amazone, roulant des yeux affolés dans des orbites transformées en soucoupes volantes.

Léa les invite à s'asseoir dans le salon.

Samia perçoit immédiatement ce qui la différencie d'elle. Pas tant la plastique ou la féminité – elle se juge au moins aussi « canon » en termes de courbes et de talents sensuels –, mais l'assurance, cette allure légèrement hautaine que confère la confiance en soi. Instantanément, elle admire cette femme, et la jalouse. Tant qu'elle restait dans l'arène, elle pouvait l'encenser sans réserve, comme un spectacle. Mais là, la femme à part entière lui en impose en majesté. À cet instant, elle réalise qu'elle a affaire à une femelle alpha. Elle le lit dans ses yeux, dans ses gestes. S'attardant sur ce visage, sur cette pose, son intuition lui souffle qu'elle respire la lionne, la femelle dominante. Elle le sent dans l'air pour ainsi dire. L'animal, le cuir, le feulement.

Il n'en faut pas plus pour que ses neurones se mettent à rétropédaler. Cette femme-là, de chair et de passion, elle l'a déjà vue quelque part. Pas seulement dans les arènes. Mais en brillance dans la nuit, en un éclat dans le passé, une strie dont sa rétine a gardé la trace. Cette femme-là, cette rivale-là, elle l'a croisée dans le portable de Lucas. En une fraction de seconde, Samia rembobine le film de sa découverte tandis que Lucas dormait : son smartphone contenait tant de *links* sur le mas et sur les Belmonte. Pourquoi Lucas s'était-il intéressé nominalement aux Belmonte ? Sur le coup, elle avait considéré qu'il faisait feu de tout bois pour traquer Verdugo. Mais à présent, elle réalise qu'elle s'est trompée : Lucas ne cherchait pas tant Robert Belmonte que Léa.

Et de cela Lucas ne lui avait rien dit. Bien sûr.

Elle lit les pupilles de Léa comme un livre ouvert : Lucas et elle se connaissent, se connaissent intimement. Toute l'attitude de Lucas s'explique. Ses ambiguïtés, ses hésitations, ses silences.

Jamais Samia n'a été jalouse, mais là elle éprouve le besoin d'en découdre, d'autant qu'une excitation particulière s'empare d'elle à imaginer Lucas dans les bras de cette femme. Et à l'en arracher. Aussi attaque-t-elle bille en tête :

– Léa, puis-je vous appeler Léa ?

– Bien sûr ! condescend Léa sûre d'elle.

– Je vous ai vue à votre alternative. Vous étiez magnifique. Félicitations. Toréra dans cet univers de machos, c'est une prouesse. Croyez-moi, je m'y connais. N'est-ce pas, Hervé ?

Léa sourit en jetant un bref regard à Hervé, muet, sidéré, affamé par l'épiderme mat satiné dont il dévore chaque centimètre carré.

– Mais revenons à nos préoccupations. Nous avons de bonnes raisons de penser qu'un certain Victor Moraira, *alias* Verdugo, est à l'origine de la disparition de votre contremaître Angelo Arza. Vous n'avez toujours pas de nouvelles de lui ?

– Ne… non… Qu'est-ce qui vous f… fait penser ça ?

Que Léa bégaie légèrement, Samia n'en revient pas. Elle si parfaite en tout, femelle si dangereuse, maintenant fragile, vulnérable…

– Pour aller droit au but, Léa, nous pensons que ce Verdugo en voulait à votre père. Ce que nous ignorons, c'est le pourquoi.

– Je l'ignore : je n'ai jamais été dans le secret des affaires de mon père. Vous savez, je travaille beaucoup, avec pour seule compagnie mon cheval et les taureaux.

– Je vais être directe : votre père et votre contremaître pourraient avoir été impliqués dans le hold-up du casino d'Allègre.

– Non. C'est gro… tesque !

– Pardon d'insister, mais de quoi votre père est-il mort ?

Léa se trouble.

– Pour… pour… quoi ?

Samia se dit alors qu'elle la « tient » car, visiblement, elle ment, trahie par l'aggravation du bégaiement.

– Vous n'êtes pas, disons… troublée par cette suite d'événements malheureux ? Votre père, votre contremaître. Vous ne croyez tout de même pas au destin, à un malheureux concours de circonstances…

– Le destin ? Je n'y crois pas. C'est le refuge de la peur. Et je ne crois pas plus aux circonstances particulières.

– Alors, comment expliquez-vous ces deux événements, la mort de votre père, la disparition de votre contremaître ?

– Je ne me les explique pas : je les subis.

– Permettez-moi d'envisager une cause commune. Hélas, c'est mon métier.

– Et moi, je vous dis qu'il n'y a pas de rapport entre la mort de mon père et l'absence de mon contremaître…

– Dans la police, nous ne croyons pas aux coïncidences ! Ce double drame qui vous frappe porte peut-être un nom.

– À savoir ?

– Je pensais que vous m'aideriez…

– Vous n'avez pas de questions plus… concrètes ?

– Selon les premiers résultats de notre enquête, le hold-up du casino a été commis par ce Verdugo, un homme de main d'un truand local, un certain Pérez. Ce nom de Pérez vous évoque-t-il quelque chose ? Vous auriez pu entendre votre père en parler ?

– Oui, effectivement, c'était une relation d'affaires de mon père. Ils étaient en contact pour le mas. Mais cela remonte à loin, à ma connaissance.

– Et un dénommé Iván Martinez ?

– Non, ça ne me dit rien.

– Il a commis le hold-up avec Verdugo et un autre individu. Ils étaient trois. Il nous manque le nom du troisième. Les enregistrements de vidéosurveillance indiquent qu'il était grand. Je vais être directe : votre père, combien mesurait-il ?

– Je ne vous permets pas, papa est mort ! lance Léa en se levant brusquement.

– Pardonnez-moi, je suis brutale, je remue le couteau dans la plaie, répond calmement Samia tout en se levant elle aussi. Je vous pose la question autrement. L'expertise balistique du corps retrouvé après le hold-up du casino, celui d'Iván Martinez, indique qu'il a été tué par une arme de calibre 9 mm. Votre père détenait-il une arme de poing ?

– Euh… oui… Mais je récuse votre insinuation sur mon père.

– Soit. Et votre contremaître, a-t-il une arme ?

– Oui, mais elle a disparu. Vos collègues de la gendarmerie ne l'ont pas trouvée quand ils ont fouillé chez lui.

– Léa, voulez-vous, s'il vous plaît, me montrer l'arme de votre père ?

– N'insistez pas, je ne vois pas en quoi mon père…

– Léa, faites-moi confiance, je ne cherche pas à accuser votre père, je veux simplement lever le doute.

D'abord, Léa ne répond pas, elle jauge son interlocutrice qui demeure bien campée sur ses deux jambes. Puis elle se dirige vers le couloir. Deux minutes plus tard, elle réapparaît avec un pistolet à crosse en bois qu'elle tend d'une main hésitante.

– Makarov, affirme Samia en le prenant en main.

Elle ouvre le crochet de la boîte à chargeur et constate qu'elle est vide.

– Je suis désolée, Léa… C'est l'arme utilisée contre Iván Martinez.

– Ah…

Samia savoure l'effet de son bluff : Léa réduite en cendres, mesurant qu'elle risque une accusation posthume contre son père, laquelle ruinerait sa propre réputation.

Samia pousse son avantage vers le point décisif.

– Léa, je ne suis pas ici contre vous, je vous le garantis. Et je suis prête à soutenir que votre père est étranger à ce hold-up, qu'il n'y a jamais participé. Ce que je veux, c'est serrer ce Verdugo. Cet individu est un danger public. Aidez-moi à le coincer, Léa !

Léa scrute dans l'expression de cette policière les raisons d'une confiance qu'elle refuse encore d'accorder.

– Désolée, je ne vous suis pas.

– Ce Verdugo est derrière tous vos malheurs, insiste Samia.

Léa hésite toujours.

– Êtes-vous consciente qu'il y a danger pour vous ? poursuit Samia.

Léa esquisse enfin un sourire, comprenant le profit qu'elle peut tirer de la proposition.

– Puis-je vous faire confiance ? demande-t-elle ingénument.

– Évidemment, Léa. Je suis venue pour vous aider !

– Je suis inquiète : le pistolet d'Angelo, mon mayoral, n'est plus chez lui. Les gendarmes ont fouillé partout. Si Angelo est parti avec son arme, c'est que quelqu'un le menace.

Samia s'engouffre dans l'ouverture.

– Auriez-vous un élément qui permettrait de compromettre ce Verdugo ? Des faits, des gestes, des propos contre votre contremaître, contre votre père ?

Léa opine franchement de la tête.

– Ça, oui. Pérez et Verdugo sont venus ici même nous menacer. Pérez veut s'emparer de la propriété et me déloger.

– Seriez-vous prête à le confirmer en déposition ?

– Si vous garantissez ma sécurité.

– Je vais vous faire un aveu, Léa. Je veux la peau de ce Verdugo.

Léa esquisse un sourire qui n'avoue pas sa satisfaction. Samia triomphe.

– Je vais garder le Makarov, Léa.

– Je me sentirais plus rassurée de le garder ici.

– Je comprends, mais dans l'intérêt de l'enquête, il vaut mieux qu'elle reste entre mes mains. Je vous la rendrai quand ce sera terminé ! Ne vous inquiétez pas, tout ce qui s'est dit ici restera entre nous. Votre père ne sera pas sali, vous avez ma parole, Léa. Et votre sécurité, je m'en occupe.

– Je prends le risque, je vous fais confiance.

– Donnant donnant, conclut Samia.

Samia a réagi d'instinct face à Léa, jamais assurée de s'en faire une alliée objective ; mais le résultat est là, l'objectif atteint : le témoignage de Léa constituera, sinon une preuve, un commencement. Peu importe que le témoignage soit purement affirmatif, pourvu qu'on y croie, qu'on ait envie d'y croire. Et entre la parole de Léa, la fierté locale, et celle d'un repris de justice, la balance penchera du bon côté : Verdugo tombera !

– J'ai été ravie de vous rencontrer, madame… euh…

– Ortiz, Samia Ortiz. Pour vous servir, sourit-elle.

Sur le point de franchir le seuil d'entrée, Samia mesure à quel point elle s'est lancée dans une course folle : à coup sûr, si sa hiérarchie venait à être informée de sa manœuvre, elle passerait au pénal. Cher payé !

Elle prend Hervé à part.

– Tu n'es jamais venu ici. Tu m'entends ?

– Et toi non plus, c'est ça ?

– Exactement !

Avant de quitter les lieux, elle revient sur ses pas et s'adresse à Léa une dernière fois, Hervé étant déjà dans la voiture :

– Vous connaissez un certain Lucas Chiarini ?

– Lucas Chiarini ? (Léa hésite, mesure la question.) Mon frère et lui étaient copains à Marseille. Pourquoi ?

– Bassens, votre frère, ça a dû être terrible pour vous. Vous étiez si jeunes tous les trois...

– Comment savez-vous cela ?

– J'ai reconstitué le drame en enquêtant sur ce Verdugo. Vous savez que Lucas Chiarini se trouve dans les parages ?

– Non.

Samia la dévisage avec insistance.

– S'il prend contact avec vous, avertissez-moi ! Je crains que malheureusement ce qui s'est passé à Bassens ne se prolonge ici.

– Dans quel sens ?

– Disons... retour sur le passé. Qu'en pensez-vous ?

Les yeux de Léa brillent d'un éclat malicieux : cette Ortiz n'est donc dupe de rien.

– Marseille, c'est de l'histoire ancienne, répond-elle. Je ne veux plus en entendre parler.

– Vous avez raison, Léa. C'est mieux ainsi, pour tout le monde.

Samia est aux anges.

Elle quitte la propriété avec le sourire énigmatique d'une madone.

En état de grâce.

# 26

# Homo criminalis

Verdugo grimpe sur le container géant estampillé *Homo economicus, Homo detritus* au pied du mur d'enceinte. Bonne idée de la municipalité de placer là une énorme poubelle : il suffit de grimper dessus pour passer le mur sans difficulté. Cependant, il faut une sacrée force au bout des doigts pour s'agripper à l'arête et se hisser tout en évitant les éclats de verre plantés dans le chaperon ; et encore une bonne musculature dans les jambes pour prendre appui au sommet.

Une fois perché, Verdugo savoure sa puissance, puis saute dans le jardin, sur la bande de gazon en bas du mur. Il reste immobile quelques minutes au cas où on l'aurait détecté. Les caméras de surveillance l'ont peut-être capté, mais il compte sur la brièveté de son passage et sur la lassitude des gardes pour échapper à leur détection. De plus, il est habillé en noir, façon ninja dans l'obscurité, et la nuit se montre bien sombre, propice à une intervention commando. Rapide et mortelle, selon lui digne d'un yakuza.

Trois heures. Aucun mouvement dans la villa. Il longe la façade latérale, localise la remise où sont placés les écrans de surveillance et le cellier qui jouxte la cuisine : sa fenêtre est ouverte. Un jeu d'enfant.

Derrière le cellier se trouve l'ancien logement de la cuisinière à l'époque où la maison hébergeait son personnel. Les deux gardes du corps dorment là à tour de rôle. Celui qui ronfle en chien de fusil sur son lit de camp n'a pas loisir de s'interroger sur l'intrus qui lui perfore le cervelet et étouffe son cri.

Verdugo s'enfonce dans la maison, traverse le cellier rempli de victuailles, conserves et jambons fumés, et pénètre à pas de loup dans la cuisine. Le garde de quart se trouve de dos, penché devant le réfrigérateur dont il inspecte le contenu. Quand il perçoit le feulement dans son dos, il est trop tard : l'assaillant est déjà sur lui. La lame se loge dans sa nuque, le paralyse sans lui épargner de douloureuses convulsions.

Verdugo l'allonge au sol, le sang coule sur le carrelage.

Puis il traverse la grande pièce qu'il connaît bien pour y avoir rencontré Pérez. Au bout se trouve l'escalier menant à l'étage.

Les marches en bois ne le trahissent pas. En haut, le palier distribue plusieurs portes. Il fait le choix d'attaquer la pièce au fond du couloir, pariant que Pérez dort côté jardin et piscine.

Il tourne la poignée de porte…

Au même moment, la lumière s'allume dans son dos. Il se retourne, découvre Pérez en pyjama, à l'autre bout du palier, raide comme une statue, avec un pistolet à la main.

Bien qu'il se trouve visé, Verdugo le défie.

– Tu vas crever, Pérez ! Et je vais palper soixante mille balles pour ta sale gueule.

La déflagration retentit dans la maison. Le plomb touche Verdugo à l'épaule, le fait pivoter d'un quart de tour sous l'effet du choc.

Mais il ne tombe pas.

Pérez appuie sur la détente une seconde fois. Verdugo se désaxe : la balle le manque.

Pérez n'en revient pas : Verdugo est encore debout !

Seconde d'étonnement fatale, tout comme la lame qu'il voit fuser vers lui et se ficher en plein cœur. Il s'effondre sur les genoux, encore stupéfait par la rapidité du coup.

Verdugo vient à sa hauteur, le toise.

– Espèce d'ordure, tu m'as lâché après Bassens, crache Verdugo.

Et il appuie sur le manche, enfonce bien la lame dans le thorax, la tourne, la vrille. Pérez râle, crache le sang…

– Les traîtres doivent crever comme des chiens !

Et il pousse le corps en avant, pour mieux l'empaler sur sa lame.

Pérez pousse un dernier grognement de douleur.

Verdugo le retourne sur le dos, récupère son poinçon. Puis il agrippe le cadavre par les chevilles, le tire dans l'escalier, la tête rebondissant à chaque marche, et le traîne à l'arrière de la maison.

Il en fait autant avec les deux sbires.

Et charge le tout dans le 4×4 : Pérez à l'avant, dûment ceinturé, les deux autres à l'arrière.

Le chargement terminé, il revient dans la chambre du haut, fouille placards et tiroirs, trouve des liasses de billets dans le dressing, tente vainement d'ouvrir le coffre-fort mural caché dans la penderie. Tant à l'étage qu'au rez-de-chaussée, il efface ses empreintes, nettoie les scènes, le palier, les marches, le carrelage.

Ensuite il retourne dans le jardin, localise son point de chute, brouille ses empreintes de chaussures.

Dans le garage, il trouve un jerrycan d'essence, qu'il place dans le 4×4, aux pieds de Pérez.

Puis il se met au volant du corbillard improvisé, sort de la villa par le portail qu'il referme avec le bip, et roule jusqu'à la ZUP Nord. Là, il gare le véhicule sur le parking au milieu des HLM, arrose d'essence l'intérieur, asperge copieusement les trois corps. Et y met le feu.

Quand les flammes envahissent l'habitacle, il s'éloigne du brasier, se poste dans l'angle d'un hall d'immeuble, contemple son œuvre. *Un beau barbecue. Trois saucisses grillées.* Il entend le réservoir exploser, ricane, et s'en va.

# 27

## *Montage*

Impératif : mettre le capitaine dans sa poche. Pas gagné d'avance, vu ses fâcheux antécédents, son franc-parler, son côté horripilant pour la gent masculine.

Toutefois, Samia espère retourner la situation à son avantage.

Par une flatterie bien mesurée. En lui faisant accroire qu'il est supérieur, qu'elle lui est redevable, qu'elle a trouvé la piste des criminels grâce à lui. Psychologie basique, mais efficace, se dit-elle.

Elle se conciliera du même coup le commandant et le commissaire, le capitaine ne manquant pas de se faire mousser avec ce qu'elle lui aura apporté : l'identité des auteurs du hold-up du casino et le nom du meurtrier de Martinez.

Pas rien. Le capitaine d'antenne de PJ, qui rêve de gloire et de promotion, sera servi : plus fort que le SRPJ de Montpellier !

Reste que le pari est de taille, sinon fou, Samia en est consciente. Certes, elle a le coupable tout désigné

– Verdugo –, mais l'élément principal de sa mise en accusation, l'arme, le Makarov, reste introuvable.

Elle prend un bol d'air et entre dans le bureau de son supérieur d'un pas déterminé, la volonté au taquet.

– Désolée, capitaine, attaque-t-elle. Je me rends compte que j'suis souvent trop cash et que je débloque parfois.

– Qu'est-ce qui se passe, Ortiz, tu es malade ?

– Je me suis vautrée avec ma version des faits ! J'ai l'air d'une conne maintenant.

– On est tous passés par là, moi le premier !

*Ça, c'est sûr !*

– Je t'écoute, Ortiz.

Elle lui explique, sans excès de langage cette fois. Elle lui détaille sa version du hold-up et du meurtre qu'elle a testée avec Hervé.

– OK, commente le capitaine à l'issue de l'exposé. Je comprends ton raisonnement : deux casses en un mois et demi, justement depuis que le dénommé Moraira, *alias* Verdugo, est libéré. Y a pas de hasard, donc il faut le serrer. C'est ça, en résumé ?

– Affirmatif !

– Alors, avoue que tu vois la chose de la stratosphère et que tu manques gravement de biscuits ! C'est pas que je veuille être lourdingue, mais y a un os et un gros : t'as rien contre ce fameux Verdugo !

Samia garde son calme.

– Sauf que c'est un repris de justice libéré il y a trois mois et un ancien de la clique Pérez ! Et, justement, je te parie mon billet que je trouve quelque chose chez lui.

– Quelque chose du genre ?

– Du genre *j'en suis sûre* ! Tu veux savoir pourquoi j'en suis si sûre ?

– Je t'écoute.

– Tu te rappelles qu'à un moment j'ai pensé que ce sont des vigiles montés en association qui ont commis les casses ?

– Oui, je me le rappelle.

– Je me suis vautrée. Désolée !

– Je t'avais prévenue !

– Tu avais raison : on a vérifié, ces vigiles-là sont des baltringues, des beaufs en sauce ou des maris mignons avec toutous. Les casses sont le fait de truands expérimentés, même si ça a foiré à l'*Intermarché*.

– T'as des noms ?

– Martinez et Moraira.

– Et le troisième ?

– Belmonte !

– Belmonte ?

– Oui. Au moment du partage, Martinez tire, Belmonte est blessé, Verdugo réplique et l'abat. Belmonte meurt peu après. On le carbonise vite fait pour fondre la balle, on ne peut pas autopsier les cendres.

– Tu oublies le contremaître de Belmonte.

– Exact ! On a pensé à lui comme auteur. Ce serait logique. Qui aurait ramené Belmonte à la maison, sinon ?

– Bien vu !

– Eh bien, *raté*, Georges, ça ne colle pas : la vidéosurveillance du casino montre un petit, un moyen, un grand. Seul Belmonte était grand. Le contremaître n'y était donc pas. En plus, si c'était lui, pourquoi se serait-il barré après le casse ?

– Il s'enfuit avec l'argent !

– Pourquoi le ferait-il ? C'est le protecteur de la fille Belmonte.

– Tu veux dire qu'il aurait été tué ?

– Exact. Et devine qui l'a flingué ?

– Verdugo !

– *Sì, señor !*

– Pour le fric ?

– Yop !

– Et tu trouveras le Makarov chez lui, c'est ça ?

– À mon avis, on trouvera aussi l'arme de Martinez. Verdugo l'aura prise après l'avoir descendu. Tu te rappelles qu'on n'a rien repêché sur le corps, ni sur la scène, ni dans la voiture. Or, Martinez était armé, j'ai visionné les enregistrements de la vidéosurveillance.

– Ouais, ça se tient.

– Alors, une petite « perqui », chef ?

– Tu le crois assez givré pour laisser l'arme chez lui ?

– Il a fait quatre ans de taule, il traîne plein de gamelles depuis qu'il a quinze ans, ça porte sur le système tout ça ! Il est phagocyté par la rage, il a une revanche à prendre, sans parler du fric.

– OK, Samia. Tente le coup ! Je te couvre avec le boss. Mais attention, je veux une intervention carrée. Pas envie qu'on se fasse retoquer pour un vice de forme.

*Yes!* crie intérieurement Samia en sortant de l'entretien. Verdugo tombe, sept ans derrière les barreaux pour le casse, perpète pour le meurtre ! Car c'est bien cela qu'elle veut : recomposer le puzzle Lucas, en sortir la pièce pourrie, la remplacer et soigner tous les motifs abîmés. Tant pis pour Léa Belmonte. Elle lui expliquera qu'elle a réussi à dédouaner son père du meurtre de Martinez, non pas du hold-up.

Elle comprendra et admettra qu'un simple vol ne ruinera pas sa réputation.

À peine revenue dans son bureau, elle contacte le service d'insertion pénitentiaire et demande le conseiller en charge du dossier Victor Moraira, *alias* Verdugo.

– À quelle obligation de suivi est-il astreint ?

– Il n'y a pas de mesure de sûreté prononcée à son encontre.

– Vous rigolez ?

– Attendez, je n'ai pas fini ! L'inscription dans le fichier des auteurs d'infraction sexuelle ou violente autorise le conseiller pénitentiaire à un suivi après la sortie de prison...

– Donc chez lui !

– Oui.

– Alors, donnez-moi l'adresse !

Saint-Gilles, le village des truands en herbe, des loqueteux du crime, des carnes fatiguées : apprentis casseurs, hommes de main d'un soir y côtoient repris de justice et libérés conditionnels en bout de course. À l'aube, l'équipage de police y est déjà à pied d'œuvre. À six heures exactement, Hervé tambourine à la porte.

– Police, ouvrez !

Samia se tient deux mètres en arrière, surveille la fenêtre du premier étage, au cas où. À ses côtés, Farid, un pied-de-biche à la main, scrute les alentours.

Hervé tape de nouveau.

– Police, ouvrez !

Ils patientent une minute. Pas plus. Samia ordonne à Farid de forcer la porte.

Sans peine, le bois autour de la serrure cède au premier effet de levier.

Samia entre la première, la main sur la crosse du SIG Sauer, sûreté ôtée.

– C'est quoi ce merdier ? s'écrie Verdugo en pyjama au bout du couloir.

– Perquisition ! Vous êtes Victor Moraira ?

– Qui le demande ?

– Je suis la brigadière-cheffe officier de police judiciaire Ortiz.

– Vous avez un mandat ?

– On a un motif, c'est suffisant ! Reculez-vous ! Dos au mur.

Elle se tourne vers ses brigadiers.

– Farid, tu montes et me fouilles tout ça ! Hervé, tu viens avec moi !

– Asseyez-vous, Moraira. On va causer, lui ordonne-t-elle en désignant le salon.

Verdugo se laisse choir dans le fauteuil.

– Les mains sur les accoudoirs, bien visibles !

Elle s'empare d'une chaise, s'assied à califourchon, le dossier devant elle, coudes appuyés dessus. Se donne une contenance.

– Êtes-vous en possession d'une arme ?

– Non.

Verdugo la fixe d'une manière étrange. Hervé n'a pas exagéré en le décrivant en monstre. Il fait froid dans le dos. Il ne bouge pas. Un mort vivant, un serpent en thanatose avant l'instant propice pour mordre. Elle tremble. Une peur moite, le jugement inhibé. Elle craint qu'il ne lui saute dessus et la broie. Son estomac en gargouille. Elle toussote pour couvrir ses bruits de « tuyauterie ». Détourne la tête, regarde ailleurs, parcourt la pièce, ce qui ne fait qu'aggraver sa sensation de fragilité : elle perçoit des vibrations macabres, des ondes délétères, des fantômes. Pas seulement le zombie en face d'elle, des esprits dans les murs…

*Décidément, Samia, t'es trop sensible en ce moment !*

Heureusement, Hervé se trouve à proximité, fouillant le coin cuisine. Le bruit qu'il fait, les jurons qu'il pousse – « Oh ! Ça schlingue, bordel, c'est crade » – la rassurent quelque peu et lui permettent de se ressaisir face à Verdugo.

– Vous avez refusé d'ouvrir la porte avant notre intervention. Pourquoi ?

– J'étais couché !

– Votre domicile est suspecté d'abriter des armes. Où les avez-vous cachées ?

– Fouillez, vous êtes chez vous, ricane-t-il.

– On va patienter ici pendant que mes collègues procèdent ; et vous répondrez à nos questions, bien gentiment. Sans quoi je vous colle un bonbon entre les deux yeux. Nom, prénom, date de naissance !

– J'ai le droit de ne pas répondre aux questions ! Suce-la-moi !

– Quoi ? Qu'avez-vous dit ?

– Rien. J'use de mon droit au silence.

Farid redescend.

– Rien là-haut !

– T'es sûr ? Sous la baignoire, dans la chasse d'eau, sous les lattes du plancher ?

– J'ai regardé.

– Hervé, monte avec lui, trouve-moi cette arme !

Samia se retrouve seule face à Verdugo qui continue de la fixer comme une proie. Pas la moindre trace de sentiment humain sur cette gueule. Sa seule expression humanoïde tient à poser la main sur sa braguette de pyjama qui bâille, à se gratter les testicules, sans la moindre honte, la défiant ouvertement.

– Puisque je vous dis qu'il n'y a pas d'arme ici ! ricane-t-il.

Elle n'a qu'une envie, lui défoncer le crâne à coups de crosse ! Mais elle est consciente qu'il n'attend que cela, l'entraîner sur son terrain à lui.

Comment se comporter face à ce genre d'individu ? Rester à distance ou rentrer dans le lard ? Dilemme qu'elle tranche en ricanant à son tour.

– C'est vrai qu'en matière d'arme, je ne vois pas grand-chose par ici, lance-t-elle en jetant un coup d'œil sur l'entrecuisse répugnant. Mais bon, les détails m'échappent toujours quand ils sont minuscules !

Il réagit en lui tirant la langue avec des gargouillis obscènes.

Malgré son blindage professionnel et son Kevlar, elle se sent souillée au plus profond d'elle-même.

Elle ne peut pas en rester là, elle n'en peut plus de ce regard vicieux… Elle se lève brusquement, empoigne la chaise par le dossier, la brandit, prête à cogner.

– Cheffe, entend-elle à cet instant. On n'a rien trouvé là-haut. On cherche par ici ?

Hervé la regarde comme jamais. En père protecteur, calme, tutélaire, apaisant. Elle repose la chaise.

– Continuez dans la cuisine, se reprend-elle. Et dans le jardin.

Hervé se tourne vers Verdugo.

– À moins qu'il ait planqué l'arme dans sa bagnole. Elle est où ta caisse ? Hein ? J'suis sûr que tu planques l'arme sous la roue de secours !

Verdugo ne répond pas.

– Hervé ! Va fouiller dans le jardin, s'il te plaît.

De nouveau seul face à Samia, Verdugo ouvre la bouche, étire les lèvres :

– SALOPE, murmure-t-il en détachant chaque syllabe.

Et il remue dans son fauteuil, bouge le bassin de manière éloquente, tout en la fixant.

– Cheffe, venez donc voir, crie opportunément Hervé.

– Farid, surveille-le !

Farid accourt. Samia file dans le jardinet.

– Te laisse pas avoir par cette ordure ! lui souffle Hervé en la prenant par les épaules. Détourne les yeux ! Si tu lui parles, il te pourrit. C'est contagieux, cette saloperie !

– T'inquiète pas, je gère. Merci tout de même.

– J'espère pour toi. Bon, je te le fais simple : je sais pourquoi on est là, alors on trouve quelque chose ou non ? C'est toi qui décides !

– Euh… je…

– Ne me dis pas que t'es venue ici sans biscuits ! Me dis pas qu'on va repartir la queue basse !

– J'ai bien le 9 mm de Belmonte avec moi, mais…

– Ah, arrête ! On le « trouve » ici, point barre ! Port d'arme, garde à vue, on le cuisine et on le lâche plus !

– On passerait en disciplinaire pour fausse preuve !

– Alors, décide-toi : on trouve l'arme ou pas ?

– Pas si simple !

– Si, très simple ! Tu gères ou tu te laisses empaffer !

– OK, on le trouve.

– C'est bien ce que je pensais ! Il est où le Makarov ?

Elle le sort de sa ceinture, sous la chemisette, le tend à Hervé d'une main hésitante.

– Je m'en charge, t'inquiète !

Laissant Hervé dans le jardinet, elle regagne le salon. Farid s'est acquitté de sa tâche.

– Il n'a pas bougé un petit doigt, commente-t-il.

Samia le regarde d'un air illuminé.

– Quoi, qu'est-ce que j'ai fait ? s'étonne Farid.

Elle fait un pas vers Verdugo.

– Lève-toi !

– Pourquoi ?

– Obéis ! On verra après pour le pourquoi.

Il ne bouge pas.

– Brigadier, sommation !

Farid dégaine son arme et crie :

– Debout ! Écarte-toi du fauteuil ! Les mains contre le mur !

Verdugo s'exécute.

Ortiz se penche sur le fauteuil, saisit le coussin, le dépose, glisse la main dans l'interstice entre la garniture à ressorts et le bas du dossier, puis en bas des accoudoirs…

Touche quelque chose.

Qu'elle extrait délicatement.

Un bout de plastique.

Une puce de portable à moitié pliée.

Elle la tient délicatement par la tranche, la met sous le nez de Verdugo.

– Ça, c'est quoi ?

– Faut demander aux squatteurs qui se sont vautrés là quand j'étais en taule !

– Brigadier, pour analyse au labo.

Farid prend la puce par pouce et index, gratifiant Samia d'un regard admiratif.

Au même moment, Hervé pénètre dans la pièce.

– Bingo, cheffe ! dit-il en montrant le 9 mm.

– Où est-ce qu'il était ?

– Sous une dalle !

– C'est un Makarov, l'arme qui a tué Iván Martinez ! Il n'y en a pas beaucoup de ces armes. T'es fait, Moraira !

Verdugo tourne la tête vers eux.

– Bande d'enfoirés !

– D'où provient cette arme ?

Silence.

– Brigadier, dressez le P-V de découverte de cette arme ! ordonne Samia.

– On l'embarque pas ? s'étonne Hervé.

– On fait un P-V de saisine !

Hervé regarde Samia d'un air de reproche, fronce les sourcils d'incompréhension.

– On saisit le procureur d'abord, précise Samia (Puis elle se tourne vers Verdugo.) Tu écoperas d'une garde à vue et tu cracheras le morceau !

– Retour au trou ! commente Farid.

Verdugo ne prononce pas un mot, lui fait un doigt d'honneur.

Ils regagnent la voiture garée sur la place.

– Comment t'as deviné pour la puce ? demande Farid une fois à l'intérieur.

– Je n'ai rien deviné du tout. C'est en le voyant vautré dans le fauteuil. Je me suis dit que quand on est assis comme ça, on perd le fond de ses poches.

– Bien vu ! observe Farid.

– On ne sait pas ce qu'on va trouver sur cette puce, on ne sait même pas si elle est à lui. (Elle tape sur le tableau de bord.) J'en ai marre de cette merde !

Et elle éclate en pleurs.

– Bah alors, mémère, tu craques ? fait Hervé.

– C'est rien. Juste qu'il m'a fait peur. C'est une bête !

– J't'avais prévenue… Mais t'inquiète, on l'aura !

# 28

## *RIP*

Lucas se prépare.

Il infuse un café qu'il sirote lentement, par petites aspirations entrecoupées d'un morceau de barre de céréales. Cet en-cas lui suffit pour le moment : une fois à l'*Intermarché*, il achètera un jus de fruits et d'autres matières solides.

Après la douche, il décroche un jean et un tee-shirt propres du fil en nylon tendu à l'extérieur : les deux de couleur noire.

Puis il passe à l'avant du Combi, glisse la main sous le siège conducteur, extrait un chiffon roulé qu'il déploie : le MAC 50 et son chargeur.

Il prend le 9 mm dans la main, le chausse, tend le bras, actionne la détente d'une pression ferme : *clic*.

Le MAC 50 est un bon semi-automatique. Fiable, solide, précis. Mais peu pratique, ni léger ni facile à planquer dans la ceinture. Il aurait préféré que Léa lui donne un Walther, un Browning ou un Colt, tout à fait comparables en performances, mais bien meilleurs en poids et en encombrement.

Bien sûr, il a son Beretta parfaitement maniable, adapté à l'usage rapproché, tout aussi précis à dix mètres qu'à cinq. Mais hors de question de l'utiliser ! Les subtilités de la balistique sont telles que chaque arme à feu signe ses balles, crée une empreinte particulière sous l'effet combiné du percuteur-éjecteur, des sillons et des rayures.

Il glisse le chargeur dans la crosse, l'enquille d'un coup sec, chausse la culasse qui claque en coulissant, vérifie la sûreté.

Ce sera avec cette arme qu'il tuera.

Une fois le « travail » accompli, il la démontera, la jettera dans plusieurs bouches d'égout ou dans le marais. Ou bien il la gardera en souvenir du jour où tout a basculé, la nuit où Léa la lui a donnée, la nuit où l'espoir a soufflé par tous les pores de sa peau. Ce serait insensé, oui, mais la flicaille ne remontera jamais jusqu'à lui…

Mais non, il ne faut pas risquer de tomber par sentimentalisme : il ne faut pas garder le MAC 50, mais le souvenir du jour qui a changé sa vie, leur vie. Ils sont ensemble désormais, complices et liés à jamais.

Il replace le pistolet dans le chiffon, le glisse dans son minisac à dos qu'il enfile en ventrière. Ensuite, il enfonce de nouveau le bras au fond de la boîte à gants et extrait trois enveloppes de billets qu'il ajoute dans le sac : les trente mille euros que Léa lui a donnés. Pour l'appâter, a-t-elle dit.

Fin prêt, il évalue une dernière fois les atouts de son plan. Puis ferme à clé les portières du van et grimpe sur sa 250.

Il est quatorze heures trente quand il arrive à l'*Intermarché*. Après un déjeuner sur place d'une barquette, son après-midi de travail se déroule normalement, en réglages du dispositif de sécurité, en surveillance. Les caméras fonctionnent, l'enregistrement aussi.

À dix-neuf heures, il dîne d'une salade prélevée au rayon produit frais, assis sur le muret du parking, à deux pas de l'endroit où il a parlé avec Léa. Après cela, il se sent encore affamé et achète un hamburger. Bien se sustenter pour éviter la fébrilité.

En début de soirée, il accomplit les rondes selon le programme qu'il a lui-même défini : tour du bâtiment et du parking, tournée systématique le long des gondoles, présence de quinze minutes aux caisses afin de flairer la clientèle ou les brebis galeuses prêtes à l'esclandre, ou détecter d'éventuels candidats au vol.

À vingt-trois heures, il se rend au bar à chicha rue Gambetta et s'assied dans la salle parmi les fumeurs.

Comme prévu, Verdugo le retrouve, s'assied directement en face de lui et affiche son air bestial.

Lucas lui tend une enveloppe gonflée de billets.

– Dix mille maintenant, les vingt autres après.

– Tout maintenant. À prendre ou à laisser.

Il lui donne une deuxième enveloppe.

– Vingt mille maintenant. Dix après.

Verdugo entrouvre les enveloppes, compte sommairement les liasses par la tranche, en évalue le montant. Lucas le regarde faire, guette le signe de contentement espéré. Il escompte que Verdugo le prenne pour un pigeon, qu'il se sente supérieur, avec la partie facile, au point de baisser la garde. Dans le close-combat, une seconde de relâchement de l'adversaire offre un avantage décisif : la brèche pour frapper.

Verdugo fait disparaître les enveloppes dans sa ceinture banane.

– Alors, c'est quoi ton plan ? demande-t-il d'un air méprisant.

– Tu embarques Pérez et tu le liquides. J'veux pas savoir comment. Tu m'envoies une preuve, je te file le reste.

Verdugo ricane.

– T'es un rigolo, toi.

– Demain, Pérez vient chez ma fiancée. Le rendez-vous est fixé à quinze heures. Je te le confirme demain matin.

– C'est qui ta fiancée ? fait-il d'un air salace.

– Tu connais pas !

– J'en ai tellement baisé, des gonzesses !

– Pérez et elle discuteront. Toi, tu seras déjà sur place, planqué.

– Où ?

– Où tu veux, c'est facile. Tu chopes Pérez, mais tu ne le liquides pas sur place. Tu le descends où tu veux, comme tu veux, mais pas sur place ! On est d'accord ?

– Ouais. C'est où le rendez-vous ?

– À trois quarts d'heure par la départementale D135 vers la Grande-Motte.

– Ouais, je vois.

– Je t'envoie le *link* sur ton portable. Tu pourras le localiser sur Google Maps. File-moi ton numéro ! T'es sur WhatsApp ?

– Ouais.

– Je te l'envoie.

Le message arrive dans les secondes qui suivent. Verdugo en accuse réception, mais ne prend pas la peine de consulter le lien attaché.

– J'y serai, dit-il d'un air léger, quasi en ricanant. Rendez-vous ici après-demain soir, même heure, avec le reste du fric. Tu liras la nouvelle dans le journal.

Verdugo sort du *Paradise* avec un petit sourire satisfait. D'un pas léger, il coupe la rue pour retrouver sa Peugeot, jamais il n'a connu un coup si facile ! Vingt mille cash ! Il prend son temps pour jouir du décompte des billets.

Lucas ne le perd pas des yeux. Tandis qu'il récupère sa moto, il se poste feux éteints à trente mètres derrière la voiture en attendant qu'il démarre.

La Peugeot s'ébranle, sort de la vieille ville, longe les arènes, prend en direction de l'ouest. Derrière, Lucas roule, les yeux rivés sur les deux points rouges qui dansent dans sa visée…

La nuit est douce, accueillante, une température modérée, une humidité légère, pas de sensation d'étouffement. En fixant ces deux points rouges, comme fasciné par eux, Lucas revit ses cauchemars nocturnes : la même atmosphère morbide, le même feu follet, le même salaud, le même sort. Mais cette fois-ci, le cauchemar, la hantise, l'obsession sont concrets, incarnés dans une réalité palpable, abordable, modifiable. À portée de main. Enfin, Lucas peut changer la donne, entrer dans la danse macabre, non pour la subir une énième fois, mais pour en changer l'emprise. Ces deux lumignons qui vibrent sur la route le convoquent, le magnétisent, le happent, le somment d'en finir avec le monstre.

La voiture traverse une zone commerciale bordée d'immeubles récents aux façades lisses, puis ralentit au bout d'une longue avenue rectiligne et s'arrête sur la ligne blanche d'un panneau stop, à l'intersection avec la rocade de contournement de la ville. Quelques voitures passent encore à grande vitesse, coupant l'accès, obligeant à regarder à gauche et à droite avant de s'engager.

Immobile, la voiture est immobile…

Lucas choisit cet instant.

Il pousse les gaz, la Yamaha bondit et se porte à la hauteur de la Peugeot, côté conducteur, légèrement avancé. La vitre est ouverte.

Verdugo tourne la tête.

– Tu me reconnais ? articule Lucas.

Verdugo réagit mollement, entre étonnement et agacement.

– Ouais. Qu'est-ce que tu veux ?

– Léo Belmonte. La fusillade. Bassens. Tu te rappelles ?

Verdugo se raidit. Sa main se porte à sa ceinture.

– Est-ce que tu te rappelles ? crie Lucas en dégainant le MAC 50.

Verdugo recule sur son siège, ses yeux brillent étrangement.

– T'as pas les couilles pour tirer.

– Il avait seize ans !

– Va te faire…

Lucas a fait feu. La balle a atteint le larynx, de trois quarts.

Verdugo souffle comme une forge, yeux sidérés, encore vifs et incrédules.

– Ordure ! hurle Lucas.

Il attend que le voile opaque de la mort se lise dans les yeux de Verdugo. Mais non, ils continuent de vibrionner. Il fixe alors la collerette du trou qui frémit dans la gorge : Verdugo est vivant.

La balle blindée du MAC 50 a transpercé la trachée.

Lucas relâche la détente du pistolet, chambre la deuxième cartouche. Puis il descend de moto, arme la béquille, et vient se positionner au plus près de l'axe du front.

Et il appuie sur la détente, main gauche faible.

La balle perfore le crâne, dessine un cercle rouge cerise sur l'os frontal.

C'est fait. Des yeux enfin absents, la tête qui penche en avant.

Lucas contemple le mort, la bave qui coule par la bouche, le sang qui dégouline en un mince filet sur la joue. Autour de la plaie d'entrée, la peau est aplatie, abrasée, rougeâtre. L'orifice de sortie sur l'os pariétal est déchiré, éclaté par les six grammes de plomb traversant. La balle s'est logée dans l'appuie-tête, l'autre dans le dossier arrière.

Lucas contemple son œuvre. Une éternité vient de prendre fin, en quelques secondes, avec ces deux petits trous. Presque trop rapidement, acte encore irréel, presque décevant. Deux trous de neuf millimètres face à dix ans de douleur, il y a là quelque chose d'insaisissable, d'incompréhensible, de dérisoire.

*Est-ce vraiment fini ?*

Une voiture approche sur l'avenue, ses phares dessinent un losange de lumière sur la chaussée à deux cents mètres.

Lucas se ressaisit. Ramasse les deux douilles, enfile ses gants, entre dans la Peugeot côté passager, saisit le portable posé sur le siège, l'éteint. Puis il s'approche du corps, relève le pan de chemise, localise la ceinture banane, l'ouvre, et s'empare des deux enveloppes contenant les billets.

Avant de quitter l'habitacle, il jette quelques billets en vrac au pied du siège, loge les enveloppes dans son sac à dos et referme la portière.

Il remonte sur sa moto. Un dernier coup d'œil. Le visage hideux grimace derrière le volant. Absorbé, fasciné par son acte, il fait vrombir le moteur, *vroum, vroum, vroum*, comme des battements de cœur affolé. Il tremble des pieds à la tête, et il lui faut encore quelques secondes pour réaliser qu'il doit s'enfuir avant que la voiture n'arrive à sa hauteur.

En automate, il roule dans la direction de Saint-Laurent. Tête vide, gestes automatiques. Une seule pensée, une seule envie, irrésistible pulsion : retrouver Léa, la serrer dans ses bras. Lui dire : « C'est fini, Léa, tout est fini, nous pouvons recommencer à vivre. » Besoin qu'elle le félicite, le remercie, le désire, le rassure, le berce, lui murmure des mots doux : « Tout va bien, mon amour, dors tranquille. » Il fonce vers elle. Ils vivront en paix désormais. Plus personne ne les en empêchera. Plus personne ne les séparera, pas même le passé, ni le cauchemar. Bassens est aboli, effacé, soldé.

Après quelques kilomètres, la tension extrême cède à un semblant de calme : il recouvre la raison. Se réfugier chez Léa ? Impossible ! Elle l'a averti de la venue de la police au mas, de l'enquête en cours. Tôt ou tard, la police fera le rapprochement entre Belmonte et Verdugo, si tant est que Samia n'ait encore rien versé au dossier. Léa, il la reverra plus tard, dans quelques mois. Il patientera : il a attendu dix ans, alors quelques mois de plus ! Après ce qu'il a accompli, après ce qu'elle a risqué avec lui, ils sont liés à la vie, à la mort... Ils ont l'éternité devant eux. Léa, il n'a que Léa. Vivre avec elle, dans son mas. Élever les chevaux, les taureaux. Il l'épousera et ils vivront heureux. Une nouvelle vie avec la femme qu'il aime depuis toujours. Oui, attendre que tout se tasse, que l'affaire soit classée. Et il retrouvera Léa.

Pour l'heure, tenir. À aucun prix mêler Léa à l'exécution. Il doit prendre sur lui, continuer comme si de rien n'était, aux mêmes lieux et heures que d'habitude. Sinon, il la perdra.

Dégrisé, il fait demi-tour, retour au camping.

Arrivé à son van, il ôte son casque, s'assied sur le plancher, les jambes au-dehors. Son corps est encore secoué de spasmes. Il reste assis une demi-heure, abattu par la nausée, la solitude et le sentiment d'abandon. Il aimerait tant se trouver dans le lit de Léa, dormir avec sa joue posée dans le creux de son épaule, soulagé, fier de son acte, évoquant le souvenir d'un Léo enfin souriant, libre, léger, vivant, insouciant. Cette pensée le réconforte, il suffit d'attendre un peu et elle sera réalité.

Il se reprend : cache les billets dans le contrefort du VW, replace l'arme dans son chiffon, la glisse dans un sac-poubelle, roule et plie le tout en un petit volume, l'enterre dans le pré derrière le camping, au pied de l'arbre de ses essais de tir, reconnaissable par ses encoches. Ensuite, il brise le portable de Verdugo, jette le boîtier et la puce dans différentes poubelles du camping.

Une fois la dispersion accomplie, il va sous la douche. Se purifie, du moins l'espère. Il le mérite. Mais il la fait durer sans succès : l'eau coule sur sa peau, mais il ne la sent pas. Son corps est caparaçonné, insensible, réfractaire au contact et aux sensations.

Il se sèche.

Puis scrute son visage dans le miroir au-dessus du lavabo. Machinalement, il passe la main dans ses cheveux et se force à esquisser un sourire. Il a droit au sourire désormais ! N'a-t-il pas accompli son devoir ? N'a-t-il pas mis fin au cauchemar ? A-t-il changé en bien ? N'est-il pas assouvi, délivré ?

La buée envahit le miroir. Recouvre ses traits. Le rend opaque. Il essuie le miroir du tranchant de la main pour retrouver son image… Mais, au lieu et place, il découvre le visage de Verdugo. Il passe la main dessus précipitamment. En vain. Ce remugle de bête féroce, ce cuir sombre envahi de poils noirs, ce collier gonflé de taureau prêt à charger, cette masse compacte, furieuse et haineuse, ce monstre lui sourit.

## 29

## *Un dimanche particulier*

Plantée au milieu du parking de la ZUP, la brigadière-cheffe Ortiz succombe au dégoût, au découragement. Victime de la loi de Murphy poussée à l'extrême, au maximum de l'exaspération.

Le pire dimanche de sa vie.

La mine défaite, elle scrute la carcasse du gros 4×4 brûlé qui empeste le plastique fondu et la graisse recuite, les trois momies carbonisées, assises et sanglées, trois amas de charbon ridiculement humains, trois écorchés vifs noirâtres et pétrifiés.

Tandis que les techniciens en combinaison blanche de l'Identité immatriculés PTS s'activent autour des os calcinés, des mâchoires décharnées, des dents outrageusement blanches, Samia pense à la dérision de la vie. À la ruine de la vie. À cette quantité d'énergie que l'on consacre à la mort, à ces examens de laboratoire auxquels on procède sur des cadavres, à la quantité de rapports scientifiques et techniques qu'on produit ou ingurgite, tout ça pour des types qui ne valent rien, des pourritures, des salopards, des pue-la-mort.

La PJ de Montpellier a rappliqué et s'excite sur le tableau macabre, en compagnie des homologues nîmois. Évidemment, la Régionale prend les Locaux de haut, leur fait comprendre qu'ils ne seront jamais que des flics annexes, des auxiliaires incompétents, incapables de maintenir un semblant d'ordre dans leur agglomération. Spécialement à Pissevin où règne la seule loi du plomb. Commandant et capitaine locaux en ravalent d'autant leur fierté.

Autour des véhicules de police qui cerclent la scène de crime, un attroupement d'une vingtaine de jeunes s'est formé. Ils ne tiennent pas en place, sautillant dans leurs tennis et huant la présence des « keufs ». Le tout se déroule sous le regard des résidents accoudés aux fenêtres, qui contemplent gratis un téléfilm de dimanche tout contents du réalisme – de vrais cadavres et de vrais flics, non des répliques ni des comédiens. À l'heure de l'apéro, ça tombe bien, plus divertissant que la météo à la télé.

– Ortiz ! glapit le capitaine. On ne peut pas travailler dans ces conditions. Dispersez l'attroupement de ces gosses !

– Faites-le vous-même ! Ces « gosses », moi, j'y touche pas.

– C'est un ordre, brigadière !

La rumeur court dans la cité que ces trois corps calcinés n'ont rien à voir avec les résidents, que le 4×4 y a été amené, que la *parilla* (la « grillade ») n'entre pas dans les pratiques des trafiquants du secteur, que c'est signé de la vieille école, car les règlements de comptes dans la cité se terminent à la kalachnikov ou par une défenestration. « Ils se sont flingués entre truands et nous font porter le chapeau », affirment les jeunes de la cité.

– Non, ce n'est pas du grand banditisme, pontifie le cador de Montpellier en charge de l'affaire. Si c'était le cas, les corps seraient criblés de balles. Rappelez-vous : celui qu'on considérait comme le « parrain du Gard » a trouvé la mort dans sa Mercedes, fauché par cinq balles de 11,43. Son lieutenant a été tué au 7,62 peu après. La même année, deux autres hommes sont tombés en plein jour sur les trottoirs de Nîmes. L'un est abattu au fusil à pompe et achevé au 11,43 au pied de l'immeuble de sa copine ; l'autre, lui aussi dans le trafic de machines à sous et le blanchiment, est descendu devant chez lui de plusieurs balles à bout portant.

– On fait quand même une descente chez Barboni ! décide le commandant. Ce ne serait pas le premier rangé des voitures à péter une durit !

« Heureux le matin, malheureux l'après-midi », prétend-on dans la police.

*Foutaises*, pense Samia : d'emblée, la journée avait mal débuté.

Vraiment mal.

Dès six heures du matin, la tragédie.

Appelée par la permanence à la suite du signalement d'une voiture immobilisée près de la rocade, elle avait retrouvé sur place son capitaine, lui aussi de mauvais poil.

– Encore un règlement de comptes, avait-il maugréé en détaillant le corps rabattu sur le volant de la Peugeot. Vu le positionnement du corps et le *modus operandi*, c'est clairement de l'ouvrage à l'ancienne : 9 mm, une balle au tronc et le coup de grâce au crâne.

Deux gardiens de la paix avaient bouclé la scène avec les rubalises jaunes habituelles et dévié les voitures des vacanciers qui se précipitaient dès l'aube vers les plages de la Grande-Motte ou du Grau-du-Roi pour arracher une place de sable.

Samia s'était penchée sur le corps et, pour voir la face de la victime, avait attrapé une mèche de cheveux entre pouce et index gantés, et redressé le crâne. Immédiatement, elle avait identifié cette face hideuse de bouledogue, gravée dans sa mémoire, de face et de profil, en digital et en face à face. Et aussitôt elle avait compris que Lucas était passé à l'acte. Elle en avait pleuré en silence. Un goût amer lui avait envahi la bouche à la pensée qu'elle ne lui pardonnerait jamais. Comment aimer un homme qui choisit de tuer ? Quand bien même il l'aurait fait au nom d'une cause légitime.

« Promets-moi que tu ne feras rien ! Promets-le-moi ! »

Il avait promis. Il l'avait trahie.

À l'amertume s'ajoutent la rage et le dépit : elle s'est compromise pour lui, elle a risqué sa carrière, elle s'est mouillée physiquement. Et elle avait réussi. Le laboratoire a analysé la puce téléphonique prélevée chez Verdugo. Et a mis un nom dessus : Angelo Arza. Oui, elle avait réussi : la puce dénonçait Verdugo, l'accusait de la disparition d'Angelo. Il aurait pris perpète. La vraie perpète. Avec une période de sûreté d'au moins vingt ans.

Tout cela pour rien !

Devant le 4×4 carbonisé, elle ne cesse de retourner son écœurement : elle n'en finira donc jamais avec ce monde de tueurs, d'assassins, de règlements de comptes. Elle voit le trou bordé de chair brûlée dans le front. Ce trou signé Lucas. Lui aussi appartient désormais à ce monde souterrain, sordide et sans issue qui la dégoûte.

# 30

## *L'œil*

Verdugo le fixe. Des flammes jaillissent de ses yeux dardés sur lui. De sa gueule ouverte – gouffre noir – s'envole une nuée de cafards. De son thorax – en forme de canon – fusent des projectiles, des météorites détachées de la masse. Il se recroqueville, genoux pliés, bras au-dessus de la tête. Une pluie de billes de plomb tombe du ciel gris et s'abat sur lui. Des gouttes de sang rouge vif tombent sur le trottoir. Il les essuie d'un revers de main, mais l'hémorragie ne cesse pas, une mare de sang s'étend à ses pieds. Il s'y allonge malgré lui, comme dédoublé, dissocié. Raide, étendu de tout son long, pieds nus, une étiquette accrochée à l'orteil par un bout de ficelle. Une araignée se loge dans son ventre, au niveau du nombril, tisse une toile qui s'élargit à vue d'œil, les fils jusqu'aux hanches. Des mouches bleues s'affairent sur une blessure sanguinolente sous les côtes… Ses bras s'agitent pour les chasser. Son visage s'efface soudain : un masque visqueux ; seules les orbites, cavités rougeâtres et profondes comme des soupiraux, se dénotent, elles soufflent un relent fétide. Une ombre serpente le long du corps, glissant sur la peau, y laissant une traînée baveuse, dressant la tête avant d'entrer dans l'entrejambe, s'y faufilant...

Deux mains gantées de caoutchouc écru s'affairent maintenant sur le visage, ôtent la couche blanchâtre à l'aide de coton, décollent l'épiderme avec, découvrent la chair à vif, un écorché exhibant ses fibres rouges, ses tendons blancs, ses graisses jaunâtres, le tout palpitant encore, se contractant parfois, vibrionnant et tressaillant...

Il pousse un cri, se pelotonne en un kyste noir, lequel se fendille peu à peu et s'ouvre tels les pétales d'une fleur de jasmin dans l'eau tiède. Du pistil s'écoule un liquide jaunâtre, chaud, brûlant, acide, nauséabond. Une flaque se répand sous lui et s'élargit sur le trottoir, se mêle au sang du corps allongé. Et, surgie de nulle part, des limbes, une bouche énorme, aux lèvres vermillon, déploie sa langue, vient gober ses deux yeux l'un après l'autre. « Ah ah ah ! T'as pissé dans ton froc... »

Lucas sursaute, se redresse brusquement, se cogne la tête contre le plafond du van. Ces cauchemars n'en finiront jamais. Rien n'a changé. Le même boulet, la même douleur, la même sueur... Il regarde l'heure à son portable. Six heures trente. Il travaille ce dimanche. De sept à treize heures. Il est en retard. Nerveux, anxieux, tourmenté. Plus qu'à l'ordinaire.

À croire que les agresseurs ont des antennes. Qu'ils savent profiter du chaos urbain. Qu'ils ont été informés en temps réel par la météo de la violence urbaine. Qu'ils profitent de la panique générée à l'autre bout de la ville par les découvertes macabres sur la rocade et dans la ZUP pour perpétrer leur forfait dans les meilleures conditions. Le même dimanche où les polices s'affolent au nord et à l'ouest de Nîmes, juste à la fermeture du magasin, deux hommes en cagoule déboulent dans l'*Intermarché*.

Jusqu'à la fermeture, l'*Intermarché* avait coulé des heures calmes de dimanche ordinaire. RAS, constatait Lucas en fin de matinée : dimanche calme, clients normalement pressés, flâneurs habituels, esseulés ou désœuvrés. À douze heures trente, les caissières avaient enregistré leurs toutes dernières facturations, tandis que Lucas, posté à l'entrée, barrait le passage aux clients retardataires, n'autorisant plus qu'à sortir. Et comme d'habitude, le gérant houspillait les employées : « On se bouge les fesses, on remet les caisses fissa ! On va pas y passer le dimanche ! » Les caissières grommelaient « V'là le roquet qui aboie » tout en décomptant le contenu de leur tiroir-caisse béant.

Et voilà qu'à douze heures quarante-cinq exactement, surgissent les deux silhouettes noires et gantées.

Avant même que Lucas n'ait pu les apercevoir, il est assommé d'un coup de crosse à l'arrière du crâne, tiré à l'intérieur du magasin, menotté aux poignets et aux jambes de Serflex.

Les caissières hurlent, se figent en statues sous l'œil éberlué du gérant braqué à son tour par le second agresseur, tandis que l'autre se précipite sur les caisses, renverse les tiroirs, glisse leur contenu dans un sac qu'il tient autour du cou tel un saint-bernard. Une fois gorgé d'argent, il chasse les caissières au-dehors et condamne les portes de l'intérieur.

Puis il ordonne au gérant :

– Le coffre, vite ! Bouge ton cul, tas de merde !

Et l'oblige à courir jusqu'à son bureau.

Lucas gît toujours sur le sol.

Rétif, le gérant hésite devant le coffre, ce qui lui vaut un coup de crosse sur le crâne et lui arrache un lambeau de cuir chevelu. Il finit par s'exécuter en geignant et en pleurnichant. Le coffre ouvert, le porteur du sac ramasse le contenu sans distinction, tandis que son complice menotte le gérant de Serflex. Ensemble, ils se rendent ensuite dans le local technique où ils saisissent le disque d'enregistrement de la vidéosurveillance.

Lucas a repris conscience et réussi à se relever. Il sautille jusqu'au rayon boucherie. Mains jointes dans le dos, il s'empare d'un couteau et parvient à couper ses liens. Libre de ses mouvements, il extirpe son Beretta de son étui ventral et se dirige vers le fond du magasin en passant par l'allée latérale au bout de laquelle se trouve l'issue de secours.

Les malfaiteurs sortent de l'arrière-magasin, l'un avec le sac à la main, l'autre avec un pistolet au poing. Lucas se rencogne dans un angle, mais ils le voient. Tout en marchant vers la sortie de secours, l'homme au pistolet tire. Atteint le bord du présentoir où Lucas s'abrite. Aussitôt, Lucas se couche à plat ventre, pointe et tire. Le plomb touche le bras de l'agresseur, son pistolet tombe au sol.

– Ne bougez plus ! crie Lucas.

Le blessé s'arrête, l'autre semble ne plus savoir que faire. Lucas en profite pour avancer vers eux, pistolet à hauteur de leur tête, pointant l'un et l'autre en alternance.

– À genoux ! crie-t-il. Les mains sur la tête !

Il s'approche de celui qui tient le sac.

– Ôte ta cagoule !

Un gosse.

L'autre agresseur gémit, la balle lui a déchiqueté l'humérus. Lucas repousse son arme du pied, puis ôte le masque : un adulte d'une trentaine d'années.

– Tu m'as tiré dessus ! hurle le blessé.

Lucas lui empoigne les cheveux et pointe le canon du Beretta au milieu de son front.

– Tu mériterais que je t'en colle une entre les deux yeux !

– Vas-y, fils de pute !

Le type le fixe, lui lance un œil noir chargé de haine et de menaces. Lucas en frémit. C'est le même regard que celui de ses cauchemars. Le même faciès sombre, les mêmes yeux ivres de violence, la même folie meurtrière…

Lucas raffermit sa prise des cheveux et soulève le crâne. L'homme à genoux, le tronc raide, ferme les paupières, s'attend à son exécution.

Lucas presse légèrement la détente, à deux doigts d'appuyer dessus. Au dernier moment, il incline le canon vers l'oreille, et tire. La déflagration fait résonner tout le magasin.

Le type hurle :

– Fils de pute, j'aurai ta peau. Tu m'as crevé l'oreille !

Le jeune complice profite du tête-à-tête pour détaler vers l'issue de secours.

– Halte ou je tire, lui signifie Lucas.

Mais l'ado continue à courir, atteint la barre métallique rouge de la porte de secours, la pousse, se retourne une seconde, puis disparaît.

Ces yeux de gosse…

Bras tendu, Lucas tremble, les doigts crispés sur la crosse, il s'en fallait d'un cheveu qu'il ne tire à nouveau.

C'est alors, dans cette seconde de doute, qu'il reçoit un coup sur la tempe. Il s'effondre. Au sol, encore sonné, il tente d'attraper l'agresseur par la jambe, mais il est déjà hors d'atteinte. Lucas s'allonge en position de tir couché, vise du mieux qu'il peut malgré sa vue brouillée. Et fait feu au moment où le type va franchir la porte. La balle atteint la jambe. L'homme crie, mais réussit à s'enfuir. Lucas ne le poursuit pas, il baisse la tête.

Quinze heures. À l'hôtel de police, l'agitation crée un mouvement incessant d'uniformes qui entrent et sortent sans jamais se fixer.

Lucas, assis sur un banc dans le couloir, est prié d'« attendre ici », on « va recueillir sa déposition ».

Une heure plus tard, il est conduit devant un brigadier qui le fait asseoir devant son bureau métallique.

– Ça va le crâne ? lui demande Hervé.

– Oui, merci pour les soins ! raille-t-il en plaquant un sopalin sur son crâne.

– Mais je te connais, toi ! T'es le petit merdeux qui voulait pas me montrer ses papiers ! Le monde est petit, tu vois ?... Bon, le gérant et les caissières ont témoigné. Pour toi, c'est plus compliqué : détention illégale d'une arme catégorie B. Cinq ans. Sans parler de l'amende... Bon, envoie ton témoignage ! Fais vite, c'est dimanche. Donc, deux individus avec cagoule pénètrent dans le magasin à la fermeture... Je t'écoute !

– Il était treize heures, exactement, c'est à cette heure...

– Attends, je vais taper le P-V direct, on gagnera du temps. Vas-y, envoie ! Nom, prénom, adresse...

– Lucas Chiarini, camping Azar…
– Je te demande ton adresse, pas ton lieu de vacances !
– Marseille, 15e arrondissement.
– Ah oui ? Continue, tu m'intéresses.

*Rien n'a changé*, se dit Lucas. Il revoit la tête du policier qui avait pris son témoignage, dix ans plus tôt. Flic suspicieux, qui lui avait demandé ce qu'il « pouvait bien faire devant la supérette de Bassens à côté d'un trafiquant notoire ».

– Ne me dis pas que c'est un hasard !
– Si !

Oh oui, il se revoit, comme si c'était hier. Lui affolé, déboussolé, éperdu, coupable d'avoir entraîné son ami, responsable de sa mort en somme. En face de lui, cet uniforme à tête suspicieuse lui demandait des explications sur son comportement. Tout juste s'il ne l'accusait pas de complicité de meurtre.

Il avait entraîné Léo dans le quartier Bassens. Léo, avec qui il faisait les quatre cents coups, chapardant par-ci par-là dans le 15e arrondissement de Marseille. Léo, le frère de sang, le frère d'armes. Avec Léo, il se sentait protégé de la racaille du quartier, des gosses de leur âge qui viraient aux délinquants sitôt sortis du collège. Personne n'osait lui chercher des noises, vu qu'il était le copain de Léo, le fils Belmonte. Léo et Lucas, c'était du pareil au même. Jusqu'au jour où Lucas avait proposé de venir à Bassens pour voir un match de foot à la supérette de la ZUP, sur grand écran, avec les gosses et les fans du quartier. Pour s'amuser…

Le flic scribouillard l'interrogeait sans ménagement :

– Ton nom, c'est Lucas Chiarini, c'est ça ?

– Oui, m'sieur.
– Ça s'écrit comment ?
– C.h.i.a.r.i.n.i.
– C'est arabe ?
– Italien !
– T'es sûr ? Les frères Larbi, tu connais ?
– Non.
– T'as quel âge ?
– Seize, m'sieur.
– T'habites Bassens ?
– Oui.
– Dis-moi ce que tu as vu, sois précis !
– Sur le trottoir devant la supérette, il y avait un homme qui téléphonait. Il était énervé, il marchait dans tous les sens. Moi, j'étais resté devant l'entrée. Léo s'est amusé à marcher comme le type. Pour rigoler. La moto est arrivée et a tiré une rafale. Le monsieur au téléphone a agrippé Léo. Il y a eu une deuxième rafale. Léo est tombé.
– Qu'est-ce que vous faisiez là ?
– On s'était dit qu'on irait voir le match de foot au Vélodrome. Mais on n'a pas eu de places. À Bassens, je connaissais la supérette. On peut voir les matchs sur un grand écran. À la mi-temps, on est sortis.
– T'as vu celui qui a tiré ?
– Un peu.
– Tu peux le décrire ?
– Il avait un casque. Il était à l'arrière de la moto, il a relevé sa visière pour tirer, il avait l'air allumé.
– Allumé ?
– Ouais, dingo.
– Quoi d'autre ?

– Euh...
– T'as pas vu l'autre, celui qui pilotait ?
– Non.
– L'individu à moto tire. Et après ?
– Je vois Léo. Y a du sang. Il me dit qu'il a mal. Je crie au secours. Je le regarde. Il... il... il... bouge plus...
– Continue !
– Des gens sortent des immeubles, une dame met un drap sur le corps de Léo. Moi, je veux rester, mais les gens nous arrachent.
– OK, Lucas. J'ai bien compris. Mais je te repose la question : qu'est-ce que vous faisiez là avec le frère d'un caïd ?
– On le savait pas.
– Ne me dis pas que c'est un hasard. Y a pas de hasard à Bassens !
– Si, m'sieur. C'est la seule supérette du coin. Autour de la cité Bassens, il n'y a que le chemin de fer, la caserne des pompiers et des usines. À la supérette, on va acheter du lait ou du pain et on va voir les matchs à la télé. Moi, j'habite là depuis longtemps avec mes parents. On est immigrés d'Italie.
– Mais les Belmonte n'habitent pas le quartier et vous pouviez voir le match de foot chez eux, tranquilles ! Alors, qu'est-ce que vous fabriquiez là-bas ?
– Je n'allais pas chez les Belmonte. Le père ne voulait pas. On se voyait dehors. C'est moi qui lui ai proposé de venir. Il ne connaissait pas Bassens. Je lui avais dit que ça pourrait être fun avec les fans de foot de la cité ! J'avais vu une fois le Clásico Barcelone-Real Madrid et... et... et...
Il s'était effondré en larmes.
– C'est à cause de moi qu'il est mort, m'sieur ? avait-il miaulé d'une petite voix tordue par l'émotion.

Tout s'était passé si vite, si invraisemblable, si dévastateur : deux hommes à moto. Deux hommes en noir, casqués, sans visage. Et la sidération : Léo, abattu sur le trottoir, ensanglanté, agonisant ; la grimace, la bouche déformée, démesurément ouverte, hurlant en silence, les yeux exorbités par l'effroi… Immobile…

Le seul détail dont Lucas se souviendrait précisément serait ce visage sombre à l'arrière de la moto : une fraction de seconde, le tueur avait relevé sa visière pour mieux viser ou s'assurer avoir touché. Lucas avait entrevu ses yeux, ou plutôt un masque de guerre troué de deux orbites, un regard fou, rougi par le feu des balles…

Heureusement, la psychologue pour les victimes était entrée dans le bureau de police marseillais.

– Ne t'inquiète pas, Lucas, l'avait-elle rassuré. Ce qui est arrivé n'est pas ta faute. Léo a été atteint par des balles perdues. C'est la faute à pas de chance. Léo se trouvait au mauvais endroit au mauvais moment. Tu n'y es pour rien.

– Léo est vraiment mort, m'dame ?

– Oui, il est mort, mon garçon.

La presse en avait fait sa une :

*Léo Belmonte est une victime collatérale de la guerre à laquelle se livrent les clans pour le contrôle du juteux trafic de stupéfiants des quartiers nord, responsables d'une quarantaine de règlements de comptes ou de tentatives ces dernières années, a déclaré le procureur de Marseille. Mais cette fusillade marque une escalade dans la violence : tirer à l'arme automatique devant une supérette où des jeunes regardent un match de foot relève d'une folie meurtrière inadmissible et d'une lâcheté ignoble qui interpellent sur l'état d'inhumanité de ces auteurs.*

La police avait fermé la supérette le temps de l'enquête. Sur le rideau de fer, elle avait fixé un panneau par des rubans de scotch rouge :

*Scellés, ne pas ouvrir*

Longtemps, des traces de sang étaient restées par terre. Jusqu'à ce que Lucas les nettoie avec une voisine, celle qui avait apporté des draps pour recouvrir Léo.

*Non, rien n'a changé*, rumine Lucas face à Hervé qui l'interroge. Dix ans plus tard, les mêmes questions, le même regard porté sur lui. Il a envie de hurler : « Fallait le tuer, ce salaud de Verdugo ! C'était justice ! »

– Donc, relance Hervé, tu te trouves à l'arrière du magasin, l'individu te voit et tire dans ta direction.

– Oui.

– Il te rate, mais toi tu répliques et tu ne le rates pas.

– C'est à peu près ça !

– Le hic c'est que tu détiens une arme létale, et que tu as tiré à balles réelles. Comment t'expliques ça, toi, le vigile ?

– L'*Intermarché* a déjà été attaqué. Quand il y a risque exceptionnel, on a le droit…

– T'as le droit à la bombe lacrymogène, espèce de naze ! Rien de plus ! Tu n'as pas le permis de tirer sur cible humaine ! Le loustic est à l'hosto, aux urgences. Il raconte que tu lui as volontairement tiré dessus et qu'il n'a fait que se défendre…

– Mais non !

– On n'aime pas les types dans ton genre, les pistoleros qui jouent au shérif, qui dégainent leur pétoire plus vite que leur ombre.

– Vous préférez ceux qui tirent à la kalachnikov ?

– Petit con, je vais t'apprendre…

– Arrêtez les coupables au lieu de m'emmerder ! s'emporte Lucas.

– Tu vas voir, petit…

– ÇA SUFFIT, intervient à point nommé Samia depuis le seuil du bureau.

À son sourcil froncé, son cheveu en bataille, son uniforme froissé, il apparaît évident qu'elle est au bord de l'épuisement, mais aussi excédée, furieuse.

Elle s'assied sur le bord du bureau d'Hervé et dévisage Lucas en inconnu, l'air méprisant et vindicatif.

– Hervé, prends la déposition de ce monsieur dans le calme, si possible. On vous écoute, monsieur…

Le capitaine entre à son tour dans la pièce.

– Qu'est-ce qu'on a ici ? demande-t-il.

– On prend la déposition du vigile de l'*Intermarché*, s'empresse de répondre Samia.

– Allez-y, procédez ! ordonne le capitaine.

– Mon collègue et moi-même, commence Ortiz à l'adresse de Lucas – d'un ton trop calme pour ne rien sous-entendre –, nous savons ce qui s'est passé à l'*Intermarché*, nous avons le témoignage du gérant et des caissières. Mais, voyez-vous, monsieur… monsieur…

– Chiarini.

– Monsieur Chiarini, nous nous étonnons de certaines coïncidences fâcheuses. Aujourd'hui, quatre morts violentes :

trois cadavres dans un 4×4 retrouvé à la ZUP, un quatrième près de la rocade ouest. Toutes les victimes avec un casier long comme le bras.

– Et alors ? J'étais à l'*Intermarché*. Ce qui s'est passé ailleurs ne me concerne pas.

– Justement, si. J'y viens, monsieur Chiarini, poursuit Samia, le dévisageant froidement, plus distante qu'un médecin légiste. L'individu retrouvé sur la rocade a été abattu de deux balles calibre 9 mm. Et il y a quinze jours, un autre individu connu des services a été retrouvé avec deux balles, là encore du 9 mm. Vous me suivez ?

– Non. Quel rapport avec moi ?

– T'as flingué le mec sur la rocade. Je le vois sur ta gueule. Crache le morceau ! tonne Hervé en se dressant sur ses ergots.

– Silence, brigadier ! Poursuivez, Ortiz ! ordonne le capitaine.

– Allons droit au but, monsieur Chiarini. Vous détenez une arme sans permis. Et vous avez utilisé cette arme à l'*Intermarché*. Quelle est cette arme ? Soyez précis !

– Un Beretta A21.

– Bingo, c'est du 9 mm ! s'exclame Hervé.

– Non, monsieur ! le cingle Lucas. C'est un A21 chambré 22 long rifle. Diamètre presque deux fois plus petit que le 9 mm. Rien à voir donc ! (Il se tourne vers Samia.) De toute façon, je suis ici en tant que victime d'une agression à l'*Intermarché*, pas en tant que suspect d'un règlement de comptes sur la rocade, n'est-ce pas ?

– C'est précisément ce que nous allons vérifier. Détenez-vous d'autres armes, monsieur Chiarini ? demande Samia.

– Non.

– Vous en êtes certain ? insiste-t-elle, braquant sur lui un regard chargé d'injonctions paradoxales.

– Oui.

Imperceptiblement, Samia respire. Lucas aussi.

– Hervé, enchaîne-t-elle, tu vas perquisitionner chez ce monsieur. Tu me passes son domicile au peigne fin.

– Très bien, brigadière ! intervient le capitaine. Si vous mettez la main sur un 9 mm, vous me collez cet individu en garde à vue *illico*.

– Oui, fait Samia. (Elle se tourne vers Lucas.) Monsieur Chiarini, vous êtes libre, mais à disposition de la police. Le brigadier vous accompagne chez vous. (Puis à Hervé :) Exécution !

– Elle est où ta turne ? braille Hervé.

– À une demi-heure, route de Sauve.

– Fait chier, dimanche de merde ! maugrée Hervé.

– Hervé, prends Farid avec toi dans la voiture.

– Je dois récupérer ma moto, intervient Lucas. Si on la laisse sur le parking, je ne la retrouverai plus demain…

– D'accord pour la moto. Hervé, tu le suis en voiture. (Elle se tourne vers Lucas.) On est d'accord, monsieur Chiarini ?

– On est d'accord, m'dame.

– Hervé, on se retrouve ici dans deux heures. J'ai des rapports à taper, la journée n'est pas finie.

La voiture au logotype bleu, blanc, rouge suit péniblement la Yamaha. Il suffirait à Lucas d'accélérer un peu, il la sèmerait facilement, filerait, s'évanouirait dans la nature.

Il y songe sérieusement, vu l'épée de Damoclès qui pend au-dessus de sa tête : Samia.

Si jamais Samia parlait.

Elle pourrait le détruire d'un simple claquement de doigts, d'un seul mot : MAC 50.

Il a de bonnes raisons de la craindre : Samia aura compris qu'entre eux il n'y a rien eu de solide, pure attraction physique, poussée hormonale, sans lendemain. Que fera-t-elle quand elle réalisera qu'il a menti sur toute la ligne, lui dissimulant autant sa vengeance que son amour pour Léa ? Non, ce n'était pas une bonne idée de fricoter avec elle : sous ses aspects bienveillants, elle est coriace, intransigeante. Et quand bien même elle ne le dénoncerait pas, accepterait-elle de se taire, d'escamoter un pan de vérité ? Si ça tournait mal pour lui, si l'enquête remontait jusqu'à l'arme, nierait-elle l'avoir vu en possession de l'arme ?... *Non, non*, se rassure-t-il. *Ils ne remonteront pas jusqu'à moi.* Pas besoin de fuir en suspect... Samia, non, elle n'osera pas le trahir, elle tient à lui, elle le lui a démontré.

Ils arrivent au camping. Lucas les guide jusqu'au Combi. Farid reste dans la voiture bleu, blanc, rouge. Hervé pénètre dans l'habitacle qu'il inspecte de fond en comble.

– Y a rien, conclut-il. De toute façon, on n'aurait rien trouvé, pas vrai ? T'es pas assez con pour l'avoir laissée là. Hein ?

– Eh oui, je suis futé, autant qu'un flic !

– Vas-y, fous-toi de ma gueule ! Je te fais coffrer pour insulte à la force publique !

– Avec quoi il a été flingué, le type de la rocade ?

– 9 mm. Comme Martinez !

– C’est qui Martinez ?

– Un truand… T’escomptes me tirer les vers du nez ?

– Juste pour savoir. Et celui qu’on a retrouvé sur la rocade, c’était qui ?

– Une ordure !

– Alors pourquoi vous m’emmerdez avec ce type-là ? Pourquoi vous ne me donnez pas plutôt une médaille ?

Hervé ricane.

– Petit malin, tu te crois plus fort que tout le monde ?

– Sérieux, je veux juste comprendre pourquoi on me soupçonne.

– Bah voyons ! Tu ferais mieux de cracher le morceau ! On est seuls et j’ai pas de micro. C’est toi qui as dézingué le mec de la rocade ?

– Non, ce n’est pas moi.

– J’sens que c’est toi. Tu vois, j’ai peut-être l’air con, mais j’ai vingt ans de métier. J’en ai vu des loustics et des baltringues. Des ordures aussi. Alors, tu peux me le dire si c’est toi qui as flingué Verdugo. Et franchement, j’irai pas chialer sur la tombe de ce fumier.

– Non, ce n’est pas moi, brigadier ! J’ai tiré par nervosité à l’*Intermarché*. Je suis incapable de tuer.

– C’est bien ce que je pensais, tu es un petit malin !

# 31

## *Le cauchemar*

Une chaleur étouffante dans les tôles du Combi VW. La carcasse métallique forme un caisson qui confine au four. Lucas cuit, transpire, se tourne, se retourne, se lève, boit, se recouche. Dans ses phases de sommeil, il s'agite encore, transforme son lit en champ de bataille, froisse le drap en boule, le torsade en matraque, dégage l'oreiller. Ses nuits dans le camping ont pris une tournure de combat avec les démons et revenants. Lucas, en sueur, vit un cauchemar infesté de mouches bleues, de moustiques gavés et de cafards ailés qui tournent autour des crânes de zombies déchaînés par le sang, les cris, la tuerie… Images tortueuses, visions torturées d'agonie…

Au petit matin, il découvre la dévastation, le chaos de son existence dans son sinistre Combi VW imprégné de l'horreur de ses délires. Rien n'a changé, ses nuits sont à l'identique. Aucun soulagement, la même agression dans sa tête, les mêmes déchirements, ces poussées de violence en lui, la même surchauffe nerveuse, la même irritation. La même compulsion le pousse à vouloir en découdre avec les faciès hideux de la terre entière.

À Marseille, après le drame, il avait réussi à abaisser la tension intérieure en s'épuisant physiquement, forçant l'organisme à rendre gorge, poussant le corps au bord de la rupture, réduisant à néant la pression de la douleur. Le « remède » avait fonctionné pour partie : il dormait dans la première partie de la nuit. Mais vers trois heures du matin, l'agitation reprenait, les horreurs revenaient en force, comme rechargées d'énergie par la pause somnolente arrachée à leur emprise, d'autant plus violentes que repoussées et différées, d'autant plus revanchardes que combattues.

La vingtaine passée, il avait eu recours à l'épuisement sexuel, le sexe à outrance pour exsuder le cauchemar et espérer s'endormir. Ça n'avait pas mieux fonctionné. Sitôt la fille déguerpie, l'afflux sinistre reprenait son cours. Il avait beau se « libérer », copuler, « baiser comme un malade », la rancœur lui collait au corps. Le sexe fast-food se révélait sordide, une frustration doublée de dépit.

Par la suite, il expérimenta les nuits blanches, deux ou trois d'affilée pour produire une sorte d'illumination. Il ne rencontra qu'irritabilité croissante, alternance rapide entre des états d'euphorie et de dépression, sensation de brûlure ou de picotements aux yeux, hallucinations visuelles, accompagnés de difficultés à parler, suivre un raisonnement, garder en mémoire des faits récents ou s'orienter dans le temps et l'espace. Les circuits de son cerveau fondaient sous l'effet de la privation de sommeil. L'attention, la concentration, la vision latérale, les gestes exécutifs s'en ressentaient.

Quant aux lignes de coke, bêtabloquants, propranolol et autres drogues, il en avait fait le tour : cette chimie-là ne résolvait pas le problème, le repoussait seulement de quelques heures et le plongeait ensuite dans l'apathie toute la journée.

Dix ans et le même réveil lourd, le crâne envahi de nuages noirs, les jambes plombées. Aucun sommeil réparateur.

Encore dans les limbes, Lucas perçoit un grondement lointain. Une détonation. Dans la nuit le taux d'humidité a grimpé, l'air s'est chargé de particules électriques, profil d'orage. Un bruit de sifflet insidieux, sorte de serpentin électrique, vient courir sur les tôles de son Combi.

À l'intérieur de son caisson attaqué par l'électricité dans l'air, Lucas se fait l'effet d'un condamné à la chaise électrique qui attend encore le résultat du dernier recours, la décision suprême qui le gracie avant que le commutateur ne s'abaisse.

Il n'a pas peur, non, la fatalité. Le châtiment.

Il suffirait d'un éclair pour qu'il grille, décharge de cent millions de volts.

Comme ses dernières volontés, il pense à Samia, à sa bienveillance, à ses conseils, à sa mise en garde contre la dérive criminelle, à la menace d'inculpation, à la violence, aux coups, aux blessures, à l'usage des armes depuis des années. À sa course folle. À l'aberration de son existence.

Dernier désir : une envie folle d'amour, de faire l'amour, de se déchirer la peau à force de la frotter. Une excitation nerveuse, un éréthisme…

Il a envie de hurler : Léa.

L'orage éclate.

Lucas sort du van.

Des décharges de foudre rayent la pénombre, déchirent le ciel jaunâtre de lignes zèbre. Des échos d'explosion font vibrer les nuages accumulés au-dessus du camping. L'espace d'un dixième de seconde, les éclairs fulgurants révèlent les découpes de caravanes, les dépouilles d'arbres. Le ciel tonne. Des trombes d'eau s'abattent sur les campeurs qui s'affolent à arrimer leurs tentes dans un silence apeuré. Des rafales de vent emportent branches, tôles et tuiles, raflent tout ce qui traîne, détachent les fixations…

Il semble que le déluge s'abatte sur la bonne vieille terre, qu'un monde jusqu'alors contenu hors de l'atmosphère explose à la face du monde, que des forces obscures cachées par la voûte céleste se montrent à visage découvert, démons multiséculaires sortis d'un big bang, *dark sky* d'aujourd'hui.

# 32

## *L'héritière*

Léa dévore la presse, écrite, électronique, télévisuelle. Elle piaffe devant les journaux qui font leurs choux gras de la tempête qui a balayé le sud de Montpellier à Marseille. Ces informations sur les dommages matériels et humains ne l'intéressent pas le moins du monde. Ce qu'elle cherche dans l'actualité ne se trouve ni à la une, ni dans la rubrique météo. Ce qu'elle attend, ce sont des raisons de crier victoire. Des raisons de souffler, de vivre enfin libre.

Et elle les trouve dans les pages faits divers. Rubrique chiens écrasés.

*Serge Pérez a été retrouvé calciné dans sa voiture avec deux cadavres non encore identifiés dans la cité nord de Nîmes. Il était considéré par la police comme un ancien caïd du milieu de la drogue. Âgé d'une soixantaine d'années, il avait été arrêté à plusieurs reprises pour des agressions à main armée, rackets, et des affaires liées au trafic de stupéfiants. On se souvient qu'il avait été interrogé dans le cadre d'un trafic de cocaïne depuis la Colombie jusqu'à Marseille,* via *le Cap Vert. Il s'était fait plus discret depuis quelque temps, exploitant des cafés dans la ville. Récemment, il avait toutefois été soupçonné de vol à main armée contre l'établissement de jeux d'Allègre-les-Bains dans les Cévennes. Les investigations de la PJ se poursuivent, notamment pour éclaircir le mobile de ce règlement de compte. Selon des sources autorisées, Pérez aurait tenté de reprendre le contrôle d'un bar du centre-ville. Les deux autres victimes de la « parilla » seraient ses gardes du corps.*

Quelques heures plus tard, sur le Net, *un flash société* donne enfin un large sourire à Léa.

*La victime retrouvée avant-hier abattue dans sa voiture à la sortie de Nîmes a été identifiée. Il s'agit de Victor Moraira* alias *« verdugo, le bourreau ». Il avait écopé de cinq ans de prison pour complicité de proxénétisme aggravé. Meurtres, incendies criminels, racket, trafic sur fonds de consommation de cocaïne ont émaillé le passé de ce quadragénaire plus souvent soupçonné que condamné.*

*Il se trouvait dans sa voiture, arrêté à un feu de signalisation sur la rocade, lorsque, selon les témoins, un homme à moto s'est porté à sa hauteur et a ouvert le feu. Atteint à bout portant à la tête et au thorax, il est mort sur le coup, l'agresseur réussissant à prendre la fuite.*

*Le SRPJ de Montpellier, chargée de l'enquête, privilégie la piste d'un règlement de comptes et oriente son enquête dans les milieux de la nuit.*

Si elle avait pu évacuer elle-même les cadavres de ces deux monstres de Pérez et Verdugo, elle aurait utilisé le train de mules des arènes. Et elle jubilerait devant les traînés de leur sang sur le sable ! Ah non, elle ne s'en priverait pas : *exit* les charognes ! Place nette, *vae victis*, du balai. *Deux oreilles et la queue pour Lucas le matador.* Elle lui tire son chapeau. Une bouffée de reconnaissance. Et d'admiration.

– Lucas, murmure-t-elle avec une pointe de tendresse vite enterrée. Merci. Et adieu. Que le Seigneur te bénisse.

Léa a toutes les raisons de se réjouir. Débarrassée de l'hypothèque mafieuse, il ne lui reste qu'à équilibrer l'élevage pour pouvoir remonter en selle et toréer l'esprit léger.

C'est d'ailleurs dans cette perspective qu'elle a invité à déjeuner son mentor Rafael Eralta et José Tomás l'organisateur de corridas.

Eralta, homme exquis et attentionné, arrive le premier, vieux monsieur digne, élégant, un peu aérien, acculé par l'âge aux longs couloirs de silence.

Tomás, lui, s'annonce en fanfare, outrageusement décoré d'une chemise en soie noire aux boutons nacrés, rehaussée d'une chaînette en or, trop longue et bien visible.

Léa a fait préparer un méchoui par Maria, selon la recette marocaine avec agneau et cumin. L'enjeu pour elle est simple : obtenir de Tomás qu'il lui achète régulièrement ses bêtes. Pas seulement pour les corridas à cheval, pour toutes les corridas de la féria, celles des vendanges en septembre. Voire plus, ailleurs, dans d'autres villes en France ou en Espagne.

Pour aboutir à ses fins, elle a pressenti que la présence du grand Eralta, référence morale incontestée, forcerait Tomás à accepter, le milieu de la tauromachie étant basé sur la parole donnée, l'honneur et le respect des maestros.

Après le méchoui arrosé d'un rosé de l'étang de Thau, la partie est gagnée : Tomás acculé par Eralta accepte de prendre ses taureaux pour presque tous les plateaux de septembre, le *presque* tenant à un ou deux éleveurs qu'il ne peut écarter. Six corridas, dix-huit taureaux, voire plus.

– Et pour Arles et Toulouse ?

– Oui, Léa, au moins un plateau.

À la suite de quoi l'on passe au dessert, des figues arrosées d'un mousseux Cava de Catalogne.

Eralta, satisfait, s'assoupit dans le sofa, visiblement heureux pour sa protégée.

C'est alors que Tomás avance les pions qu'il tenait en réserve.

Il s'approche de Léa à table, s'assied juste à côté d'elle.

– Dans un an ou deux tout au plus, notre ami Rafael se trouvera… fatigué. Tu auras besoin d'être accompagnée dans ta carrière. Ton père n'est plus de ce monde, Angelo a pris la poudre d'escampette. Il faut penser à ton avenir personnel, Léa.

– Vous pensez à quoi ? demande-t-elle faussement naïve.

– Je pourrais t'aider. Je crois en toi, en ta carrière, je pourrais être ton *apoderado*, ton impresario. Je te mettrai en scène dans l'arène. Tu as le style, le charme, l'aura ; tout cela a besoin de lumière, de projecteurs. Ici et plus encore en Espagne où tu pourrais faire un tabac, j'en suis sûr. Nous sommes à une époque différente, moins vaillante, plus médiatique, tu comprends ? Je peux utiliser les ressources de cette nouvelle donne pour toi et ton triomphe dans les arènes. Oh, je sais ce que tu vas me rétorquer : les vedettes de ce monde sont des hommes. Eh bien, justement, je crois que cela est en train de changer. La corrida d'aujourd'hui, plus encore celle de demain, sera moins rouge, plus chorégraphique, plus féminine. Je pourrais organiser des corridas goyesques comme à Ronda. Avec des péons en costumes colorés, des broderies. Tu comprends ?

– Oui, c'est intéressant.

– Et ton élevage, on va le diversifier. Pas seulement la tauromachie espagnole : on va l'ouvrir au tourisme, avec un restaurant, des chambres d'hôtes, des promenades à cheval. Ne t'inquiète pas, avec moi il sera rentable.

À l'entendre, Léa éprouve une vive satisfaction prémonitoire : triompher dans les arènes les plus prestigieuses et équilibrer le domaine. En somme, une toréra et une maîtresse femme. Elle s'enflamme à cette idée.

Pour autant, elle ne peut réfréner une répugnance épidermique vis-à-vis de Tomás, ce camelot des arènes qui lui vend un avenir au prix de sa reddition.

– Je suis heureux que tu me comprennes, Léa, dit-il en posant la main sur sa cuisse nue.

Elle ne l'ôte pas.

Le soir même, Eralta parti, Léa paie de sa personne. S'exécute sans états d'âme. Pour elle, il s'agit d'une gestuelle sans implication affective. Dont elle savoure le point culminant, l'acmé où le mâle s'étouffe, se convulse et sombre quasi mort. Elle n'accorde aucun prix à sa propre jouissance : elle ne connaît guère l'amour qui déloge le cerveau et repousse les parois de l'univers.

Si ce n'est vaguement et brièvement avec Lucas. Leur contact physique n'a jamais été qu'un jeu. Ados, une bravade excitante. À la mort de son père, un autre jeu, mais d'adultes cette fois : à l'opposé du sourire, dans la noirceur du deuil, dans la crainte du danger, par rage et par vengeance. Si elle a laissé Lucas la prendre comme une chienne, c'était uniquement pour qu'il devienne fou, un chien fou d'elle, docile, dompté, obéissant.

Dire qu'elle n'a jamais rien éprouvé avec lui serait mentir. Mais d'extase, non. D'horizon, non. Léa est morte avec Léo. Seule une copie d'elle survit, une belle représentation en trompe-l'œil, y compris dans un miroir.

Une image dont elle s'abuse, une sorte d'ex-voto en remerciement de sa survie.

Tomás ronfle à côté d'elle dans le lit. Affalé sur le ventre, il ressemble à une vache abattue, grasse et molle. Léa pense à son père, à Angelo, à Léo, à Lucas qui finira forcément mal.

*Survivre.*

Une seconde, une hallucination vrille sa pensée : dans l'entrebâillement de la porte, le visage de Lucas qui s'immisce dans la nuit de sa chambre. Mais non, ce n'est qu'un fantôme, un vent coulis, un courant d'air.

# 33

## *La chute*

La nuit s'offre, douce, tendre, intime, propice à l'amour. Une température modérée, une humidité légère, des étoiles scintillantes, une biosphère reposante.

Pourtant, c'est un film d'horreur qui défile dans les yeux de Lucas, une scène qui imprègne sa rétine comme un éblouissement mortel. Dans la cour du mas CasaB, il titube, zigzague. Il semble soûl, désorienté, chancelant, victime d'une attaque. Il voit trouble, les contours de la propriété oscillent, la terre tremble sous ses pieds. Plus rien n'a de sens. D'un coup, en une seconde, le monde a basculé.

Léa l'a trahi…

Pire qu'une balle en plein cerveau, qu'un coup de poignard en plein cœur, une annihilation. Sous le choc, il a quitté le mas comme un voleur, abandonnant l'argent qu'elle lui avait remis pour appâter Verdugo. Cet argent le dégoûte, Léa le dégoûte.

Il n'aurait jamais dû revenir…

Mais il n'avait pas pu résister. Une folie, il le savait. Le besoin impérieux de lui parler, de la serrer dans ses bras, l'urgence de respirer avec elle, de partager son souffle. Oui, une folie, une folie d'amoureux fou. Il aurait accepté d'être arrêté pour elle. D'être inculpé pour elle.

Il regagne sa moto en automate, l'enfourche, demeure dessus les jambes en compas, incapable de démarrer, encore saisi par ce qu'il a surpris dans la chambre : Léa dans le lit de leur secret… Léa nue, livrée, soumise, possédée, souillée, avalée par la masse de ce porc repu, satisfait, gorgé de sa chair.

Haine, vengeance, il se voit dans la chambre abattre le type…

*Ah ! Le sang sur le front perforé.*

Brusquement, il redescend de moto, retourne dans la maison en courant, transporté par une énergie inouïe de précipiter les événements, d'en finir.

Il arrive au seuil de la chambre cauchemardesque. Léa n'y est plus, seule la masse blanchâtre ronfle.

Il revient dans le séjour. Y aperçoit les enveloppes qu'il a laissées sur le meuble, qui n'ont pas changé de place.

La porte arrière de la cuisine est ouverte. De biais, il entrevoit Léa assise dans le fauteuil en osier sur le seuil. Chevelure déployée, jambes repliées sous elle, elle semble s'abandonner à la nuit étoilée.

Il hésite.

Elle l'entend venir, tourne la tête en arrière. Ses traits se figent. Elle ne bouge pas d'un iota. Sans l'ombre de la moindre peur, elle le fixe intensément. Dans ce regard, une myriade de messages qui tous le clouent sur place, le brûlent, le consument.

« C'est fini, lui souffle-t-elle en silence. Fini de toi, de moi, et de nos souvenirs. »

Il aimerait faire un pas vers elle, retourner la situation à son avantage, la prendre dans ses bras, l'emporter. Ou bien se mettre à ses pieds en chien fidèle, la supplier, l'amadouer. Mais il ne le peut pas : magma de sentiments contradictoires, l'étrangler, lui pardonner, hurler, disparaître en silence.

Ni l'un ni l'autre n'ose faire un pas, tenter le moindre geste. Ils s'entre-dévisagent et se racontent en silence ce qu'ils savent déjà. *C'est fini ! C'est mieux pour tous les deux.*

Enfin, Lucas l'entend : Léo vengé, leur histoire est achevée. Ils n'ont plus rien en commun, pas même la complicité. Leur temps est révolu. La messe est dite. La page est tournée. Pars !

La première, elle se détourne. Revient vers les étoiles et le quartier de lune.

Il s'en va.

Sans voir les larmes. Ni entendre les pleurs.

Lucas parcourt une centaine de mètres à moto. Il ne peut s'empêcher de réclamer le réconfort de sa chair. Le manque lui taraude le ventre, lui aspire le cœur. Il étouffe. Sa vue se voile. Il arrête la moto, la couche, marche sur le bas-côté dans un sens et dans l'autre, s'accroupit sur le talus en bord de route.

Des spasmes, des soubresauts, la nausée, corrosive, convulsive, asphyxiante. Les nerfs lâchent, le ventre craque, trop-plein de douleurs, de frustration, de haine. Il s'effondre au bord de la route, la tête sur le talus.

Une seconde, une minute, combien de temps aura duré la syncope ? Une odeur d'herbe fauchée le ramène à la conscience, emplit ses narines. Une brise chargée d'une fine pluie souffle sur son visage. Lui redonne un semblant de vie.

*Qu'est-ce que tu croyais ? Qu'elle t'aimait ? Qu'elle t'attendait ? Que tu la regagnerais en vengeant Léo ?*

Il se redresse, se relève, remonte sur la moto. Pilote à petite vitesse, dans un état second, se traîne plus qu'il n'avance sur la départementale. Vide émotionnel : gestes mécaniques, répétitifs, banalisés, froids, insignifiants. Conscience compressée : sans notion de temps, de vitesse ni de distance, les platanes en bord de route ne défilent pas, le monde est immobile.

Un vide glacé règne à l'intérieur de Lucas.

Il roule sans direction. Serpente. Ses pensées sont phagocytées par la nuit noire devant lui, limbes sans limites. Dans la ville, il tourne plusieurs fois autour d'un rond-point ; sa tête elle-même se met à tourner, à tanguer. Il a mal au ventre, son estomac remonte, ses tripes entrent en spasme. En catastrophe, il s'arrête de nouveau. Et vomit un filet de bile.

Il remonte sur sa moto. Égaré, sans direction ni but. Où aller maintenant ? Il n'a nulle attache désormais, nul repère, nulle boussole. Rétrospectivement, il a l'impression d'un vaste gâchis, d'années inutiles, de jeunesse perdue. Il n'éprouve rien, il constate le vide, le néant de son existence. Son combat n'a jamais été qu'un faux-semblant, un prétexte. Hors Léo et Léa, il n'est rien, n'a jamais rien été. Il a erré de ZUP en camping. De Bassens à Nîmes, de deuil en vengeance, d'illusions en trahison, et n'a rien réglé, ni son besoin de justice, ni son désarroi. Il n'a rien dans sa vie, ni amour, ni satisfaction, ni maison, ni projet. Que Bassens.

Il faut mettre un terme à Bassens, tirer un trait sur ces années de malheur, de déchirement. Léa a raison : en décidant de mettre fin à leur histoire, elle le force à fermer le livre, la page. Choc brutal, mais après tout salutaire. Dormir, oublier. Dormir un an si besoin. Effacer toute trace du passé. Aucune réminiscence, aucun remords, aucune nostalgie. Nettoyage du passé au karcher !

Il prend la route de Sauve, vers son camping, son Combi, son matelas, le sommeil, l'oubli… Parvenu au portail grillagé frappé du panneau *Camping Azar*, il s'arrête net. Les poteaux tubulaires, les mailles métalliques serrées, les gonds, la serrure, la grosse chaîne à cadenas, ces caravanes alignées, ces tentes rangées, ces silhouettes disciplinées, là l'attendent les cauchemars qui vont hanter ses nuits malgré lui. Là l'attendent la mélopée nocturne du malheur, le gouffre de la culpabilité. Qu'a-t-il devant lui sinon une prison, un camp d'internement ? Où il s'est enfermé de lui-même, otage volontaire, coupable d'avoir survécu à Léo, astreint à tuer.

*Vroum… vroum…* Il tourne la poignée des gaz, des accélérations molles. Le moteur de la moto vrombit au point mort.

*Où aller ?*

Tous les meurtriers choisissent la cavale et finissent comme des chiens errants. Ni collier ni port d'attache.

*Je ne suis pas un meurtrier !*

Retourner à Marseille ? Replonger dans le volcan Bassens, s'enfoncer dans la violence : vigile de la supérette, chef de gang narcotrafiquant, garde rapprochée d'un édile corrompu ?

Courir les routes ? Des missions au Moyen-Orient ? Prendre du service comme garde du corps d'un nabab bourré de graisse et de pétrodollars ? Se délecter de la tête explosée d'un fanatique ? Transpirer devant la télé en arabe dans une turne partagée avec un collègue qui pue ? Ce serait ça vivre ?

*Vroum... vroum...* Il fait vrombir le moteur de sa moto, jusqu'à s'en soûler.

Puis d'un coup tourne le guidon. Roule d'abord lentement, sans autre idée que de rebrousser chemin, éviter le face-à-face avec le néant. Il descend la route vers Nîmes, d'abord lentement, puis en accélérant au fur et à mesure que le vent fouette son visage et lui apporte une lucidité nouvelle.

Une fois au centre-ville, il s'engouffre résolument dans la rue du commissariat et s'arrête devant l'immeuble qu'il connaît bien.

Il est vingt-trois heures.

Samia. Ce serait si simple de sonner chez elle. Elle viendrait, elle courrait, lui ouvrirait sa porte. Ils feraient l'amour et il pourrait peut-être dormir...

*Vroum... vroum...*

Elle le forcera à se livrer, à purger sa peine...

*Vroum... vroum...*

Elle l'aidera, le sortira d'affaire, l'accompagnera...

*Vroum... vroum...*

Il arme la béquille, sans couper le moteur, et entre dans le hall de l'immeuble.

Devant l'interphone, il reste le doigt en l'air, sans appuyer sur le bouton marqué *S.O.*

Regarde tour à tour sa moto et l'interphone. Samia ou le néant...

Se décide enfin. Sonne.

Attend, sans trop y croire.

Le haut-parleur grésille enfin.

– Oui ?

– Je veux que tu saches que…

Elle a raccroché. Sèchement.

Silence cinglant. Logique, se dit-il. Il n'appuie pas une seconde fois sur la touche de l'interphone et regagne sa moto.

Et maintenant ?

Il entend un bruit derrière lui, une vibration. Il se tourne. Le portail du parking. Le volet roulant qui remonte lentement en grinçant. Il suit le mouvement progressif, s'attendant à voir surgir une voiture.

Mais aucun ronflement de moteur, juste une vibration d'air. Dans l'ouverture se découpent peu à peu des pieds nus dans des tongs, des jambes, un short, un tee-shirt, des cheveux en cascade broussailleuse.

Un beau visage. Qui lui sourit.

# 34

## *Trois ans plus tard*

L'école de police se tient en haut de la route d'Avignon, après le club *Paradise* et la maison d'arrêt de Nîmes. Une heure de marche depuis le centre-ville.

Lucas s'y rend à pied, sa façon de visualiser ce qui l'attend, de dérouler ses pensées sans stress. Écouteurs sur les oreilles, il chantonne *Rehab*, Amy Winehouse :

« *They tried to make me go to rehab,*
*but I said no, no, no…* »

Il adore son lecteur MP3, il y a copié ses titres préférés. Petit format, léger, autonome, il peut le glisser dans la poche de son pantalon. Deux heures de stockage. Qualité de son impeccable.

Un cadeau de Samia, parmi tant d'autres.

Grâce à elle, la musique a remplacé les cauchemars. Grâce à elle, il a appris à conjuguer désir et mélodie. Grâce à elle, il a achevé sa licence et réussi les écrits du concours.

Il enchaîne avec un autre morceau : *Won't Get Fooled Again*, The Who.

« *Change, it had to come, yeah...* »

Dans le couloir du centre d'examen, trois candidats attendent, nerveux, faisant les cent pas devant la candidate assise sur la banquette en bois. Lui se tient à l'écart, adossé au mur. Il est confiant, décontracté, calme : depuis deux ans, il mène une vie réglée, structurée, reconstructrice.

Il écoute *No Bravery*, James Blunt.

« *I'm the lieutenant deployed to Balkans...* »

La porte s'ouvre, il ôte une oreillette. L'appariteur consulte sa fiche et appelle :

– Monsieur Schiarini.

– Chiarini, le reprend-il.

Lucas entre dans la salle, s'assied devant le pupitre d'écolier face aux cinq examinateurs. Le président du jury prend aussitôt la parole :

– Bonjour, monsieur Chiarini. Je suis l'inspecteur général de la police et voici mes collègues policiers, magistrats et psychologue. Nous avons une demi-heure pour converser afin d'apprécier votre personnalité et votre capacité à vous positionner dans l'environnement professionnel de la police.

– Oui, monsieur le président.

– Pourquoi voulez-vous devenir officier de police ?

– C'est simple, monsieur le président. J'ai opéré le choix de faire justice.

– Grands dieux ! Vous n'êtes ni juge ni juré !

– Je pourrais vous présenter ma motivation d'une manière philanthropique, du genre « servir », mais ce serait manquer de respect aux policiers et aux citoyens.

– Ah, tiens ! Expliquez-nous donc cela !

– Il faut être préparé à la réalité, pas seulement affirmer de bonnes intentions. Je veux prendre ma part de responsabilité dans le procès de justice. En tant qu'officier de police, je serai un maillon dans la chaîne judiciaire qui va du terrain jusqu'au tribunal. Je serai tant dans l'enquête préliminaire qu'à la barre, si je suis appelé à témoigner pour une affaire.

– Autrement dit, vous visez la Criminelle ?

– En effet.

Le policier assis à la gauche du président intervient :

– Vous êtes classé troisième des épreuves écrites, deuxième des épreuves physiques. Il y a des chances que vous sortiez en haut du tableau à l'issue des oraux. Une belle carrière s'offre à vous. Êtes-vous conscient de vos futures responsabilités de lieutenant ?

– Bien sûr, je porterai l'uniforme et l'arme.

– Et votre rôle de commandement ? Vous n'en parlez pas…

– C'est simple : poursuivre, ne rien lâcher.

– Et vos responsabilités administratives ?

– Je les assumerai, mais elles sont collatérales.

– J'aimerais partager votre avis !

Le second policier à l'autre bout de la table prend la parole sans crier gare :

– Vous entrez au commissariat en même temps qu'une collègue. Elle fait des patrouilles, alors que vous êtes à la barrière depuis six mois. Que pensez-vous ?

– Je ne suis pas jaloux.

– Si je vous remets six mois de plus ?

– Je viens vous voir !

Les examinateurs sourient. Le président reprend la main.

– Vous savez qu'entre l'écrit et l'oral, nous menons une enquête sur les candidats déclarés admissibles ?

– Oui.

– Bien. Voulez-vous nous parler du quartier Bassens ?

– Euh… de la fusillade ?

– Vous avez été témoin des faits, n'est-ce pas ?

– Eh bien… oui, se trouble Lucas.

La psychologue à la droite du président prend la suite :

– Qu'avez-vous vu ce jour-là ?

– J'ai vu tirer à la mitraillette, j'ai vu des corps tomber. Ça fait un choc, surtout quand un gosse se trouve sous les balles…

– Justement, comment réagissez-vous à ce choc, à titre personnel ?

– Je pense exactement comme les habitants du quartier qui veulent vivre en paix. Cela nous oblige, nous autres policiers.

– En effet, opine le président.

– La police a-t-elle besoin de vous, monsieur Chiarini ? lance alors le policier en bout de table.

– Je l'espère, et je compte bien ne pas la décevoir. J'ai accompli un stage à l'antenne de police judiciaire de Nîmes. Ce que j'ai vu m'a convaincu d'une chose : seul, on ne peut rien. Et je…

– Pas de complaisance ! Qu'allez-vous nous apporter ?

– Mon engagement, ma ténacité, ma loyauté.

– Et votre obéissance ?

– Oui… bien sûr, cela va de soi, se récupère Lucas.

– Selon vous, quel est votre principal défaut ? demande la psychologue, s'immisçant dans l'entretien.

– Sans doute le perfectionnisme.

– C'est drôle, les tests psychotechniques indiquent totalement le contraire !

– Ça m'étonnerait ! sourit Lucas.

– Les tests indiquent que vous seriez plutôt impulsif, voire vous pourriez montrer des signes d'agressivité en public…

– C'est la soif d'agir, rien d'autre.

Le magistrat à côté du président se tend vers Lucas, visage rigide, regard provocant, bouche tombante.

– Monsieur Chiarini, quel est votre avis sur les affaires classées sans suite ?

– Précisez votre question, s'il vous plaît !

– Y voyez-vous un défaut de justice ?

– Certes, il y a un décalage entre la police et la magistrature à ce sujet.

– Précisément, l'acceptez-vous, ce décalage ?

– Eh bien…

– Soyez clair ! Les juges sont-ils laxistes ?

– Non ! Bien sûr que non ! Ils veillent au droit de la défense.

– Au prix de l'impunité ?

– S'il y a décision de justice, elle s'impose. Et…

– Ne jouez pas au bon soldat ! Ne vous dérobez pas à la question ! La police n'est-elle jamais tentée de privilégier sa vision de la justice ?

– Non !

– En êtes-vous certain ?

– Oui !

– C'est un peu court comme réponse. La légitime violence, qu'en pensez-vous ?

– C'est la force publique.

– Mais encore ? La violence est-elle légitime pour un policier ?

– Dans certains cas...

– Lesquels ?

– Dans le cadre légal, dans le respect de la doctrine d'emploi...

– Pas de langue de bois ! Répondez directement ! Je vous pose une question : face à un meurtre impuni, quelle est votre réaction ?

– Je reprends l'enquête, je fais tout pour éclairer la justice.

– Heureux de l'entendre. Mais si le criminel passe au travers ?

– Il n'y a pas de raison qu'il passe au travers !

– Mais s'il passe quand même...

– Il ne passera pas ! s'emporte Lucas. Tout meurtrier doit s'attendre à ce que la police lui tombe dessus. Tout assassin doit savoir que tôt ou tard il sera face à son juge, que la justice ne le lâchera pas avant prescription ; qu'il y aura toujours une suite !

– Parce que vous serez là ? lance le premier policier.

– C'est la loi de la gravité, le crime lui retombera dessus. Forcément !

– La justice immanente en somme, commente le magistrat.

– Eh bien, oui ! répond Lucas, impulsif, virulent. Quand on a vu tirer de sang-froid sur un gosse, on attend que justice soit faite. Impérativement. Non ?

– Bien, conclut le magistrat sur un ton curieusement assouvi.

Lucas réalise alors qu'il est tombé dans le jeu de ping-pong des questions en rafale et des réponses instantanées, réflexes, pas assez réfléchies. Il s'est laissé piéger, acculer, quasi démasquer, et se retrouve maintenant sur le fil du rasoir devant un tribunal chargé de statuer sur son cas.

– Eh bien, oui, tente-t-il en catastrophe. J'ai fait le serment de devenir policier ce jour-là, à Bassens, devant mon ami mourant.

Les jurés entrecroisent des regards perplexes, dans un silence pesant. Tour à tour, le président se tourne vers eux et recueille leur opinion. Lequel se manifeste par un clignement d'yeux ou un hochement de tête sibyllin.

– Monsieur Chiarini, nous vous remercions, déclare le président d'un ton neutre, prudent, énigmatique.

# Remerciements

Pour leur aide et leur soutien, je remercie Patrick Sellier et son expertise en matière d'armes, Jean-Philippe Bellemère et sa pratique de la police nationale.

Pour avoir répondu à mes questions, le bureau d'aide aux victimes du tribunal judiciaire de Nîmes.

Pour ses précisions tauromachiques et sa *Planète Corrida*, Michelle Catala.

Philippe Peretti, pour avoir partagé ses références méridionales.

Vincent Gaillot, pour son approche visuelle.

Nicolas Barrachin, pour ses lectures et relectures critiques.

Pour y avoir cru, mon éditeur Jean-Laurent Poitevin.

Et enfin Nohra, pour son indéfectible soutien.

Achevé d'imprimer en France par Imprimerie
CPI Brodard & Taupin

pour le compte des Éditions

Dépôt légal : janvier 2023
N° d'impression : 3051039

Directeur des éditions Nouveaux Auteurs : Jean-Laurent Poitevin
Pour les Éditions Prisma :
Responsable éditoriale : Ambre Rouvière
Correction et composition : Nord Compo
Conception graphique de la couverture : Nord Compo
Illustration de couverture : © Shutterstock/ Eartty

ISBN : 978-2-8195-0726-0